페미니즘으로
다시 쓰는
공주이야기

페미니즘으로
다시 쓰는
공주이야기

희연·일선·소라 지음

if books

왜 옛이야기에 페미니즘인가?

《페미니즘으로 다시 쓰는 옛이야기》가 2021년도 세종도
서 교양(문학)부문에 선정되고 '페미니즘으로 옛이야기 다
시 쓰기'라는 프로그램이 진행되었다. 《페미니즘으로 다시
쓰는 옛이야기》는 출간을 위한 온라인 펀딩 플랫폼에서도
반응이 매우 좋았고 출간 이후 3주 만에 2쇄를 찍을 만큼
도서 시장에서도 호응이 높았다. 그래도 글쓰기 프로그램
까지 진행할 생각은 없었다. "이런 주제로 글쓰기 프로그램
을 하면 좋겠다"는 댓글을 보고도 못 본 체하는 중이었다.

사실, 옛이야기는 어쩌면 구세대, 이른바 '나 때는 말이
야…'를 운운하는 꼰대들에게나 중요하지, 요즘 아이들은
《구름빵》《불편한 편의점》《이상한 과자가게 전천당》 같은

창작동화를 더 많이 읽는다. 특히 아이들에게 옛이야기는 교구 전문 브랜드 또는 대형 출판사에서 출간된 전집이거나 도서관에서 우연히 집어 들었거나, 그림이 아주 예뻐야 보는 장르가 되었다.

이 모든 현상을 모르지 않았기에 '글쓰기 프로그램'은 언감생심 꿈도 꾸지 않으려 했다. 그런데 전국의 도서관에 비치되는 세종도서로 선정되었다는 소식은 이 책을 기획하고 편집한 나를 다시 움직이게 했다. 다행히 다시 쓸 옛이야기 소재는 아직 무궁무진하고, 그 옛이야기에 담고 싶은 페미니즘 메시지는, 최소한 인류의 절반인 여성들에게 절실하다. 때문에 옛이야기를 다시 쓰려는 이들이 제법 있으리라는 확신으로 프로그램을 열었다.

열 명의 참여자로 프로그램은 시작되었다. 모여든 참여자들은 각자 다시 쓰고 싶은 옛이야기가 있었다. 전래동화, 전설, 고전문학까지…. 다양한 장르의 옛이야기들이 우리 프로그램 안에서 탐구되었다. 캐릭터를 탐구하고 설정을 고민하고 서사를 바꿔가며 서로의 이야기를 경청했다. '이런 이야기를 다시 쓰는 것도 가능할까' 하는 질문은 있을망정 '꼭 페미니즘 메시지를 넣어야 하냐?'는 질문은 없었다.

그렇게 완성된 이야기 중 세 개의 이야기를 여기에 꺼내

놓는다. '인어공주'를 다시 쓴 〈인어와 공주〉와 '서동요'를 다시 쓴 〈선화공주전〉 그리고 '연이와 버들도령'을 다시 쓴 〈나의 딸 연이〉이다. 이 세 개의 이야기를 다시 쓰는 과정에서 우리는 매우 유의미한 토론을 했다. 그 토론의 내용이 아마도 '왜 옛이야기에 페미니즘 메시지를 넣어 다시 쓰려고 하는가?'에 대한 대답이 될 것 같다.

〈인어와 공주〉는 '아버지를 죽이는 딸'의 이야기가 구전된 적이 없다는 발견을 공유했다. 오이디푸스 콤플렉스, 천일야화 등 전 세계 모든 구전된 전설과 민담 등에서 아들은 아버지를 죽인다. 아들은 아버지를 죽여야만 세상의 최고 권력을 갖는 왕이 되고 신이 될 수 있었다는 슬픈 듯 잔혹한 설정이 정신분석학으로까지 발전했다. 그러나 딸은? 어떤 이야기에 아버지를 죽이는 딸이 있나? 자신의 성장과 독립을 위해 정신적으로든 물리적으로든 아버지를 살해까지 할 수 있는 건 언제 어디서나 아들이었다.

반면, 딸은 사후세계를 넘나들며(바리데기) 반인륜적이고 역겹고 두려운 상황일지라도('천일야화'의 시몬과 페로) 아버지를 살리는 존재로 이야기되었다. 그런데 딸이 자신의 성장과 독립을 위해 아버지를 죽인다고 이야기된다면? 어떤 효과가 있을지 감히 상상이 되지 않아 모두 놀랐다. 망설이고 고민하고 진지하게 검토했지만 우리가 다시 쓰는 이야기에서 가부장은 죽어야 했다. 절대 권력은 절대 부패하고 결국은 반드시 사라지므로. 가부장은 언제나 모두를 향해 자신이 누릴 수 있는 절대 권력만을 추구하므로. 그 폭력을 딸들은 이제 더는 용서할 수가 없다. 아니 그 폭력 안에서 딸들이 더 이상 생존하기 어렵다는 사실을 이제 딸들이 깨달아버렸다. 생존을 위해 권력을 가져야 한다면 기꺼이 그렇게 하겠다는 결론을 향해 이야기는 나아간다.

백제 무왕의 연애 성공담으로 알려진 '서동요'에 대해서는 서동이 선화에 관한 성적인 헛소문을 퍼트린 행위 자체가 범죄이며, 현재의 불법 촬영 범죄와 같은 맥락 아니냐는 의문이 공유되었다. 더불어 서동처럼 '사회적 성공'을 맹목적으로 추구하는 남성 캐릭터들이 그 주변 사람들에게 어떻게 얼마나 폭력적인지에 대한 비판적인 시각과 경험을 이야기했다. 그럼에도 불구하고 역사적 기록으로 또렷이 남은 건 그 폭력의 흔적뿐이라는 점에 공분했다. 역사는 여성의 서사를 남성의 그늘에 놓았기 때문에 상상력과 초긍정의 에너지로 그 그늘을 파헤쳐 보기로 의기투합했다. 그리고 '서동요'의 끝을 서동이 선화와 결혼하는 것이 아닌(심

지어 결혼한 역사적 사실을 찾을 수 없다는 게 현재의 정설이다)
신라가 삼국을 통일하는 것으로 보는 것에 동의했다. 그 과
정에 기여했을 선화공주의 역할에 대해 상상하는 즐거움
을 누릴 수 있었다.

〈나의 딸 연이〉에서는 엄마와 딸이 어떻게 함께 성장할
수 있을지에 대한 고민이 주요 메시지로 설정되었다. (딸의
연인을 살해할 정도로) 갈등하는 관계의 모녀가 아닌 협력하
고 배려하고 지지하는 모녀관계를 보여주려는 저자의 의도
가 마음에 와닿았다. 무엇보다 옛이야기 속 나이 든 여성들
의 서사나 캐릭터가 지나치게 천편일률적으로 '악'의 모습
을 하고 있다는 문제점을 참여자 모두 확실하게 인지하고
있었다. 전 세계 인구의 노령화가 가시화된 지금 우리 여성
들에게 가장 필요한 건 건강하게 나이 든 여성에 대한 이
야기일지도 모른다. 세대 차이로 치부되는 여성들 간의 삶
의 경험에 어떠한 차이가 있고, 이 차이가 어떠한 태도를
갖게 하는지에 대해 좀 더 밀도 있게 이야기해보기로 했다.

그렇게 기어코 다시 써내고야 만 이 세 가지 옛이야기는
《페미니즘으로 다시 쓰는 공주 이야기》로 엮였다. 여성들의
정체성이 확립되고 성장하며 확장되는 그 과정을 옛이야기

에 최대한 진취적으로 담으려고 노력한 저자들에게 박수를 보낸다. 지금 이 이야기를 읽는 여러분도 자신이 벗어나지 못하거나 않았던 구습이 무엇이었는지 생각하는 기회 삼아 이 책을 읽어주길 바란다. 우리에게는 아직도 다시 써야 할 옛이야기가 무수하므로.

– 조박선영 이프북스 편집장

차례

프롤로그　　왜 옛이야기에 페미니즘인가 　　　　◆ 4

인어공주를 다시 쓰다 **인어와 공주** 　　　　◆ 12

다시 쓴 작가의 이야기
내가 사랑한 인어는 그들의 인어와 달랐다 　◆ 112

서동요를 다시 쓰다 **선화공주전** 　　　◆ 120

다시 쓴 작가의 이야기
서동요는 사랑이 아닌 성폭력 범죄였다 　◆ 202

연이와 버들도령을 다시 쓰다 **나의 딸 연이** ◆ 218

다시 쓴 작가의 이야기
옛이야기의 빌런, 새엄마에 대하여 ◆ 274

에필로그 (시) 바리공주를 위하여 ◆ 284

인어공주를
다시 쓰다

✤

인어와 공주

인어와 공주

인어는 알을 낳는다. 산란기의 인어들은 인간계 해변으로 가 인간 남자를 사냥해오는 것으로 성년식을 치른다. 홀로 사냥을 떠나는 경우는 거의 없고, 인간 사냥을 여러 번 해본 어른 인어가 꼭 짝이 되어 함께 사냥한다. 대개는 달도 구름 뒤에 숨은 어두운 날 밤 바다에서 물고기를 잡는 배를 뒤집어 물에 빠진 인간을 사냥하는 식이고, 가끔은 해안 근처를 홀로 거니는 인간의 다리를 있는 힘껏 잡아당겨 물속에 빠뜨려 사냥하기도 한다. 그리고 이 성년식은 사냥해온 인간에게 인어의 키스를 하는 것으로 마무리된다.

인어의 키스를 받으면 인간 남자의 목덜미에는 인어와

똑같은 아가미가 생기는데, 짧게는 열흘에서 길게는 한 달까지 그 기능을 유지한다. 인어의 키스를 받아야 물속에서 인어들처럼 숨을 쉴 수 있게 되지만, 그 후 다시는 뭍으로 올라갈 수 없다. 코로 숨 쉬는 법을 잊어버리기 때문이다.

인간에게 키스한 인어는 아가미가 생긴 인간 남자를 데리고 무리의 서식지로 돌아온다. 갓 성년이 된 인어는 어른 인어들이 꾸며둔 산란실로 인간 남자와 함께 들어가서 단둘이 지내다 알을 낳는다. 인간 남자가 그 알 위에 그의 체액을 흩뿌리는 것까지 확인하면 인어는 산란실을 떠나고, 수정되었을지 안 되었을지 모를 알과 인간 남자만 덩그러니 남겨진다. 어린 인어가 부화하기 전까지 알을 돌보는 것은 인간 남자의 몫이다.

수정된 알은 열흘에서 보름가량 지나면 하나둘 부화한다. 운이 좋아 인간 남자가 열흘 넘게 알을 지키고 살아 있으면 제 새끼들이 부화하는 것을 볼 수 있지만, 대개는 어린 인어가 부화하기 직전에 숨이 끊어진다. 마지막까지 온몸으로 제 새끼들을 보호하기 위해 알 위에 엎어진 형태로 생을 마감하는데, 그렇게 죽은 인간 남자는 갓 부화한 새끼 인어의 훌륭한 첫 영양분이 된다.

나 역시 아비의 살을 뜯어 먹고 내 살을 불렸다. 내가 알에서 막 나왔을 때 나의 아비는 아직 숨이 붙어 있었다. 내가 알 속에서 크게 요동치며 움직이는 것을 발견하고 나오기만을 손꼽아 기다린 듯, 내가 나오자마자 그는 나와 눈을 마주치며 무어라 입을 뻐끔댔다. 그는 내가 알아듣지 못한다는 것을 알았는지 이상한 미소를 지으며 나를 살포시 안아주었다. 그러고는 내 뺨에 제 입술을 갖다 댔는데 그게 무슨 의미인지 갓 태어난 나는 알 길이 없었다. 그저 본능대로 날카로운 이빨로 그의 살을 뜯었을 뿐이었다. 물에 불어날 대로 불어나 부드러워진 그의 살은 내 입에 닿는 즉시 녹았다. 내 자매들이 뒤이어 하나둘 부화해 그에게 달라붙어 함께 살을 뜯었다. 그는 마지막까지 아픔이라고는 느끼지 않는 듯 온화한 표정이었다.

자매 중 아비와 눈을 마주치며 교감하는 시간을 가진 건 나뿐이었다. 아무도 태어나던 그 순간은 물론이고 아비의 얼굴이 어땠는지 기억하지 못했다. 다른 자매들은 경험하지 못한 기이한 탄생의 순간이 나를 좀 이상한 언어로 자라게 했는지도 모르겠다. 날 때부터 인간과 언어의 관계에 대한 고민이 남달랐으니까.

인간의 배가 먼바다까지 오는 일은 흔치 않기 때문에 별난 구경이 되었다. 자매들은 한참을 떨어져 시시덕거리며 배에서 흘러나오는 음악 소리에 맞춰 몸을 흔들고 물장구치는 정도에서 만족했지만, 나는 좀 더 가까이서 보고 싶었다. 해안가 근처에만 뜨던, 인간 한둘 겨우 타고 있던 작은 배와 달리 크기도 컸고 구조도 탄탄해 보였다. 무엇보다 타고 있는 인간의 종류가 달라 보여 그걸 확인하고 싶은 욕심이 컸다.

자매들의 만류에도 나는 손을 뻗으면 닿을 만큼 배 가까이 헤엄쳐 갔다. 음악 소리는 더 커졌고 인간들의 말씨가 더 잘 들렸다. 다양한 종류의 옷을 입은 인간들이 배 여기저기를 돌아다니고 있었는데, 이전에 봐왔던 그을린 피부의 우락부락한 인간들과 달라서 퍽 생경했다.

아무도 없는 배의 뒤편에서 고개를 기웃거리며 선실을 살펴보고 있었는데, 누군가 걸어오는 기척이 들렸다. 황급히 몸을 그늘 속으로 숨긴 채 천천히 걸어오는 인간을 관찰했다.

인간은 구석에 있는 나무 상자 위에 아무렇게나 털썩 앉더니 쓰고 있던 모자를 벗었다. 모자 속에 숨어 있던 탐스러운 금발이 치렁치렁 그의 허리까지 흘러내렸고, 달빛을 받은 그의 흰 피부가 더 곱게 빛났다. 왜소한 이 인간은, 배 위의 여느 인간들과 한눈에 비교가 될 정도로 키가 작고 전체적인 선이 가늘었다. 햇볕 한 번 닿은 적 없는 것처럼 흰 피부와 그가 입은 남루한 옷은 어울리지 않아 보였다. 배 위의 어떤 인간과도 달랐는데 가슴이 봉긋 솟은 것은 우리 인어의 가슴과 닮기도 했다. 그 독특하고 유려한 실루엣은 단번에 내 시선을 사로잡았다.

그는 별빛이 빛나는 하늘을 바라보며 한숨을 짓다가 머리를 절레절레 젓다가 혼잣말을 중얼거리다가 다시 한숨을 흘렸다. 그의 시선을 따라 하늘을 바라보니 별빛이 위태롭게 흔들리고 있었다. 가느다란 바람도 간간이 해수면을 훑고 지나갔다.

인간도 하늘의 신호를 읽을 수 있을지는 모르겠지만, 확실히 폭풍의 전조였다. 달이 왼쪽으로 반 뼘 정도 더 기울 때쯤이면 거센 바람과 굵은 빗방울이 들이닥칠 것이다.

"곧 폭풍이 올 텐데, 아무도 내 얘길 들어주질 않으니, 참."

하늘의 폭풍을 잠재우기라도 할 심산인지 그가 다시 크게 한숨을 내쉬었다. 알아들을 수 없는 인간의 언어가 그의 입에서 같이 흘러나왔다. 청명한 그 소리가 마치 돌고래들이 즐거울 때 부르는 노래처럼 들렸다. 그의 말소리가 더 듣고 싶었는데, 배의 앞쪽에서 굵고 큰 목소리가 들려왔고 그는 앞을 향해 대답하듯 소리쳤다. 그리고는 고개를 흔들더니 탐스러운 금발을 다시 모자 속에 온전히 욱여넣고 자리에서 툴툴 털고 일어났다.

그 순간, 그의 눈이 나의 눈 속으로 빨려 들어왔다. 어둠 속에서도 밝게 빛나는 그 눈동자에는 전에 본 적 없던 푸른 바다가 들어 있었다. 평생을 바닷속에서 살아온 나에게도 그의 눈동자에 담긴 바다는 더없이 신비로웠다. 주변 풍경이 사라지고 그의 눈동자만 보였다. 숨이 가빠질 듯 심장이 쿵쿵 빠르게 뛰었고 손을 뻗어 그의 얼굴을 쓰다듬고 싶은 욕망이 샘솟았다. 마치 시간이 멈춘 것만 같았다.

그의 눈도 내 눈을 들여다보고 있다는 것을 알아차리자, 다시 시간이 흐르기 시작했다. 그의 얼굴엔 당혹감이 가득했다. 나는 황급히 수면 아래로 몸을 숨겼고 그는 난간 가까이 달려와 상체를 내밀었다. 배 아래쪽을 훑으며 나를 찾는 것처럼 두리번거렸지만 어두운 수면 아래를 인간의 눈으로는 볼 수 없었다. 앞쪽에서 큰 소리가 다시 났고, 그는 앞쪽과 난간 너머를 몇 번 더 되돌아본 뒤 포기한 듯

몸을 돌렸다.

벌렁거리는 심장을 진정시키며 배에서 멀찌감치 떨어졌다. 어느새 수면 위의 파도가 거칠어진 것이 온몸으로 느껴질 지경이었다. 자매들은 내게 핀잔을 주며 집으로 돌아가자고 재촉했다.

'곧 폭풍이 오는데, 그때 물에 빠진 인간을 잡아가는 건 어때?'

묘안이라도 되는 듯 자매들에게 제안했다. 아직 성년식을 치르지 않은 자매들은 망설였지만, 이미 성년식을 치른 자매 둘은 몸이 달아서 흔쾌히 그러자고 동의를 보냈다.

폭풍이 배를 덮치기 전까지 바다 가장 밑바닥에 붙어 시간을 죽였다. 성년식을 치르지 않은 자매 둘과 인간 남자 잡는 것에 관심 없는 자매 하나는 그대로 서식지로 돌아갔고 입맛을 다시던 자매 둘만이 나와 남았다.

두터운 물의 장막을 찢고 하늘을 가르는 황금색 번개가 웅장한 천둥소리와 함께 내리꽂혔다. 커다란 고래가 춤추듯 물살이 거세게 휘청거리고, 수면 위에서 물이 더 거세게 요동치는 것이 구경거리라도 되는 듯 지켜보았다. 튼튼해 보였던 커다란 배도 성난 파도를 이겨내지는 못하고 이내 조각조각 부서지기 시작했다.

곧 인간들이 하나둘 물에 빠져 허우적거리는 꼴도 보였다. 나의 자매들은 날카로운 눈으로 물에 빠지는 인간들을 노려보다가 마음에 드는 인간을 발견한 순간 재빨리 헤엄쳐가 낚아챘다. 인간 사냥을 마친 자매들이 나를 재촉하는 눈빛을 보냈다. 한시라도 빨리 인간을 데리고 산란실로 가고 싶어 하는 기색이 역력했다. 하지만 아직 성년식을 치르지 않았던 나는 그들의 성마름을 이해할 수 없었다. 자꾸 미적거리는 나에게, 먼저 가서 나의 산란실을 꾸며주겠다는 핑계를 대며 두 자매가 먼저 서식지로 유유히 돌아갔다.

자매들의 모습이 멀어진 그 순간 내가 눈여겨봤던 인간이 물속으로 풍덩 빠지는 게 보였다. 폭풍에 휩쓸려 빠진 게 아니라 제 발로 들어왔는지, 정신을 잃고 휩쓸려 다니는 인간들을 하나씩 건져 올리느라 바삐 움직이고 있었다.

물속과 바깥을 부지런히 돌아다니던 그의 머리 위로 커다란 배의 파편이 덮쳤다. 애써 몸을 비틀었지만, 물속에서 자유롭게 움직이지 못하는 인간은 파편을 피할 수 없었다. 머리를 맞은 인간이 정신을 잃은 게 보였다.

이보다 더 적당한 순간은 없었다. 물뱀처럼 유려하게 헤엄쳐 그에게 다가간 뒤 그의 상체를 한 팔에 둘러맨 채 폭풍에서 멀어지는 방향으로 움직였다. 물살이 조금 잠잠

해진 걸 느끼면서, 수면 위로 향했다. 번개와 같은 색의 머리카락이 물속에서 이리저리 흔들거리며 내 몸을 간지럽혔다.

물 밖으로 그의 상체를 들어서 해수면에 정처 없이 떠돌던 나무 조각 위에 어설프게 올려두었다. 인간을 물 밖에서 다시 숨 쉴 수 있게 하는 방법을 모르기에, 그의 얼굴이 물에 닿지 않게 이리저리 움직이는 게 내가 할 수 있는 최선이었다. 다행히 그는 기침과 함께 물을 토해내며 천천히 정신을 차렸다. 다시 눈이 마주치기 전에 도망을 가야 하나 망설이던 때에 그가 먼저 말을 뱉었다.

"내 동생… 내 동생을 살려야 해…."

내가 있다는 걸 알고 나에게 말을 건 건지, 아니면 정신이 혼미한 상태에서 아무렇게나 뱉은 말인 건지 알 수가 없었다. 그러고는 눈도 채 못 뜬 상태로 자꾸만 물속으로 들어가려 몸을 들썩였다. 죽음까지 무릅쓰고 대체 뭘 하고 싶은 거지? 물속에서 귀중한 걸 잃어버리기라도 한 건가?

힘없이 늘어진 그의 두 팔을 나무 조각 위에 얹어주고 그가 다시 물속으로 들어갈 정신이 없는 것까지 확인한 후에, 폭풍이 지나가 고요해진 수면을 멀리 응시했다. 배가 떠 있던 곳은 파편들만 어지러이 떠다니고 있었고, 정신을 잃은 채 표류하듯 떠다니는 인간들이 있었다. 내가 구한 인간이 여전히 숨을 쉬고 있다는 걸 한 번 더 살핀 후 다시 물속으로 들어가 배의 파편이 어지럽힌 수면 아래를 훑어보았다. 물살에 제 몸을 못 가누며 이리저리 휩쓸려 다니는 인간들이 몇몇 있었는데, 그 사이로 내가 구한 인간과 똑같은 색의 머리카락을 가진 인간 하나가 눈에 띄었다. 배 위를 활보하던 인간 중 가장 거추장스럽고 장식이 많은 옷을 입은 인간이었는데, 앳된 얼굴이 내가 구한 인간과 비슷해 보이는 게 둘이 자매 사이인 듯싶었다.

아까 그 인간이 찾던 게 이 인간이었을 것만 같아서, 그를 둘러업고 수면 위로 헤엄쳤다. 인간을 구한 인어 이야기를 들어본 적이 없었는데, 나는 벌써 두 명째 구하고 있다. 해초로 둘의 몸을 엮고 나무 조각을 받쳐준 다음, 그 조각을 밀고 끌며 해변 가까이로 이동했다. 폭풍 후의 고요한 바다 위로 은은한 달빛이 길을 터 준 덕분에 두 인간이 무사히 뭍에 닿는 것까지 볼 수 있었다.

서식지로 돌아가려 등을 돌렸는데, 먼저 구했던 인간이 기침과 함께 상체를 일으켰다. 내가 있다는 걸 아는 듯 나를 향해 똑바로 고개를 들고 있었다. 물속으로 몸을 숨겨 시선을 피하긴 했어도, 그가 살아 있다는 걸 알고 나니 미소가 절로 그려졌다.

온몸이 녹초가 되었지만, 기분은 좋았다. 가슴속에 따뜻한 무언가가 가득 찬 느낌이 들었다. 서식지로 돌아가 한숨 늘어지게 자고 싶어 더 빠르게 헤엄쳤다. 자매들이 질책할지도 모른다는 걱정은 이미 사라진 지 오래였다.

공주 제인의 얼굴은 누가 보더라도 불만에 가득 차 있었다. 국왕 로버트는 짐짓 너그러운 표정을 지으며 침상에서 미처 일어나지 못한 제인을 향해 말했다.

"그래도 공주의 방에 다른 이들이 드나들 수 있도록 허락은 하마."

이는 제인의 동생이자 왕자인 에릭에게 하는 말과도 같았다. 로버트의 뒤에서 에릭이 잠옷 차림으로 안절부절 제인에게 미안함을 전했다. 로버트의 명령이 모두 제 탓이기라도 한 양.

간밤의 폭풍은 왕실을 발칵 뒤집어놓았다. 제인의 열여덟 번째 생일 기념으로 만들어진 배, '메리-제인 호'의 첫 출항 날이었는데, 출항식도 성대하게 치르고 항구를 떠난 배가 완전히 난파되어 밤사이 해안으로 떠밀려왔다. 살아 돌아온 사람보다 그대로 바다에 가라앉은 사람이 더 많은 재앙이었다.

공교롭게도 배에는 바다 건너편에 있는 정 왕국으로 친교 사절을 떠난 해밀튼 왕국의 왕자이자 로버트의 하나밖에 없는 아들, 에릭이 타고 있었다. 갓 성년식을 치른 열여섯 살 에릭의 첫 공식 외교 임무가 폭풍에 부서진 배처럼 침몰한 것은 둘째 치고, 아침 해가 뜨기 전까지 그의 생사조차 확인할 길이 없어 로버트의 속은 까맣게 타들어갔다. 설상가상으로 메리-제인 호의 출항식 이후 공주인 제인의 행방까지 묘연해져 그야말로 난리도 그런 난리가 없었다.

아침 해가 떠오르는 것과 동시에 수색대를 꾸려 바다로 사람들을 보내려던 차에, 기절한 에릭을 들쳐 메고 질질 끌다시피 안간힘을 쓰며 궁궐로 돌아온 제인이 발견되었다. 왕실 기사단을 마주하자마자 제인이 기절했고, 기사단은 제인과 에릭을 각자의 방으로 옮겼다. 둘은 그로부터 하루를 꼬박 잠에 빠져 있었다.

제인이 정신을 먼저 차리긴 했지만, 로버트의 호통을 조금이라도 더 늦게 마주하고 싶어서 두 눈을 뜨지 않은 채 평안을 만끽했다. 하인들이 소곤대며 에릭이 깨어났고 왕께서 에릭의 상태를 살피기 위해 행차했다는 소식을 듣고서야 제인도 정신을 갓 차린 표정으로 깨어났다. 제인이 깨어난 것을 하인이 고하자마자 로버트는 쿵쾅거리며 제인의 방까지 한달음에 달려왔다. 누가 보면 딸을 목숨만큼 아끼는 다정한 아버지라 할 만했다.

사실 이번 출항은 제인이 기를 쓰고 말리던 일정을 로버트의 명령으로 무리하게 진행한 출항이었다. 제 이름을 딴 배가 생긴 것이 기뻤던 제인이 배와 항해, 바다에 관한 책을 읽으며 학습한 사실을 로버트에게 고하며, 매년 이맘때 바다에 폭풍이 치니 일정을 일주일만 미루자 제안했으나 로버트는 굽히지 않았다. 어떻게든 하루라도 빨리 정 왕국으로 사절단을 보내 교역 재개 의지를 보이고 싶었다는 게 로버트가 내세운 표면적인 이유였다.

왕비이자 제인과 에릭의 어머니, 메리안 정의 고국이기도 한 정 왕국은, 해밀튼 왕국과는 달리 해상 강국으로 해로를 통해 다양한 나라와 교역하며 국력을 갖추었다. 해밀튼 왕국은 북쪽으로는 산맥과 사막이, 서쪽으로는 국경을 마주한 허먼 왕국의 압박이 있어 세력을 확장하기에 어려운 구석이 있었는데, 메리안 정이 로버트와 결혼하여 해밀튼 왕국으로 온 덕분에 해밀튼 왕국도 해양 교역에 발을 담글 수 있었다. 초반에는 정 왕국의 원조와 메리안 정의 활발한 외교 활동으로 두 나라는 우호적인 관계를 유지하며 무역의 범위를 넓혀가고 있었는데, 십여 년 전부터 교류가 뜸해지기 시작했다. 근래에는 무역선이 드나드는 횟수가 일 년에 한두 번도 채 안 되는 바람에 해밀튼 왕국 내의 경제 상황이 눈에 띄게 나빠지기까지 했다. 풍족한 삶을 누리던 귀족들조차 정 왕국을 통해 들여오던 비단이나 귀금속의 유통이 막히면서 원하는 물건을 얻을 수 없게 됐으니, 그 원성이 로버트를 여간 괴롭힌 게 아니었다.

그러나 교역이 뜸해진 근본적인 원인은 로버트와 원로 귀족들에게 있었다. 메리안 정이 해밀튼 왕국으로 올 때도 훨씬 빠른 해상이 아니라 다섯 배는 더 오래 걸리는 육로를 통해 오게 한 만큼, 로버트에게는 이상한 신념이 있었다.

"바다는 남자의 일이다. 여자인 너는 복잡한 바다의 일에 대해 아는 게 없지 않느냐. 직접 바다를 경험한 남자들이 심사숙고해서 내린 결정이니 네가 나설 것 없다."

로버트가 딸과 아내를 사랑하는 모습을 드러내기 위해 새로 건조된 배에 둘의 이름을 각각 따서 '메리-제인 호'라 명명하던 날도 그랬다. 이름은 붙여주었으면서 정작 제인이 배에 오르는 것만큼은 불길하다며 금지했다. 남자와 여자의 영역은 엄격히 구분되어 있고, 특히 배는 여자가 오르면 저주를 받으니 허락할 수 없다는 논리였다.

메리안의 고국, 정 왕국은 그런 해밀튼 왕국과는 아주 달랐다. 여자도 배를 탈 수 있을 뿐만 아니라 배를 만드는 데에도 크게 이바지하는 나라였다. 메리안이 해밀튼 왕국으로 온 지 오래지 않아 정 왕국의 새 왕으로 메리안의 셋째 언니가 책봉된 게 이상한 일이 아닐 정도로 모든 일에 남녀의 구별이 없었다.

결국 정 왕국과의 교역을 끊은 것은 로버트였다. 여자가 탄 배는 불길하니 항구에 들이지 않겠다는 아집으로 기어이 여러 척의 배를 정박도 못 하게 하고 돌려보냈으니, 정 왕국 측에서도 달갑게 여길 리 없었다. 메리안의 언니가 새왕이 된 다음에는 정 왕국을 더 무시하기 일쑤였다. 여자가 왕이 되어 나라를 다 말아먹을 것이라며 혀를 차곤 했다. 나이 든 남자 귀족들로만 이루어진 정무 회의에서도 원로 귀족들이 그런 로버트의 뜻에 적극적으로 동의를 표하곤 했다.

그와 동시에 여자가 왕이 된 지금을 침략의 기회로 여겼다. 여자를 왕으로 추대할 만큼 물러 터졌으니 분명 국력도 약해졌을 거라고 생각했다. 정 왕국을 복속시키면 그들이 가진 해상 무역권을 모두 가질 수 있고, 해밀튼 왕국이 더 넓은 세계로 나아갈 수 있는 발판이 될 수 있을 거라는 욕심이 로버트의 머릿속에 가득 차 있었다. 그 탓에 에릭과 함께 탔던 사절단의 인원 절반 이상을 첩보원으로 꾸리기도 했다.

사정이 이러하니 로버트가 고집을 꺾지 않은 것은 당연했다. 로버트가 한 가지 간과한 게 있다면, 제인 역시 그의 딸이라 고집 센 그의 성정을 고스란히 물려받았다는 것이다. 또한, 마음먹은 바를 행동으로 거침없이 옮기는 메리안의 행동력을 물려받은 제인이 출항식 직후에 선원의 옷을 입고 배에 숨어들 것도, 로버트는 전혀 예상하지 못했다. 그리고는 늘 그렇듯 여자아이답지 못한 제인을 탓하며 화를 냈다.

"그러게, 여자가 배에 타면 불운이 쫓아온다지 않았느냐, 기어이 이 아비 말을 어기고 몰래 배에 타서 이 사달을 내다니!"

배가 난파된 것이 제인 탓은 아니지만, 이렇게라도 하지 않으면 로버트는 자신의 위신이 서지 않는다고 생각했다. 제인의 만류에도 일정을 강행했고, 제인의 예상대로 폭풍이 배를 덮쳤으며 그 사고로 배가 난파하고 사람들이 목숨을 잃었다. 그 와중에 그 배에 제인이 실제로 타고 있었다. 이 사실을 원로 귀족들이 알게 된다면 왕족의 권위가 위태로워질 것이 분명했다.

로버트에게 가장 다행인 점은 그 사실을 제인과 에릭, 로버트만 안다는 사실이었다. 사실 이날부터 로버트는 제인이 두려워지기 시작했다. 책 몇 권을 읽고 태풍을 예측하고 그 태풍 속에서 여자아이가 제 체구보다 건장한 남자, 에릭을 구해냈다. 혹시 이 아이는 마녀일까? 터무니없다고 생각하면서도 지워지지 않는 한 가닥 의심이 피어난 순간이었다.

어쨌든 그 배에 제인이 없었다면 에릭은 그대로 수장되었을 테니 제인에게 내려질 벌은 방에서 근신하는 것 정도가 합리적일 것 같았다. 로버트는 거기까지만 생각하기로 했다.

제인은 그날 밤의 일을 자세히 말하지 않았다. 살아남은 선원 중 여럿이 제인의 도움을 받았다는 것을 증언했으니, 제인이 에릭도 구했다는 것은 기정사실이 되어 있었다. 하지만 제인은 에릭의 목숨과 제 목숨을 구한 이가 따로 있다는 것을 알았다. 누구에게도 말하지 못하는 비밀이었다.

배의 후미에서 홀로 한숨지을 때, 어두운 바닷속으로 첨벙거리며 사라지던 물고기의 커다란 지느러미. 그 지느러미 상반신이 어렴풋이 사람의 형상 같아 눈을 여러 번 비비고 바다를 뚫어져라 봤던 일. 폭풍에 부서진 배의 파편을 맞아 정신을 잃어가던 때 강력한 힘에 이끌려 해수면 위로 올라가게 되었던 것. 얼기설기한 기억의 조각 속에서 해초들로 엮인 나무판자 위에 에릭과 나란히 엎드려 있던 일과 그 나무판자를 앞에서 이끌어주던 여자의 실루엣이 번쩍였다. 해안에 닿아 까끌거리는 모래 감촉에 정신이 번쩍 들어 바다 너머를 살폈을 때, 먼 곳으로 유유히 헤엄치다 바닷속으로 모습을 감춘 그 여자의 뒷모습은 잊어버리기에는 기묘했고, 아름다웠다. 이 퍼즐을 맞춰보면, 자신과 에릭의 목숨을 구한 존재는 인어라는 답이 나왔다. 제인은 확실한 증거를 찾기 전까지는 이 비밀을 아무에게도 알리지 않겠다고 생각했다.

그렇지만 인어에 관해서는 책에서도 읽어 본 바가 없었다. 어머니 메리안이 이따금 해주던 고국의 요정 이야기에 등장한 인어가 제인이 알던 전부였다. 상체는 사람이고 하체는 물고기의 형상을 한 요정이자 나쁜 짓을 한 사람을 잡아먹는 정의의 심판관. 이야기처럼 인어가 인간 세계를 이롭게 하는 데 일조하는 존재라면, 제인과 에릭의 목숨을 구해준 인어의 존재도 있을 법했다.

제인은 인어에 대해 더 많은 걸 알고 싶어졌다.

근신 기간 중 제인에게는 시간이 남아돌았고, 제인에게 목숨을 빚졌다고 생각하는 에릭은 제인의 든든한 조력자였다. 제인은 자신이 인어에 관한 정보를 찾는다는 걸 알리고 싶지 않았다. 이미 자신을 마녀 보듯 하는 로버트만큼은 특히 알면 안 되었기 때문에, 직접적인 인어의 증거를 찾는 것은 위험했다. 좀 더 포괄적으로 접근해서 이번 일로 바다 자체에 관심이 생긴 것처럼 보이게 꾸밀 필요가 있었다. 에릭에게 부탁해 왕궁 서재와 바깥의 도서관을 뒤져서 바다에 관한 책, 바다의 생물·생태·전설·신화 등이 기록된 책을 가져오도록 했고 순진한 에릭은 가여운 제인의 부탁을 의심 없이 들어주었다.

제인의 근신 기간은 그렇게 독서와 연구로 지루할 틈 없이 지나갔다.

난파된 배에서 인간을 구하고 돌아온 날은 이상하게 심

장이 울렁거렸다. 자꾸만 금발의 그 인간이 머릿속에 떠올랐다. 지금껏 관찰하던 인간과는 다르게 생겼던 게 영 호기심이 떠나질 않은 이유인가 싶었다.

그날 인간 남자를 사냥해온 자매들은 각자의 산란실에서 무사히 알을 낳았다. 별 탈 없이 부화할지는 두고 봐야 할 일이었지만. 내가 그들과 함께 있던 걸 아는 어른 인어들이 나의 실패로 제각기 말이 많았다. 기절한 인간을 데려오기만 하면 되는 걸 왜 그것조차 못한 건지, 어딘가 조금 부족한 게 아닌지 의아해하기도 했다.

우두머리 인어는 그저 내가 성년식을 치를 때가 아직 오지 않은 것뿐이라고 했다. 온몸이 달뜨고 주체할 수 없을 것 같은 그런 기분이 들면, 그게 바로 산란기가 찾아온 거라고 했다. 하지만 나는 아직도 그게 어떤 기분인지 알 수 없었다. 성년식도 치르고 산란도 여러 번 한 인어들이 온몸으로 그 기분을 표현해 보였지만, 여전히 내가 이해할 수 있는 영역은 아니었다.

나의 어미라면 더 나은 답을 알려줄 수 있었을까?

나의 어미는 알을 낳고 곧바로 무리를 떠나 사라졌다고 했다. 보통의 어미들이 숨이 끊어진 인간 남자의 살을 다 먹어 치우고 살이 오동통 오른 제 새끼들을 거두러 돌아오는 반면, 나의 어미는 떠나서 다시는 돌아오지 않았다. 어미가 없는 나와 자매들은 뒤늦게 우두머리 인어가 찾아와 거두어 길렀다.

무리 생활을 한다는 것은 어미의 부재가 크게 의미 없다는 것을 뜻했다. 물론 제가 낳은 알에서 부화한 인어를 좀 더 유심히 돌보긴 하지만, 어린 인어는 모두의 어린 인어였다. 그래서 종종 알을 낳은 인어가 무리를 떠나 영영 돌아오지 않는 일이 발생해도 어린 인어들이 버려진 채 죽는 일은 없었다.

하지만 나는 어쩐지 어미의 부재가 야속했다. 아비와 눈을 마주친 탓이었을까, 그래서 나의 어미가 어떤 인어였는지 궁금해졌던 걸까. 우두머리 인어에게 어미에 관한 걸 여러 차례 물어봤지만, '의미 없는 것을 찾아 떠났다'라고 대답할 뿐이었다.

어미의 자매들은 종종 나의 어미만큼이나 내가 유별나다며 따스하게 웃었다. 나의 어미는 사랑이라는 것을 했다는 얘기를 해준 이도 어미의 자매 중 하나였다. 사랑이란 추상적인 개념을 설명할 언어가 인어에게는 없어서 그는 흙에 글자를 써주었다. '사. 랑'. 나의 어미가 가르쳐준 인간의 글자라고 덧붙이면서.

어미는 사랑이라는 것을 했다. 인간의 글자를 알았다. 그렇다면 나의 어미에게 인간의 글자를 알려준 이도 분명 있을 것이다. 그게 나의 아비였던 그 인간 남자였을지도 모른다.

인간이 사용하는 소리 언어는 공기를 울리고, 가끔 수면을 가볍게 두드리며 듣기 좋은 소리를 냈다. 물고기를 잡는 인간들이 수면을 울리는 낮은 소리로 다양한 음을 내며 리듬감 있게 동시에 같은 단어를 뱉는 걸 먼발치서 본 적 있다. 새들이 하늘을 날며 짝을 찾을 때 내는 소리처럼 흥겹기도 했다가, 때로는 물고기를 사냥하는 물총새의 뿌리가 수면을 꿰뚫는 소리처럼 거칠어지기도 했다. 먹는 것 외에 입으로 다른 걸 할 수 있다는 것도 신기했다. 인간들처럼 소리를 내보려고 목덜미를 손으로 잡고 흔들어 봤지만 같은 소리는 나오지 않았다.

종종 난파된 인간의 배가 바다 깊은 곳에 가라앉으면 그 잔해에서 인간의 글자 언어가 새겨진 돌이나 금속을 발견하기도 했다. 그러나 쓸모없는 것에 관심을 가지는 나를 자매들은 이상하게 여겼다.

인간들의 글자와 소리 언어를 연결 지을 수 없어서 어떤 글자를 어떤 소리로 발음하는지 뜻은 무엇인지 알 수 없었다. 하지만 여러 곳에서 발견되는 같은 모양의 글자들을 조합해 의미를 유추하는 작업만큼은 흥미진진했다. 사랑이라는 글자를 알게 된 후로는 어디에서라도 그와 비슷해 보이는 글자를 찾으면 그 부분만 한데 모아두기도 했다.

인어는 손짓말과 몸짓말로 대화를 나눈다. 가끔 고래들끼리 초음파로 나누는 대화를 엿듣기는 해도 고래처럼 초음파를 낼 수 없었다. 다른 지역에 사는 무리의 인어들과도 소통이 잘되지 않았다. 사용하는 손짓말과 몸짓말에 차이가 크기 때문이었다. 물론 다른 인어 무리의 언어를 익혀 통역하는 걸 재밌어하는 인어들도 이따금 있었지만 뜻을 정확하게 옮기기란 쉽지 않았다.

인간들처럼 글자 언어를 쓸 수 있다면 인어가 가진 무궁무진한 바닷속 이야기를 하나도 빠뜨리지 않고 후대에서 후대로 전할 수 있을 텐데. 인간 남자를 사냥하는 법도 손쉽게 익히고, 사냥한 인간 남자에게 인어의 키스를 하는 방법도 전수했을 테고, 무엇보다 인어에게도 역사가 생겼을 텐데.

우두머리 인어는 무리에서 가장 나이가 많은 인어지만, 그다지 상냥한 편이 아니어서 내 질문에 답을 주기보다 오히려 수수께끼를 내는 편이었다. '인어는 어디에서 왔냐?' 라고 물으면 '인간과 같은 곳에서 왔다'라는 알 수 없는 대답을 했고, '인간은 인간끼리 짝을 지어 대를 이어가는데 왜 인어는 인간과 짝을 지어야만 대를 이어갈 수 있냐'는 질문에는, '인간은 알을 낳을 수 없고 제 배를 갈라야만 새끼를 볼 수 있기 때문'이라는 터무니없는 대답을 주었다. 그래서 어느 순간부터 질문하기를 그만두었다.

차라리 인간 친구를 만들어서 답을 구하는 게 낫겠다고 생각하기 시작한 것도 그쯤이었다. 허무맹랑한 생각이라는 걸 알아서 그 누구에게도 속내를 꺼내 본 적은 없었지만, 인간의 목숨을 구해주고 돌아온 그날은 내 꿈이 마냥 헛된 건 아니라는 기대감이 싹텄다.

그래서 심장이 더 울렁거리는 거였나 보다. 번개 색 머리칼과 바다를 닮은 눈을 한 그 인간은 내게 기꺼이 인간의 언어를 가르쳐줄지도 모른다. 다시 만날 수 있다면, 그와 그가 살리고 싶어 한 이의 목숨까지 내가 구한 걸 알릴 수 있다면, 그걸 빌미로 인간의 언어를 가르쳐달라고 부탁하고 싶다. 그때 눈이 마주친 것 같으니 혹시 모를 일이다. 다시 만났을 때 그쪽에서 먼저 나를 알아볼지도. 생명의 은인에게 말과 글 정도야 알려주겠지.

여차하면 키스해서 바닷속으로 데려올까? 하지만 인어의 키스를 받아 물속으로 들어온 인간들은 뭍에서만큼 말을 하지 못하니, 그건 또 좋은 답이 아니었다. 차라리 내가 인간들 틈에 섞여 살면 모를까.

그러나 인간이 된 인어에 대해서는 어느 인어에게도 들은 바가 없었다. 우두머리 인어조차도, 말도 안 되는 말을 한다는 듯 한심해 했으니 아마 전례가 없는 일이라고 생각해도 무리는 아닐 것이다.

도저히 닿을 수 없겠다는 생각이 드니 더 절실하고 간절해지는 이유는 대체 무엇일까.

나의 어미가 무리로 돌아온다는 소식이 퍼졌다. 근방을 지나던 고래들이 저들끼리 '그 이상한 인어가 돌아온다'라며 이야기 나누는 걸 무리의 인어들이 듣고서 알아차렸다. 먼 곳까지 여행 다니는 고래의 소식통이니 틀리지 않을 것이다. 태어나서 한 번도 어미를 본 적이 없는 나의 자매들은 심드렁했지만 나는 어미의 귀환이 내내 기다려졌다. 무리 바깥의 바다는 어떤지, 다른 인어 무리는 어떻게 사는지, 그리고 글자는 어떤 인간에게 어떻게 배우게 된 것인지. 묻고 싶은 게 바다만큼 많았다. 나에게 '사랑'이라는 글자를 쓰는 법을 알려준 어미의 자매 역시 나만큼이나 들떠 있었다. 우리는 함께 어미가 올 만한 길목을 지키고서 기다리기로 했다.

나는 어미를 멀리서도 한눈에 알아보았다. 나와 같은 붉은색 머리카락이 바닷물에 섞이듯 자연스럽게 일렁여 먼발치서도 눈에 확 띄었다. 먼 곳을 다녀서인지 무리에 있는 여느 인어보다 다부지고 단단한 꼬리지느러미가 그 위엄을 가감 없이 드러내고 있었다.

어미도 나를 곧바로 알아보았다. 나와 함께 기다리던 제 자매도 제치고 내게로 곧장 헤엄쳐 와 나를 끌어안았다.

이상한 기분이었다. 아비의 눈을 처음 마주쳤을 때와는 또 다른 감각. 온몸의 비늘이 곤두서고, 머리가 핑 돌았다. 나의 어미는 내 눈을 들여다보더니, 아비를 쏙 닮았다며 내 뺨을 쓰다듬었다.

인간 사냥을 뽐내던 다른 인어의 모습에서는 볼 수 없는 표정이 어미의 얼굴에 가득했다. 마치 내 눈 속에서 아비의 모습을 찾으려는 것 같은 표정이었다. 어미는 그걸 '그리움'이라고 했다.

어미는 '사랑' 이외에도 인간의 글자를 몇 가지 더 알려주었는데, 그리움, 연인, 애정, 바다, 그리고 '루나'와 '솔'이었다. '솔'은 아비의 이름이고, '루나'는 자신의 이름이라고도 했다.

인어는 원래 이름이 없다. 저마다 서로를 부르는 방법이 다르기도 하고, 이름의 손짓말을 만든 적도 없었으니 그 어떤 인어에게도 이름이 없었다. 나의 어미는, 루나는, 내가 아는 한 이름을 가진 최초의 인어였다.

루나는 자신의 이름을 나의 아비, 솔에게 받았다고 했다. 둘은 서로를 사랑했고, 연인이 되었으며 애정을 나누었다고 했다. 솔이 인간의 언어를 조금 알려주고 루나가 인어의 언어를 보여주었다. 루나는 인간의 소리말을 흉내 낼 수는 없었지만, 글자는 꽤 익힐 수 있었다. 솔은 인어의 손짓말을 흉내 내는 수준이 되었다. 성년식을 치르지 않았던 그때의 루나는 인어의 키스를 받은 인간이 길어야 한 달밖에 살지 못하는 운명이라는 것의 의미를 실감하지 못한 탓에 섣부르게 그에게 키스하고 산란실로 데리고 들어왔다. 루나도 갓 태어나 인간 아비의 살을 뜯어 먹고 양분을 얻었다는 걸 기억하지 못했으니 그때 루나의 선택이란 그저 순진하고 순수한 욕망의 발현이었을 뿐이었다.

루나와 솔은 산란실에서 일주일을 함께 보냈다. 루나가 산란실에서 나오지 않는 걸 이상하게 여긴 루나의 자매들이 루나를 데리러 온 후에야 산란실을 떠났다. 루나는 그제야 인간 남자, 솔의 운명을 알게 됐다고 했다. 그 길로 루나는 곧장 무리를 떠났고, 루나의 자매들은 루나가 인간 남자를 살리는 법을 찾으러 떠난 것이라고 여겼다. 그러나 나와 자매들이 태어나 솔의 살을 모두 뜯어 먹고 오동통하게 살이 오른 후에도 루나는 돌아오지 않았다. 나의 자매들이 하나둘 성년식을 치르기 시작한 지금에서야 루나는 우두머리 인어보다도 더 성숙해진 얼굴로 돌아왔다.

먼바다는 험난했고 색다른 위협이 도사리고 있었지만, 또 그만큼 신비로운 세계들이 펼쳐지기도 했다. 루나는 다른 바다의 다른 인어 무리를 만나 그들의 손짓말과 몸짓말을 새로이 익힌 이야기며 그들의 생태와 인근에 사는 인간과의 관계에 대한 것들을 알게 되었다고 했다. 비록 인간 남자를 인어처럼 살게 해주는 법을 알아내지는 못했지만, 인어가 인간이 되는 법은 알아냈다고 했다.

'보름이 뜬 밤 인간계 해변으로 올라가 이걸 삼키면 아가미가 닫히고 코로 호흡할 수 있게 되며, 인어의 꼬리지느러미는 사라지고 인간의 두 다리가 생기게 돼. 해가 뜨는 쪽 바다에 사는 인어들이 전수해준 비법이란다.'

루나는 목에 걸고 있던 작은 유리병을 들어 보여주었다.

엄지손가락 한 마디만 한 작은 병 속에는 어디서도 본 적이 없는 오묘한 색의 액체가 이리저리 찰랑거렸다.

온몸의 혈관이 꿈틀거리는 것 같았다. 흥분을 감출 길이 없어 꼬리가 힘차게 빙빙 움직였다.

루나에게 그간 겪은 일을 이야기했다. 난파된 배에서 인간을 구한 이야기, 그 인간은 지금껏 봤던 인간과 생김이 달랐던 것, 그 이후로 그 인간이 종종 머릿속에 떠오른다는 것과 인간이 되어 그를 다시 만나고 싶다고 생각한 것까지. 누구에게도 하지 못했던 이야기가 루나 앞에서는 춤추듯이 나왔다. 루나는 온화한 표정으로 웃었다.

'내가 이걸 위해 돌아온 모양이야.'

그러면서 목걸이를 풀어서 내 손에 꼭 쥐여주었다.

인간이 된다. 인간이 될 수 있다.

인간이 되면, 그 금발 머리의 인간을 다시 만날 수 있다면, 꼬리가 아니라 두 다리로 인간의 땅을 밟고 그와 함께 걸을 수 있게 된다면, 그렇다면 인간에 대해서 더 많이 알수 있게 되고, 인간의 언어를 배울 수 있고, 그리웠던 그 인간과 오래오래 함께할 수 있겠지.

루나가 알려준 '그리움'이라는 단어가 어떻게 이 순간에 떠올랐는지 모르겠지만, 정말 이보다 더 정확한 표현이 없는 것 같았다. 나는 그 인간이 그리웠다. 그에게도 이름이 있겠지. 그의 이름을 알고 싶었고, 그에게 나의 이름을 지어달라 하고 싶어졌다.

제인의 근신은 한 달여 만에 끝이 났다. 어머니 메리안과 에릭이 매일같이 로버트에게 제인에 대한 용서를 구했고 제인도 사뭇 반성하는 태도로 얌전히 군 덕분에 로버트의 마음이 많이 누그러졌다. 근신이 끝나기가 무섭게 제인은 시종들을 뿌리치고 홀로 해변으로 향했다. 폭풍이 치던 밤 목숨을 구했던 바로 그 해변이었다. 왕성과 멀리 떨어져 있지 않으면서도 외진 데다가 인근에 암초가 많아 배도 잘 다니지 않는 인적이 드문 해변이었다.

'용케도 이런 곳까지 나와 에릭을 데리고 왔구나.'

그날 일은 이미 파도에 멀리 쓸려 가버려 흔적조차 남은 게 없었지만, 제인은 그 밤이 너무도 생생했다. 자신과 에릭이 몸을 맡겼던 나무판자와 그 판자를 연결하느라 엮여 있던 해초들, 어슴푸레한 빛 사이로 보였던 여자의 실루엣. 마치 모든 게 한밤의 꿈인 듯싶었다가도 파도 소리를 들으니 그 밤의 풍경 하나하나가 더 선명해졌다.

근신해 있는 동안 제인은 에릭의 도움으로 수많은 책을 뒤졌다. 인어, 반인반어, 물고기 사람, 물속에 사는 사람, 바다 요정 등, 인어를 묘사하는 것 같은 구절이 나오면 하나도 빠짐없이 읽고 또 읽었다. 하지만 그 어디에서도 인어를 실제로 만났다는 기록은 찾을 수가 없었다. 민담이나 전설을 모아둔 책에서 공통적으로 등장하는 '아름다운 외모로 남자를 유혹해 잡아먹는 요괴'라는 서술이 바다에 사는 사람 형상의 생명체에 대한 설명의 대부분이었다.

그렇지만 그런 묘사는 그날 제인이 본 인어를 설명하지 못했고, 메리안의 이야기 속 인간을 돕는 인어와도 달랐다. 게다가 책 속의 인어 삽화는 제인의 기억과는 많은 것이 달랐다. 삽화 속 인어는 허리가 잘록하고 가슴은 풍만했으며 어깨가 가냘파, 사람들이 입을 모아 칭송하는 '여성스럽게 아름다운' 모습이었다. 제인의 기억 속 인어는 삽화의 인어보다는 훨씬 더 튼튼했다.

제인은 인어의 삶을 상상했다.

'물속에서 살아야 하니 인간들처럼 코로 호흡할 수는 없겠지. 고래나 돌고래처럼 숨구멍을 통해 숨을 쉰다면 해수면으로 자주 올라와야 할 테니 더 많은 목격담이 기록됐

을 거야. 그렇다면 물고기처럼 아가미로 호흡하는 걸까?'

코를 막고 상상 속의 아가미를 움직여 숨을 쉬어 보았다가 이내 숨이 막혀와 손을 뗐다. 제인의 호흡이 거칠게 들락거렸다. 바다에서 숨을 잘 쉬려면 폐의 힘이 좋아야겠다는 생각이 들었다.

하나뿐인 꼬리로 물장구쳐 앞으로 나아가는 건 두 다리로 헤엄치는 것보다 더 큰 힘이 들지도 몰랐다. 물살을 거침없이 거스르며 헤엄칠 수 있어야 하니 인어의 몸엔 근육이 잘 잡혀 있을 것이다. 온몸이 근육으로 다져진 인어들의 몸을 상상하니 그날 밤 제인이 봤던 실루엣과 한층 비슷해졌다.

인어들은 어떤 언어를 사용하는지도 궁금했다. 물속에서 소리를 전달하는 건 어려울 테니 음성언어가 발달했을 것 같지 않았다. 종이는 물에 녹아 사라지고, 바위에 새기는 글씨도 오랜 시간 물살이 훑으면 금세 자취를 감출 테니 문자 언어도 없을 것만 같았다.

제인은 소리를 못 듣고 말을 못 하는 사람들이 손말을 쓴다는 것을 알았다. 인어들에게도 언어가 있다면 손과 몸으로 뜻을 전달하는 언어일 가능성이 컸다.

입고 있던 옷을 모두 벗어 던지고 당장이라도 바닷속으

로 뛰어들고 싶었다. 인어처럼 두 팔로 물살을 가르고 다리를 한데 모아 휘저으며 추진력을 얻어 깊은 바다로 헤엄쳐 들어가고 싶은 마음에 심장이 쿵쾅댔다.

고개를 돌려 주위를 살피니 멀찌감치서 로버트가 제인 몰래 붙인 병사 하나가 숨어서 제인의 동태를 살피는 게 보였다. 제인은 체념한 듯 신발만 벗어 발에 물을 적시는 걸로 만족하기로 했다.

인어의 삶을 상상하는 것이 짜릿했지만, 코르셋으로 잔뜩 조인 드레스를 벗어 던지고 잡일하는 사내처럼 허술하게 입고 배를 탔던 그 밤의 해방감도 너무 그리웠다. 숨도 편히 쉬고 몸도 마음대로 움직일 수 있었던 신체의 자유로운 감각, 아버지의 반대에도 하고 싶은 일을 했다는 성취감. 한 달의 근신은 고독했지만 그만한 가치가 있었다.

사실 그날 제인의 탈출과 잠입을 도운 배후에는 왕비인 메리안이 있었다.

제인이 로버트에게 대들며 출항 일정을 미루자던 이야기를 듣게 된 메리안은 로버트만큼이나 고집이 센 제인이 그대로 물러서지 않을 것이라는 걸 미리 알고서 사전에 치밀한 준비를 해주었다.

영리한 메리안은 로버트의 까만 속셈도 빠르게 눈치챘지

만 제인에게 그 부분까지 일러주지는 않았다. 확실한 증거도 없었고 괜한 걱정을 제인에게 더해주고 싶지 않았기 때문이었다. 다만 믿고 부릴 수 있는 사람 한둘을 선원들 사이에 심어 유사시에 대비할 수 있도록 했다.

정 왕국의 일곱 번째 공주였던 메리안 정은 로버트가 정 왕국에 유학을 왔던 시절 그에게 반해 먼 이국땅으로 이주해 왔다. 낯설고 특이한 이국의 왕자였던 로버트에게 한눈에 반한 건 아니었지만, 정 왕국의 선진 문물과 문화를 배워 자신의 나라를 더 좋은 나라로 만들겠다며 눈을 반짝이던 청년에게 서서히 마음이 끌렸다. 게다가 새로운 나라에서 자신이 할 수 있는 일들이 무궁무진할 것 같아, 메리안은 로버트가 청혼했을 때 큰 망설임 없이 승낙했다. 그러나 약속과는 다르게 로버트는 해밀튼 왕국으로 돌아와 왕위를 잇자마자 메리안을 이국적인 장식품 정도로 여기기 시작했다.

처음에는 메리안이 하는 조언을 귀 기울여 듣던 로버트는 어느 순간부터 무시하기 시작했다. 먼저 의견을 물었다가도 메리안의 대답이 자기 생각과 다르면, "이래서 여자는 생각이 짧다는 거요"라며 말을 자르기 일쑤였다. 그런데도 메리안은 간언을 멈추지 않았다. 더 좋은 나라를 만들겠다며 눈을 반짝이던 그 총명한 로버트로 돌아올 것이라는 희망마저 놓을 수 없었다.

하지만 점점 더 메리안을 괴롭게 만드는 건, 로버트가 제인과 에릭을 대하는 태도였다. 분명 둘 다 제 자식이건만, 딸인 제인은 그저 얌전하고 말 잘 듣는 인형이길 바랐고, 아들은 에릭은 자신의 뒤를 이어 왕이 되도록 엄하게 훈육했다.

로버트가 왕세자로 책봉한 에릭은 사람들과 어울리기 어려워했다. 제 주장을 펼치는 법이 없었고, 사람들의 말을 조용히 듣거나 사물을 관찰하며 혼자 지내는 걸 좋아하는 소심한 아이였다. 로버트가 바라는 이상적인 왕의 면모는 눈 씻고 찾아봐도 없었기 때문에 로버트는 늘 에릭에게 윽박지르곤 했다.

반면 제인은 원하는 바를 분명하게 말하는 데 거침이 없었고, 옳다고 믿는 것을 행하는 데에 망설임도 없었다. 판단력도 빨라서 단순한 이야기 속에서도 갈등을 푸는 실마리를 곧잘 찾아내기도 했다. 제인의 이런 외향적인 성격을 로버트는 '여자아이답지 않다'라는 이유로 억누르려 했다.

나이가 어느 정도 찬 제인을 빨리 다른 왕국의 왕자에게 시집보내려는 로버트의 욕심과는 달리, 제인은 해밀튼 왕국에서 자신이 할 수 있는 일을 찾으려 했다. 매주 왕성 회의실에서 열리는 정무 회의에 참여해 국내외 정세를 더 세세히 알고 싶어 했고, 왕국에 닥친 문제의 해결책을 적극적으로 찾고 싶어 했다. 하지만, 늙은 귀족 남자들과 국왕인 로버트로 이루어진 정무 회의에 제인이 참여하는 일은 요원했다. 제인이 끈질기게 요청할수록 로버트는 제인을 방에 가두거나 꽃꽂이 선생을 붙이는 등 제인의 성정에 맞지 않는 일을 억지로 시켰다.

제인과 달리 에릭은 꽃을 좋아해서 정원을 직접 가꾸었는데 로버트는 그 모습을 보고 '계집아이 같다'라며 혀를 끌끌 차곤 했다. 에릭의 성인식을 앞두고 있던 몇 달 전에는 에릭이 몇 년간 공들여 키운 꽃밭을 불살라 없앨 정도로 꽃을 돌보는 에릭을 탐탁지 않아 했다.

메리안의 눈에는 여러모로 에릭보다 제인이 왕이 될 재목으로 보였다. 정무 회의 주축인 늙은 남자 귀족들과 로버트만이 그 숨겨진 빛을 제대로 보지 못하고 있었다.

메리안은 언제고 제인이 왕이 되겠다고 마음먹고 선언하는 날이 오면, 제인을 물심양면으로 지지하기 위해 만반의 준비를 해두었다. 제인에게 늘 정 왕국의 좋은 점들을 이야기해주며, 해밀튼 왕국도 그렇게 만들 수 있다고 용기를 주었다. 자신이 어릴 적에 배웠던 격투기나 활쏘기 등의 무술도 로버트 몰래 가르쳤다. 동시에 귀족 세력의 영애와 부인들을 미리 포섭해 제인의 입지를 다졌다. 집 안팎에서 여자라고 무시당했던 여성들은, 메리안의 이상향에 쉽게 고무되어 기꺼이 제인과 메리안의 편에 서겠다며 힘을 보탰다. 그리고 그럴 일은 없어야겠지만 제인의 재위를 반대하는 가장 큰 세력이 로버트라면, 메리안은 사랑했던 그 로버트를 무력화시킬 각오까지 했다.

그러니까 제인만 준비된다면 말이다.

유독 보름달이 밝아 잠이 들지 못했던 어느 날이었다. 밤새 인어를 어떻게 다시 만날 수 있을지 고민하며 밤을 지새우던 제인은 보름달이 서쪽으로 도망갈 채비를 하는 것을 보고는 자리를 박차고 일어났다. 잠옷 위에 가벼운 가운을 걸치고 방을 나섰는데, 성 밖을 나가 산책이라도 할 요량이었다. 하루를 시작하는 습관으로 정원의 꽃을 살피고 나온 에릭과 제인이 마주쳤고, 가벼운 대화가 지나갔다. 제인이 산책하러 가려던 참이라고 하자 에릭이 즐겁게 동행을 자처했다. 남매는 다정하게 팔짱을 끼고 함께 성을 나섰다.

혼자 산책하며 가던 해변에 당도했을 즈음, 제인은 이상한 기류를 감지했다. 에릭은 마침 유달리 짙은 향을 풍기는 붉은 장미에 대한 자랑을 늘어놓던 참이었다. 그래서 모래사장 위에 정신을 잃고 쓰러져 있는 붉은 머리카락의 여자를 커다란 장미로 착각할 정도였다.

'저 정도로 커다란 장미가 존재할 리 없어.'

제인이 고개를 세차게 젓고 다시 살폈다. 에릭은 꺅 하고 비명을 지르며 고개를 홱 돌렸다. 아무것도 입지 않은 채 해변에 쓰러져 있는 여자. 제인은 망설임 없이 달려가서, 입고 있던 가운을 덮어 여자의 몸을 가렸다.

단번에 알 수 있었다. 이 여자가 자신과 에릭을 구했던 그날의 인어라는 것을. 제인은 뒤통수만 보고서도 알아챘다. 혹여라도 잊을까 머릿속으로 오래 되뇌던 뒤통수였다. 제인은 확신했다. 다부지고 단단한 어깨와 튼튼한 상체의 실루엣이 확실한 증거였다.

그런데 인어라면 있어야 할 지느러미가 보이지 않았다.

에릭은 사람을 불러오겠다며 뒤도 안 돌아보고 성으로 달려갔다. 체구가 작은 제인의 힘으로는 자신보다 키도 덩치도 한 뼘은 더 큰 사람을 데리고 멀리 갈 수 없었다. 기껏해야 해변 인근의 절벽 아래로 끌고 가는 게 전부였다.

뒤꿈치가 모래와 자갈을 쓸고 지나가는데도 여자는 정신을 차리지 못했다. 절벽 그늘에 가까스로 자리를 잡고 앉아서 여자의 상체를 자기 무릎에 어설프게 얹은 제인은, 여자의 얼굴을 촘촘히 살폈다.

그 어떤 귀족 영애보다도 더 투명하고 하얀 피부, 그 속 핏줄까지 다 비쳐 보이는 바람에 푸른빛에 가까운 얼굴이 기이하다는 생각이 들었다. 평생 햇빛을 한 번도 받은 적 없는 사람 같았다. 코는 얼굴에 비해 작아서 과연 숨을 쉬기는 한 걸까, 싶을 정도였다. 게다가 온몸이 근육인 것처럼 단단한 데 비해, 발바닥만큼은 땅을 디딘 적이 없는 것처럼 보드랍고 말랑했다.

어떻게 인간의 다리를 갖게 된 건진 모르겠지만, 역시 인어다. 제인의 생각은 더 확고해졌다. 여자가 깨어나면 물어보고 싶은 게 많았다. 제인의 얼굴이 설렘으로 가득 찼다.

여전히 물에 젖은 머리카락을 가만히 쓸어 넘겼다. 에릭이 이야기해 준 붉은 장미를 떠올리며, 제인은 여자에게 몰래 이름을 붙여주었다.

"로지, 너를 로지라고 부르고 싶어."

여자의 머리카락에서 장미 향이 나는 것 같기도 했다.

보름달이 떴다. 인간계 해변은 고요했고 파도 소리만 간지럽게 일렁거렸다. 루나에게 받은 마법 약을 두 손에 꼭 쥐었다. 마지막 당부의 말이 맴돌았다.

'이건 아가미를 닫아주고 두 다리를 만들어주지만, 인어를 완전한 인간으로 바꿔주는 약은 아니야. 다시 보름달이 뜨면 바닷물에 몸을 적셔야 해. 둥근 달이 떠 있는 하루 동안 인어로 돌아왔다가, 달이 기울면 다시 인간의 몸으로 변하지. 그러니까 바다와 육지를 계속 오가야 하는 거야.'

바로 그 이유로 자신은 이 마법 약을 쓰지 않았던 거라고 덧붙였다.

내가 인간계 바다로 떠나오기 직전, 루나는 다시 무리를 떠났다. 누구에게도 작별 인사를 하지 않았다. 내가 혹시라도 인간계를 떠나고 싶어질 때를 대비해서, 혹시라도 영원히 인간계에 남고 싶어질 때를 염려해서, 어떤 쪽이든 방법을 더 찾아보겠다며 나에게만 살짝 귀띔을 해주었을 뿐이었다.

난파된 배에서 구했던 인간 둘을 데리고 갔던 외진 해변으로 향했다. 인어에서 인간이 되는 순간은 절대 아름답지 않을 것이다. 헤엄을 치다 날카로운 암초에 지느러미가 살짝 베이기만 해도 찢어질 듯 아픈데, 지느러미 한가운데가 쩍 벌어져 다리가 생기는 거라면 그 고통이 상상도 하기 싫을 만큼 끔찍하리라는 예감이 들었다. 그리고 아가미가 닫히면 다시는 물속에서 숨을 쉴 수 없다. 물론 다시 보름달이 뜬 날 하루는 바다로 잠시 돌아와야겠지만, 인간의 모습인 채로는 물속에서 숨 쉬는 게 불가능하다는 것을 알고 있다.

어디 그것뿐일까. 함께 자랐던 나의 자매들, 나의 친우들과 어머니들, 소중한 사람들과 함께할 수 있는 공간을 떠난다는 것은 결코 쉬운 결정이 아니다. 익숙한 모든 것들을 뒤로한 채, 나는 여전히 인간이 되고 싶은 것일까.

그렇지만 아무리 생각해봐도 새로운 세계로의 탐험에 두근거리는 심장을 무시할 수 없었다. 떠나지 말아야 할 이유를 물고기의 숫자만큼 생각해내더라도 떠나고 싶은 이유 하나를 이길 수 없었다. 미지의 세상, 상상 속에만 존재하던 신비로운 곳을 직접 보고 듣고 느낄 수 있다, 배울 수 있다. 인간의 생활양식과 언어를 배워서 우두머리 인어보다도 더 똑똑한 인어가 될 수 있다. 그 어떤 인어도 하지 않았던 일을 내가 할 수 있다는 기대감에 가슴이 부풀었다. 무엇보다도 그때 그 금발의 인간을 다시 만날 수 있다면, 그만한 기뿜도 없을 것 같았다.

결심이 서니 실행은 금방이었다. 달빛이 새하얗게 내 몸 위로 떨어지는 것을 만끽하며 마법 약을 통째로 삼켰다.

고통이 순식간에 온몸을 잠식했다. 목구멍이 타들어갈 듯이 따가웠고 목덜미의 아가미가 거친 기세로 쪼그라들었다. 손으로 만지니 아가미가 살을 파고들며 사라지는 게 느껴졌다. 심장 쪽으로 내려온 고통은 금세 뱃속을 헤집었고, 온몸으로 퍼졌다. 허벅지가 뻐근해졌고, 지느러미 한가운데가 쪼개지는 것 같았다. 아주 날카로운 돌로 지느러미를 후벼 파는 느낌이었다. 온몸을 비틀며 지느러미가 두 다리로 나뉘는 고통을 고스란히 느꼈다. 목에서 피가 나는 것 같았다. 목덜미를 파고들어 사라진 아가미가 목을 조르는 착각이 들었다. 가까스로 목을 통해 공기가 터져 나왔지만 꺽꺽거리는 망측한 울림일 뿐이었다. 콧구멍이 뻥 뚫리며 아가미가 아닌 코를 통해 숨이 들락거리기 시작했다. 알싸한 바다의 냄새가 파고들며 콧속이 버석버석 말랐다.

지느러미가 완전히 두 개로 갈라지고, 비늘이 한 겹씩 떨어져 나갈 때마다 살이 뜯기듯 아팠다. 이윽고 양 지느러미 끝이 수직으로 꺾이고 손가락처럼 다섯 갈래로 나뉘었다. 손가락보다는 짧은 발가락들이 꼼지락거리며 자리를 잡았고, 인간들의 몸에서나 봤던 두 다리가 온전히 생겼다.

온몸은 바닷물과 땀, 모래로 범벅이었다. 어느덧 구름이 달을 가렸고 주위가 어두워지면서 서늘해졌다. 온몸이 으슬으슬 떨려왔고, 어디든 따듯한 곳으로 몸을 피하고 싶었다. 당장이라도 바다 깊은 곳 뜨끈한 물이 흘러나오는 곳으로 도망치고 싶었지만, 이제는 물속에서 숨을 쉴 수 있는 아가미가 없다. 하는 수 없이 몸을 일으켜 두 다리로 모래 위를 디뎠다.

형용할 수 없는 끔찍한 고통이 발끝을 찔렀다. 촘촘한 가시가 발바닥을 사방에서 찌르는 것 같아 도저히 걸음을 내디딜 수 없었다. 온몸에 힘이 하나도 들어가지 않았고 눈알이 뒤통수로 넘어갔다. 눈꺼풀이 감겼고 그대로 기절하고 말았다.

다시 눈을 떴을 땐 신기한 옷을 입은 인간에게 상체가 어설프게 안겨 있었다. 어떻게 나를 옮겼는지, 모래사장 위가 아닌 햇빛이 살그머니 들어오는 해안 절벽 아래쪽이었다. 어렴풋이 보이는 해변이 지난밤 내가 인간으로 변했던 그곳이라는 걸 알아차리는 데는 오랜 시간이 걸리지 않았다.

정신이 돌아오고서는 지난밤의 고통을 생각하며 온몸을 부르르 떨었다. 달빛이 고통도 가져가버렸는지 더는 통증이 없었지만 떠올린 것만으로도 다시 끔찍해지는 기분이었다.

간밤의 변신을 인간에게 들킨 것 같지는 않았지만, 몸을 살짝 움츠리며 경계 태세를 취한 채 내 상체를 받치고 있는 인간의 모습을 살폈다.

인간의 얼굴을 하나하나 훑어보는데, 풍성한 금발에 바다를 닮은 색의 눈동자가 나를 똑바로 바라보며 작고 붉은 구슬 같은 입술로 무어라 말을 하고 있었다.

"정신이 들어요? 어쩌다 여기 쓰러져 있던 거예요? 이름이 뭐예요? 어디서 왔어요? 내 말이 들려요?"

인간이 되었다고 해서 인간의 말을 알아들을 수 있는 능력까지 저절로 생긴 건 아니었다. 인간의 목소리는 들렸지만 무슨 말을 하는지는 알 수 없었다. 하지만 이 인간이 그때 내가 바다에서 구한 인간이라는 건 알 수 있었다. 번개와 같은 금발과 바다와 같은 눈동자, 그리고 청명한 목소리가 딱 그때 그 인간과 같았다.

안도하는 표정으로 눈을 끔뻑이며 인간의 오물조물한 입술을 응시했다.

"저기, 이름이 뭐예요? 나는 제인이에요. 이 나라의 공주고요. 우리나라 사람은 아닌 것 같은데, 대체 어디서 온 거예요?"

여전히 뜻을 알 수 없어서 고개를 좌우로 두 번 저었다. 인어의 언어로, 당신의 말을 이해하지 못했다는 뜻이었다. 인간은 골똘히 생각하는 표정을 짓더니, 이내 한 손으로 내 손을 잡고 다른 손으로는 제 가슴을 가리키며 또박또박 짧게 말을 끊어서 했다.

"제인, 내 이름은 제인이에요."

반복해서 자신을 가리키며 같은 말을 했다. 제인, 제인. 아마 그게 그의 이름인 모양이었다. 하지만 내게는 알려줄 이름도, 언어도 없었다.

제인은 돌 틈 사이의 모래 위에 손가락으로 그림을 그렸다. 그리고 그림을 하나씩 가리키며, 제, 인, 하고 끊어서 다시 말을 했다. 그의 이름을 쓴 모양이었다.

그때, 멀리서 다른 인간들의 목소리와 발소리가 들렸다. 앞장서서 뛰는 인간은 제인의 머리칼과 비슷한 금발이었지만 훨씬 짧았다. 얼굴도 제인과 비슷하게 생겼는데, 둘을 번갈아 돌아보니 조금 더 확실해졌다. 그날 밤, 내가 목숨을 구해주었던 두 인간이라는 것이.

제인이 제 자매인 인간을 가리키며 다시 짧게 끊어 말

했다.

"내 동생, 에릭. 에, 릭."

에릭은 저보다 키와 덩치가 큰 인간 남자 셋과 함께 왔다가 그들을 세워두고 홀로 나와 제인이 있는 곳으로 다가왔다.

제인과 에릭은 나를 두고 저들의 언어로 떠들다가 대화가 끝났는지 동시에 나를 위아래로 훑었다. 그러더니 손짓과 함께 나를 향해 말을 걸었는데, 대충 무슨 뜻인지 알 것 같았다. 손을 아래에서 위로 휘젓는 게 일어서라는 뜻 같아 자리에서 벌떡 일어섰다.

공기가 저항 없이 몸 밖으로 밀려 나갔다. 물속에서 움직일 때와는 차원이 달랐다. 바닷속에서는 헤엄칠 때 온몸의 힘을 주지 않으면 나아갈 수 없는데, 육지에서는 살짝만 힘을 주어도 온몸이 시원시원하게 잘도 움직였다.

제인과 에릭을 따라 한 발짝씩 내디뎌 걸었다. 온몸을 두 다리로만 지탱하고 서 있는 감각은 바닷물에 몸을 맡길 때와는 다른 느낌이었다. 땅이 몸을 끌어당기는 것 같으면서도, 두 다리에 힘을 주니 쉽게 움직이는 것이 기이하면서 재미있었다.

다행히 지난밤과 같은 고통도 없었고, 발바닥에 닿는 돌과 모래들의 아우성이 간지러운 정도였다. 아가미가 아닌 코로 숨을 크게 들이마셨다. 날카롭고 짭짜래한 공기가 콧구멍을 타고 가슴속으로 한꺼번에 들어와 폐가 부푸는 게 느껴졌다. 이게 인간 세상의 공기구나.

다리에 힘을 주어 힘차게 디뎌보고 싶었다. 헤엄치는 것보다 빠르게 이동할 수 있을 것 같았다. 앞서 걷는 인간들보다 훨씬 빠르게 걸을 수 있을 것 같았다. 하지만 이곳은 내가 눈 감고도 훤했던 바닷속이 아니니 제인과 에릭이 안내하는 길을 따라가는 게 나을 것 같았다.

이제 제인의 부축은 필요 없었지만, 제인이 잡아준 따뜻한 손을 놓고 싶지는 않았다.

인간들과 함께 들어간 곳은 반짝거리는 돌로 만들어진 커다란 집이었다. 그곳에서 제인은 수수한 옷을 입은 다른 인간 셋을 불러 이것저것 지시했다. 이윽고 그들은 뜨거운 물이 있는 방으로 나를 데리고 갔고, 내가 입고 있던 한 장짜리 얇은 옷을 벗겼다. 그러더니 나를 이리저리 움직이고 밀어서 뜨거운 물이 가득 들어 있는 곳으로 넣었다. 처음에는 너무 뜨거워서 살갗이 벗겨질 것만 같았는데 온도에 익숙해지니 편안해졌다. 온몸에 힘이 빠지면서 어느새 아늑하다고 느끼기 시작했다.

인간들은 내 머리 위로 물을 여러 차례 붓고, 좋은 냄새가 나는 기름 같은 것을 온몸에 문질러주었다. 거품이 나고 미끌미끌했다. 좋은 냄새가 나니 맛도 좋을 것 같아 손에 묻은 거품을 입에 가져다댔더니, 인간 중 하나가 내 손등을 따끔하게 때렸다. 그러고는 저들끼리 떠들기 시작했다.

무슨 말을 하는지 모르겠지만, 인간들은 내 몸을 구석구석 문지르며 쉴 새 없이 재잘거렸다. 그 소리가 파도 소리처럼 들려서 마음이 어지러웠다. 그래도 나는 시끄러운 파도 소리를 썩 좋아했다. 바다가 살아서 숨 쉬는 것 같았으니까. 바다처럼 이 인간들도 살아 있다는 것을 이렇게 소리 내어 이야기하고 있었다.

인간들의 손놀림은 날랬다. 다시 물을 부어 미끄럽던 피부를 뽀득뽀득 소리가 나도록 만들었다. 그러고는 물 밖으로 나를 끌어내고, 보드랍고 따듯한 천으로 내 몸의 물기를 닦아주었다. 몸의 물기를 다 닦아낸 후에는 그 천으로 내 머리카락을 모조리 감쌌다.

바깥에서 문을 두드리는 소리가 나더니 인간 중 한 명이

문을 조금 열고 무언가를 건네받아 왔다. 눈앞에서 펄럭거리며 펼쳐진 옷은 한눈에도 진귀해 보였다. 그런데 그 옷은 내버려두고 뒤에 숨겨져 있던 밋밋하고 무늬가 없는 흰 천을 먼저 가져와 내 두 다리에 끼워 넣었다. 그리고 허리춤에서 끈을 한 번 묶고, 그 위에 비슷한 색의 다른 천을 가져와 허리를 꼿꼿하게 만들어 덧댔다. 허리에 두른 옷은 다리에 씌워진 옷과는 차원이 다르게 딱딱했다. 허리에서부터 가슴 바로 아래쪽까지 넓게 두른 옷은 전체적으로 끈이 달려 있었는데 장식 같아 보이지 않았다. 무엇인지 제대로 살피려는데, 인간 중 하나가 그 끈을 내 등 뒤에서 아주 세게 잡아당겨 꽉 조였다. 갈비뼈가 부서질 것처럼 숨통이 꽉 조여왔다. 절로 헉하고 숨이 멎는 것 같았다.

인간은 내 반응은 아랑곳하지 않고 질끈 동여맨 끈으로 등 뒤에 매듭을 지었다. 허리가 쪼그라드는 것 같았고 가슴이 터질 것만 같았다. 인간들이 나를 죽이려고 작정을 한 것인가 하는 걱정이 들 때쯤 푸른색 화려한 옷을 그 위에 덧대 입혔다. 여전히 숨쉬기는 불편했지만, 푸른 드레스가 덧입혀지니 매끄럽게 펄럭거리는 것이 꽤 눈요기가 되었다.

옷 입는 것이 끝나자, 인간들은 나를 방 바깥으로 데리고 나왔다. 그리고는 거울 앞에 나를 앉히고 머리를 감쌌던 천을 풀어 머리의 물기를 닦고 털어주었다. 세 사람의 손길로 머리는 금세 말랐고, 인간들은 마른 머리카락을 이리저리 만지더니 이것저것 꽂아대기 시작했다. 내 머리는 곧 입고 있는 옷처럼 화려해졌다.

모든 일이 끝나자 제인이 돌아왔다. 제인도 옷을 갈아입고 머리를 단장한 상태였다. 내가 입은 옷과 비슷하게 화려하고 장식이 많았다. 해 질 녘의 해처럼 붉으면서도 노란 옷이었는데 제인과 썩 어울렸다.

제인은 내 손을 잡더니 다시 말을 걸었다.

"아버지와 어머니께 인사를 드리러 갈 거예요. 내가 같이 있을 테니 너무 걱정하지 말아요."

무슨 말을 한 건지 알 수 없지만, 제인이 손을 잡아준 것만으로도 마음이 놓여 절로 얼굴에 미소가 피었다.

제인을 따라 들어온 나이 든 인간 남자가 또 손에 무엇인가를 들고 왔다. 한 쌍의 신발처럼 보였는데, 지금껏 봤던 인간들의 것과 사뭇 달랐다. 더 뻣뻣하고 뾰족했다. 인간 남자는 내 앞에 무릎을 꿇고 내 발을 하나씩 들어 신발을 신겨주었다. 잘 맞지 않는지 신발에 발이 채 반도 들어가지 않았다. 인간 남자가 제인을 보고 난처한 듯 고개를 흔들었다. 제인은 고민하다가 그냥 치우라는 손짓을 했다.

제인이 내 손을 잡고 일으켜 세웠다. 그리고 앞장서서 다른 곳으로 향했다. 제인이 걷는데 바닥과 제인의 발이 만나는 소리가 요란했다. 또각 또각 또각. 내가 걸을 때는 아무 소리가 나지 않았다. 맨발로 매끈한 바닥을 딛는데, 시원하고 기분이 좋았다. 모래를 밟고 걷는 것과 또 다른 느낌이었다.

커다란 문이 있는 곳에 도착했다. 문 옆으로는 다른 인간들보다 키가 조금 더 큰 인간 두 명이 온통 번쩍거리는 이상한 옷을 입고 막대기 같은 것을 들고 서 있었다. 그들 중 한 명이 냅다 크게 소리쳤다.

"공주마마 드십니다."

척 보기에도 무거워 보이는 문이 천천히 소리도 없이 열렸다. 넓은 공간이 나왔는데, 지금껏 지나쳐온 곳 중에 가장 휘황찬란했다. 하늘만큼 높은 곳에 천장이 있었고 그 끝에 반짝거리는 불빛이 달려 있었다. 한쪽으로 크게 나 있는 창문들에서 햇빛이 여과 없이 쏟아지고 있었고 그 빛을 받아 바닥이며 벽 할 것 없이 반짝였다.

우리가 들어온 입구 반대편 끝에는 계단 같은 게 있었고 그 높은 곳에 아주 커다란 의자 두 개가 놓여 있었다. 사람이 앉기에는 너무 큰 줄 알았는데, 각각의 의자에 인간 남자와 인간 여자가 앉아 있었다. 두 인간의 얼굴을 살피니 제인과 에릭의 얼굴과 닮은 구석이 있어, 둘이 제인과 에릭의 어미와 아비인 것을 짐작할 수 있었다.

제인이 계단 앞에까지 나를 데리고 걸어가서는 살짝 무릎을 굽히며 고개를 숙였다가 다시 일어났다.

"아버지, 어머니. 아침 문안 인사드립니다."

"공주가 간밤에 재미난 걸 주웠다지."

"외진 해변에 홀로 쓰러져 있는 사람이었습니다. 우리 말을 하지 못하는 걸로 보아 바다 건너에서 온 이국의 귀족 영애인 듯합니다."

"그렇게 덩치가 큰 귀족 영애가 세상에 어디 있는가! 분명 가난한 촌부가 헤엄치다 물살에 휩쓸렸을 테지. 어디서 저렇게 천하고 더러운 것을 주워 와서는, 쫏쫏."

제인은 눈썹을 찌푸리며 제 아비와 어미를 번갈아 바라보았다. 제인 어미의 표정도 꽤 언짢아 보였는데 제인의 아비가 한 말 때문인 것 같았다. 제인이 한숨을 쉬며 고개를 절레절레 흔들었다.

"제가 데려왔으니 제가 책임지고 돌보겠습니다. 우리말을 가르쳐 어디서 온 누구인지 알아보도록 하겠습니다."

"성 내에 또래도 없고 다른 귀족 영애들과 어울리길 어려워하던 공주가 새로 친구를 만든 모양입니다. 원하는 대로 하게 허락해주시죠."

제인의 아비는 여전히 달가워하지 않는 표정이었지만, 제인의 어미가 달래는 투로 부드럽게 말하자 고개를 끄덕였다. 제인의 표정이 조금 풀어지고 희미한 미소가 다시 걸렸다.

제인은 들어왔을 때처럼 다시 무릎을 살짝 굽히고 고개를 숙였다가 든 다음 내 손을 잡고 그 공간 밖으로 나섰다.

제인은 나에게 성 곳곳을 보여주며 여러 가지 이야기를 해주었다. 대부분은 알아들을 수 없었지만, 어느 곳이 어떤 용도로 쓰이는지 설명해주는 것 같았다.

식사하는 공간에서는 또 새로운 것들을 배웠다. 손에 날카로운 도구와 뾰족한 도구를 각각 쥐고 음식을 작게 조각내 먹었다. 손으로 집어 곧바로 입에 넣지 않는 그 낯선 문화가 처음에는 영 어색했지만 금세 그런 식사법에 재미를 붙였다.

제인은 밥을 먹는 내내 나에게 도구와 음식의 이름을 일러주었다. 날카로운 것은 나이프, 뾰족한 것은 포크, 그리고 액체를 떠먹는 둥근 것은 숟가락이라고 불렀다. 음식이 담긴 둥그런 것은 접시, 접시가 올려진 것은 식탁, 나이프로 썰어서 먹는 질긴 덩어리는 스테이크, 그 옆에 초록색 산호처럼 생긴 것은 브로콜리, 주황색 채소는 당근, 숟가락으로 떠먹는 액체는 수프. 나는 잘 알아듣고 있다는 신호로 계속 고개를 끄덕였다. 제인은 연신 웃었다.

식사를 마치고서 제인이 보여준 여러 공간 중에 가장 마음에 드는 곳은 '서재'라고 불리는 곳이었다. 오래된 세월의, 알쏭달쏭하고 퀴퀴한 나무 냄새가 한껏 나는 곳이었다.

제인은 네모난 나무 상자를 책상이라고 불렀다. 그리고는 표면이 살짝 거친 하얗고 네모난 조각을 꺼내 책상 위에 올려두고 새의 깃털 같은 것을 쥐더니 그 끝에 검은색 물을 묻혀 천 위에 무엇인가를 그려 나가기 시작했다. 하얗고 얇은 그것을 종이라고 부르고 새의 깃털을 펜이라고 했으며 종이 위에 그려지는 것을 글자라고 칭했다. 그리고 종이 위에는 제인이 나에게 처음 보여준 글자, 제인의 이름 두 글자가 적혀 있었다.

"내가 우리말을 가르쳐줄게요. 글자랑 같이 배우면 좀 더 금방 익힐 수 있을지 몰라요."

제인은 자음과 모음부터 시작해서 나에게 인간의 말과 글을 가르치기 시작했다. 나는 더할 나위 없이 기뻤고 제인의 말을 하나도 잊지 않고 기억하기 위해 애를 썼다. 종이 위에 글자를 쓰는 것도 여러 차례 따라 했고, 글자를 빨리 익히고 싶어 눈을 감았을 때도 허공에 쓰면서 외웠다. 루나가 알려준 단어들, 바다, 그리움, 사랑, 연인, 애정과 비슷한 글자들을 볼 때면 나도 모르게 더 신이 났다.

그렇게 우리는 함께 있는 시간 대부분을 서재에서 보냈다.

제인이 데려온 여자에 대한 소문은 왕성 안팎으로 순식간에 퍼져 사람들의 입에 금세 오르내리기 시작했다. 여자에게 '로지'라는 이름을 붙여 부른다는 이야기에도 갖가지 살이 붙어 해밀튼 왕국 곳곳을 누볐다. 여자를 먼저 발견한 에릭이 그의 붉은 머리카락이 마치 장미꽃 같아 첫눈에 반해 '로지'라고 이름을 붙였다가 덩치를 보고는 기겁하며 도망쳤다든가, 손에 닿는 물건마다 부서지고 망가뜨리기 일쑤라 왕궁에서도 처치 곤란이라든가. 부풀려진 소문에 진실은 한 톨도 없어서 제인도 에릭도 신경을 쓰지 않았지만, 왕실의 이미지가 훼손되는 것에 로버트의 심기는 나날이 불편해졌다. 그러거나 말거나 로지는 제인이 지어준 이름을 썩 마음에 들어 했다.

장미라는 꽃을 처음 보았던 날을, 로지는 영원히 기억하고 싶었다.

제인이 몇 번이고 이름을 물어도 알려줄 이름이 없어서 이름을 지어달라고 했던 날, 제인의 얼굴에 화색이 돌며, 붉은 머리카락 색을 따서 '로지'라고 부르고 싶다고 말했던 날, 장미를 본 적이 없다고 하니 손을 잡아끌고 정원에 데려가 장미 군락을 보여주었던 날.

로지는 처음 맡는 장미 향에 정신을 차리지 못했다. 정원 한가운데 붉은 장미들이 제각기 생명력을 뿜내고 있었고, 초록빛 잎사귀들은 꽃의 색이 돋보이도록 꽃송이를 감싸쥐고 있었다. 붉은 장미 군락 옆으로 노란 장미들도 있었고, 옅은 붉은색과 흰 장미도 조화롭게 어우러져 있었다. 그 꽃밭 한가운데 로지를 바라보는 제인이 있었다. 장미꽃을 한 송이 한 송이 눈에 넣듯 바라보는 로지에게서 제인은 한순간도 시선을 떼지 않았다.

제인에게도 그날은 잊을 수 없는 날이었다. 장미에 정신이 팔려 있다가 천천히 자신을 돌아보았던 로지의 옅은 회백색의 눈동자를 무심결에 마주하게 된 순간. 제인의 심장은 여느 때보다도 더 거세게 뛰었다. 누가 뭐래도 로지는 내가 발견한 나의 인어다. 아무에게도 빼앗기고 싶지 않다. 제인의 머릿속은 그 생각으로 가득 찼다. 나만의 인어….

비록 로지는 자신의 정체를 끝끝내 비밀에 부쳤지만, 아무래도 좋았다. 오히려 아무에게 알려주지 않는 게 나았다. 어설프게 인어라고 정체를 밝히면 이상한 소문에 더 말도 안 되는 배경까지 덧붙여질지 모를 일이니까.

장미 밭 사이에서 제인과 로지는 오래도록 시선을 맞추고 서 있었다. 로지는 이 순간을 '사랑'이라고 부르고 싶었다. 바다에 있는 자매들과 나누던 교감과 아주 다른 특별한 감정. 로지에게는 이것이 사랑이었다.

로지는 제인에게 많은 것을 빠르게 배웠다. 코르셋을 두르고 치렁치렁한 드레스를 입는 것, 왕실의 예법대로 사뿐하게 걷는 것 같은 갑갑하고 합당한 이유가 없는 관습이 몸에 배는 데에 시간이 조금 더 걸렸을 뿐이다.

로지의 빠른 습득력에는 제인도 혀를 내두를 정도였다. 어린 시절 총명하다는 소리를 늘 듣고 자랐던 제인은 로지가 영특하다는 것을 단번에 알아차렸다. 하나를 알려주면 열두 가지를 스스로 깨우쳤고, 글자를 익히기 시작한 지 일주일 만에 하고 싶은 말을 문장으로 썼다. 왕실 서재에서 로지가 읽을 만한 책은 빠른 속도로 줄어들었다.

그 무렵 로버트는 정 왕국을 침략하기 위한 계략을 세웠다. 늙은 남자 귀족들과 함께 회의실에서 매일같이 침략 계획을 다듬었는데, 회의실은 여자들의 출입이 엄격히 금지된 곳이었기에 제인과 메리안은 그의 계략을 정확히 파악할 수 없었다.

그러나 포기할 줄 모르고 끊임없이 회의실 잠입을 시도한 제인은 마침내 로버트가 꽁꽁 감춰 둔 전쟁 계획을 찾아내는 데 이르렀다. 거침없는 제인이 곧바로 로버트에게 화를 내며 반대하고 나섰지만, 로버트는 오히려 제인을 나무라며 정치는 여자의 일이 아니라고 단번에 찍어 눌렀다.

제인은 회의실에서 쫓겨나 방으로 돌아와 남은 분노를 터뜨렸다.

"무능한 왕 같으니라고! 아버지뿐만 아니라 거기에 동조하는 늙은이들도 마찬가지야. 전쟁이 옆집 개 이름도 아니고 그렇게 쉽게 결정할 게 아닌데. 나라를 말아먹을 작정인 건가?"

내가 해도 이것보단 더 잘할걸, 이라는 말이 제인의 목구멍까지 올라왔다.

로버트는 차기 왕으로 에릭을 점찍었고, 해밀튼 왕국에서 여자가 왕이 된 역사는 이때껏 없었다. 에릭을 제치고,

로버트의 뜻을 거스르고 왕이 될 생각을 한 것이 다소 불경한 마음 같아 제인은 말을 내뱉기 망설였다.

하지만 제인은 왕성 바깥에서 궁핍하게 사는 백성들을 발견했던 날을 떠올렸다. 남쪽 지역에서 시작한 기근의 여파로 수도까지 물자가 원활하게 유통되지 않아 가난한 백성들은 하루 한 끼 겨우 입에 풀칠하며 지낸다고 했다. 왕성의 곡식 창고를 열고 귀족들이 십시일반 물자를 모으면 충분히 해결 가능했지만, 로버트는 신경 쓴 적이 없었다.

기근 초창기에 제인이 귀족 집안 영애들 몇몇과 함께 두 발을 벗고 굶주린 백성들을 보살피기 위해 나섰다. 제 몫의 식사를 줄여가며 가난한 백성들에게 식량을 나누어주었지만, 로버트는 단번에 제인을 비롯해 나눔에 가담한 귀족 여식들을 각자의 집에 구금하라고 명했다. 표면적으로는 기근 탓에 사나워진 민심이 귀한 여자들을 향한 폭력으로 번지지 않도록 예방하는 조처였지만, 실제로는 남자가 하는 일에 주제도 모르고 여자들이 함부로 나선 걸 견제하는 것이었다.

게다가 서쪽 국경을 호시탐탐 노리는 허먼 왕국을 대하는 로버트의 태도도 미적지근했다. 평민, 귀족, 남녀노소 가릴 것 없이 서쪽 국경을 지키러 가겠다며 자진하고 나서도

"기사가 될 만한 자질의 사람은 따로 있다"라며 그들의 요구를 무시하기만 했다.

'내가 왕이 되면 전혀 다른 나라를 만들어 보겠어.'

제인은 이제 왕이 되고 싶다는 생각이 확고해졌다. 눈앞의 이익만 좇아 백성의 안위를 돌보지 않는 무능한 귀족들을 갈아엎고, 어머니의 나라를 침략의 대상으로 보는 로버트를 쫓아내 그 자리를 차지하겠다는 결심이 서기까지는 오래 걸리지 않았다.

제인에게 말과 글을 배운 뒤로는 나를 향해 수군거리는 말이 더 선명하게 들렸다. 내가 아직도 말을 못 알아듣는다고 생각한 인간들은 나를 씻기고 입히면서도 끊임없이 나에 관해 떠들어댔다.

"볼수록 신기하단 말이에요. 어쩜 여자가 이렇게 몸이 다부진지."

"기사단장님의 팔뚝보다 더 굵을지 몰라요."

"깔깔깔. 공주님이 로지라는 이름을 붙이셨다대요. 꼴에 장미라니, 어울리지도 않게 말예요."

"피부는 여느 귀부인보다도 더 희고 투명한데, 이 다리 좀 보세요, 알이 굵은 게 열무 밭에서 갓 뽑아온 모양이죠."

"가슴은 또 어찌나 편편하고 넓은지, 여느 사내 가슴 못지않답니다. 눈 감고 안기면 저도 모르게 설레겠어요."

"평생 시집이나 가겠어요? 이러다 공주님 시집가는 데 따라가서 흠이나 안 돼야 할 텐데요."

"코르셋 조이기도 어찌나 힘이 드는지, 뭘 그렇게 드셔서 배가 빵빵한지 모르겠어요, 정말."

이런 것들이 왜 흠결이 되는지 도저히 이해가 가지 않았다. 바다에서 힘차게 헤엄치던 내 몸은 그저 기능에 맞게 잘 만들어져 있을 뿐이었다. 나뿐만 아니라 모든 인어가 그러했기 때문에 인간들이 신체의 우열을 나누는 기준이 내게는 참 이상했다.

다리가 두 개나 있는데, 걷는 것보다 가만히 앉아 있는 것이 추앙받는 세계는 정말 유별났다.

가장 유별나다고 생각한 건 남녀의 구별이었다. 여성 개체로만 이루어진 인어들 세상에서는 상상도 못 해본 구별이어서 더 그렇게 느껴지는지 모르겠다. 남자들이 두 다리로 열심히 걷고 달리는 사이, 여자들은 공기가 된 듯 유리처럼 가냘픈 의자에 가만히 앉아 있어야 했고 편한 옷을 입고 제멋대로 몸을 놀리는 남자들과 달리, 여자들에게는 숨도 못 쉬게 꽉 조인 코르셋을 입고 벽에 걸린 장식품처럼 가느다랗게 웃는 것만이 허용됐다.

제인에게 몇 번씩이나 불만을 토로했는데 그때마다 제인은 처연하게 웃곤 했다.

거기다가 머리는 왜 짧게 자르면 안 된다는 거야? 머리를 자르면 여자다움을 잃나? 여자다움이 대체 뭐기에 여자는 할 수 없는 것들이 왜 이렇게 많은 거야? 제인은 이렇게 사는 거 답답하지 않아?

"물론 답답하고 지겹지. 나도 하고 싶은 게 얼마나 많은데. 에릭처럼 검술 수업도 받고 싶고, 정치나 경제에 대해 더 배우고 싶은걸. 그런데 이 나라의 법도가 그래, 여자들이 그렇게 살면 이상하게 봐."

누가 나를 어떻게 보든 그게 무슨 상관인지 모르겠어. 내가 행복하게 사는 게 중요한 거 아냐?

"그러게 말이야, 하고 싶은 걸 모두 하고 살면 정말 행복하겠지?"

그런 제인의 태도가 바뀐 것은 회의실이라는 곳에 몰래 들어갔다가 제인의 아비에게 걸려 호되게 혼이 난 다음부터였다.

나라의 법도가 여자의 삶을 제한하는 게 많다고는 해도 제인은 꿋꿋이 자신이 하고 싶은 걸 찾아서 하는 사람이었다. 그 와중에 부딪히고 깨지더라도 일단 해보는 제인이었다. 로버트가 크게 반대하고 으름장을 놓으면 그제야 슬그머니 포기하는 척하곤 했는데, 이번은 좀 달랐다. 단순히 코르셋을 벗어던지고 사내처럼 입는 투정 이상의 고집이 제인의 얼굴에 서려 있었다.

"왕이 돼야겠어."

인간들 세계의 '왕'은 인어 무리의 우두머리와는 비슷하면서도 달랐다. 인어의 우두머리는 무리 중 가장 나이가 많고 경험도 풍부하여 누구의 질문에도 답할 수 있는 현명한 이로, 무리의 생존을 위한 최선을 제안하되 누구에게도 어떤 강요도 하지 않는다. "너를 위해서, 우리 무리를 위해서"라는 말로 자신의 목적을 포장하지 않으며, 무엇보다도 모든 인어의 말을 중요하게 들어준다. 그래서 인어의 우두머리는 자연스럽게 권위가 있었다.

인간의 '왕'은 권력으로 권위를 움켜쥔 자였다. 제인의 아비인 로버트만 그런 건지 다른 나라의 왕도 그러한지는 자세히 알 수 없지만, 왕의 말에 강력한 힘이 있다는 건 확실했다. 왕의 한마디, 왕의 결정 하나로 여러 사람의 생사가 오가기도 했다.

제인이 그 자리에 오르겠다는 결심을 했다. 그런 제인의 곁에서, 그가 어떤 왕이 되는지를 지켜보고 싶었다. 내가 도울 수 있는 게 있다면 돕고 싶었다. 그렇다면 지금이 가장 적절한 순간인 것 같았다.

네가 알아야 할 게 있어.

내가 가진 것을 모두 활용하여 제인을 도우려면, 내가 어떤 사람인지, 아니 내가 사람이 아닌 인어라는 걸 제인이 알아야 했다.

제인이 알아주길 바랐다. 내가 인어라고 해도 나를 받아들여줄 수 있을 거라는 믿음도 이 결심에 한몫했다.

제인은 나를 멀뚱히 바라보고 있었고, 나는 제인의 손바닥에 또박또박 글자를 써 내려갔다.

나는 인어야, 너를 보러 여기까지 왔어.

손바닥과 내 얼굴을 번갈아 보던 제인의 표정이 환해졌다. 내가 더 쓰려던 말을 가로막고 냉큼 나를 안았는데, 나보다 체구가 훨씬 작은 제인이 내 품에 안긴 모습이 되었다.

제인은 왕이 되어야겠다고 말했을 때만큼 설레 보였다.

"고마워, 로지. 나를 믿고 너에 대해 말해주어서."

내 품에 파묻힌 채 웅얼거리는 제인의 목소리가 약간은 촉촉하게 들렸다. 지금껏 고민했던 게 무색할 정도로 제인이 잘 받아들여준 덕분에 내 마음도 한결 편안해졌다.

제인과 함께 앞으로의 계획을 세웠다. 가장 최선은 전쟁을 막는 것이고, 그게 어렵다면 바다 건너 정 왕국에 이 사실을 알려 도움을 요청하는 것이었다. 전쟁을 막은 다음에는 전쟁을 일으켜서 국가의 안위에 위협을 가하려던 로버트와 그를 지지한 귀족들을 처단할 예정이었다. 그러기 위해서는 제인을 지지해줄 세력을 미리 키우는 게 급선무였다. 만약 이 모든 계획이 실패해 실제로 전쟁이 일어난다면, 패배했을 땐 패배를 빌미로 로버트의 정권을 무너뜨릴 작정이고, 혹시라도 전쟁에서 이긴다면 상대국인 정 왕국 사람들과 손을 잡는 한이 있더라도 로버트를 왕좌에서 끌어내릴 계획이었다.

내 역할은 우선 전쟁을 막는 데 힘을 보태는 것이었다.

배로 전쟁을 할 거라고 했으니, 전쟁에 나갈 배를 가라앉히는 걸 도울게.

곧 보름이니 인어로 변해서 몰래 바닷속으로 숨어들어 배의 아래쪽에 구멍을 내는 것도 어렵지 않을 것 같았다. 그리고 인어가 된 김에 무리로 돌아가 자매들에게 도움을 요청할 수도 있을 것 같았다.

제인에게 인어의 언어도 가르쳐주었다. 바닷속과 달라서 온몸을 이용한 몸짓말은 표현할 수 없으니 손짓말 정도만 가르쳐줄 수 있었다. 하지만 소리로 말을 전할 수 없는 유사시에는 요긴하게 쓰일 것이다. 게다가 제인이 손짓말을 익히면 우리의 의사소통이 더 원활해질 수 있었다. 제인은 매우 영리했고 손짓말을 금방 익혔다. 그리고 몸짓말을 보완할 우리만의 손짓말도 만들었다.

심혈을 기울여 가장 처음 만든 손짓말은 '사랑'이었다. 두 손을 모아 왼쪽 가슴에 대고 가볍게 두 번 두드린 후 손을 입술에 가져대는 것이었다. 우리 둘은 서로에게 '사랑'이라는 손짓말을 자주 해주었다. 그럴 필요는 없었지만 늘 두 눈을 감은 채로 '사랑'을 말했다.

사랑의 정의를 완전히 이해하지는 못했어도, 어렴풋이 제인과 나의 마음이 사랑이라는 것은 알 것 같았다. 솔을 사랑한 루나처럼, 루나를 사랑한 솔처럼, 자신이 가진 모든 걸 내던지고 서로를 바라보는 것. 정말 어려운 일이 아닐 수 없었겠지.

나 역시, 다른 무수한 이유가 있었다고 해도 인간이 되고자 마음을 먹은 가장 큰 이유는 제인을 다시 보고 싶다는 마음이었다. 내 삶이 제인을 만나기 전과 후로 극명하게 갈릴 정도로 인간이 되어 제인과 함께 한 모든 일이 좋았다. 제인도 나와 같았을 것이다.

좋다는 말로만 표현하기에 부족할 정도였다. 서로를 향해 '사랑'을 말할 때마다 나는 온몸이 달뜨고 주체할 수 없을 것 같은 기분이 들었다. 우두머리 인어가 말한 산란기 증상과 비슷했다.

제인도 그랬을지는 모르겠지만, 나는 제인을 바라볼 때면 늘 그의 작고 통통한 입술의 감촉이 궁금해 미칠 지경이었다. 부드럽고 매끄러운 그 입술에 내 입술을 갖다 대고 맛을 보고 싶어서 그런 걸까.

인어의 키스, 그다음의 단계가 있다면, 제인과 함께하고 싶었다. 제인의 자그마한 몸을 꼭 끌어안고 놓지 않고 싶었고, 제인이 끊임없이 내 눈을 바라봐주길 바랐다. 그리고 이런 생각이 들 때마다 온몸에 열이 나는 것처럼 더워졌다.

나는 이걸 '사랑'이라고 불렀다. 제인의 눈빛이 끓는 바다처럼 뜨거워지는 걸 볼 때마다, 제인도 나에게 같은 감정을 느낀다는 걸 알았다. 그래서 우리는 '사랑'을 자주 말했다.

어느덧 보름달이 맑게 뜨는 날이었다. 달이 뜨면 내 몸이 변할 테니, 우리는 일찌감치 사람들의 눈을 피해 아무도 없는 해변으로 숨어들었다. 내가 인간으로 변했던 바로 그 해변으로.

왕성을 나서면서 기이하게 평소보다 경비병의 숫자가 적은 것을 눈치챘지만, 국왕이 전쟁을 준비하느라 병사들을 훈련 시키는데 데려간 모양이라고 지레짐작했다. 제인도 유달리 불안한 표정이었지만, 등에 화살통과 활을 둘러메고 나서는 망설임을 지웠다.

서서히 해가 서쪽 하늘로 기울었고, 둥근 보름달이 동쪽에서 모습을 드러내기 시작했다. 바다에 발을 담그니 두 다리가 천천히 하나로 굳어가는 게 느껴졌다. 제인은 나를 따라서 바닷물에 발을 담갔다. 내 몸은 어느새 인어가 되었다.

준비했던 화약 주머니를 제인이 건네주었다. 돼지가죽으로 만든 주머니 덕분에 내가 물속으로 가지고 들어가더라도 화약이 물에 젖지 않았다.

"계획했던 대로, 배에 부착하면 내가 멀리서 불화살을 날려 맞힐 거야."

나는 해저로, 제인은 육로로, 각자 계획한 장소로 이동했다. 목표로 한 해군 기지가 멀지 않은 덕분에 쉽게 이동할 수 있었다. 무엇보다도 물속에서 나를 저지할 수 있는 이는 아무도 없었다.

해군 기지는 '기지'라고 불릴 만큼 화려하고 크지 않았지만, 여러 척의 군함이 항구에 정박해 있고, 인근 해상에는 더 많은 전투함이 떠 있었다. 화약이 한정돼 있으니 폭파할 수 있는 배의 숫자도 정해져 있었다. 우리는 전략적으로 가장 큰 지휘선과 그 근처의 군함을 폭파하기로 했다.

재빠르게 목표물에 다가가 폭약을 부착하고 제인을 향해 손을 흔들었다. 어스름한 제인의 실루엣 한가운데 작은 불꽃이 일었다. 불꽃은 가냘프게 일렁이더니 내가 있는 곳을 향해 쏜살같이 날아왔다. 바람을 맞아 불꽃의 숨이 죽은 듯 희미해졌다가 내 옆을 지나쳐 폭약이 붙어 있는 배 옆구리에 정확히 꽂혔다. 불꽃이 튀면서 화약에 불이 붙기 시작한 것을 확인하고는 물속 깊이 머리를 집어넣었다. 더 깊은 곳으로 헤엄쳐 들어갔다.

머리 위 해수면으로 폭발음이 뭉개져서 들렸다. 폭발음은 시간차를 두고 연달아 났다. 불꽃이 더 화려하게 번졌고, 폭약이 붙어 있던 배가 차례로 부서지며 파편이 사방으로 튀었다.

해수면이 뜨겁게 달궈졌다. 불은 배에서 배로 옮겨붙었고, 나는 바다의 바닥에서 붉은 불꽃이 덩실덩실 춤추는 걸 지켜보았다. 불길은 빠르게 번졌다.

불길이 걷잡을 수 없이 번지며 인근 해수의 온도가 가파르게 올라가는 게 피부로 느껴졌다. 얼굴의 열기도 식히고 제인에게 인사도 할 생각으로 수면 위로 살짝 고개를 내밀었는데, 생각보다 해군 기지에서 충분히 멀어진 곳에서 올라온 게 아니었던 모양이었다.

"마녀다, 마녀가 나타났다!"

허둥대는 인간 무리에서 비명이 터져 나왔다. 한 명이 나를 손가락으로 가리키며 소리 지르고 있었다. 고개를 돌려 제인이 숨어 있는 곳을 바라보았다. 제인은 손짓으로 어서 떠나라고 말하고 있었다. 인사도 채 하지 못한 아쉬움을 뒤로하고 잠수해야 했다.

그래, 다시 돌아오면 되니까.

인간들이 더 몰려오기 전에 다시 머리를 해수면 아래로 내렸다. 한동안 떠나 있던 고향으로 돌아간다는 반가움과 겨우 하룻밤이지만 제인과 떨어져야 한다는 아쉬움이 뒤섞여서 가슴이 콩콩 뛰었다. 어쩌면 앞으로 벌어질 일에 대한 불안감 때문에 뛰었는지도 모르겠다.

달이 지기 전에 돌아와야 하니 시간이 넉넉하지는 않았다. 헤엄을 재촉했다.

마지막 화살까지 목표물에 정확히 날아가 꽂히며 전투함을 맹렬히 태우는 불꽃에 화력을 더했다. 제인은 속으로 쾌재를 부르며, 역시 아버지가 반대하더라도 몰래 활솜씨를 연마하길 잘했다고 연신 뿌듯해했다.

불꽃이 해군 기지를 잡아먹을 듯 일렁이는 걸 지켜보다가 로지가 무사히 물속으로 도망친 것까지 확인하고서야 제인은 몸을 돌려 다시 왕성으로 돌아갈 채비를 했다. 그러나 커다란 그림자가 제인의 앞을 막고 섰다. 로버트였다.

로버트의 뒤로는 왕실 기사단이 무장을 한 채로 서 있었고, 그의 옆에는 에릭이 안절부절하며 서 있었다.

"여기서 무얼 하고 있는 게냐!"

커다란 호통이 귀를 찢을 듯 들려왔다. 에릭은 잔뜩 움츠러들어 귀를 막았지만, 제인은 오히려 당당하게 그 자리에서 일어서서 어깨를 폈다.

"전쟁을 막으려 했습니다."

"네깟 게 뭘 안다고 나서는 거야!"

"적어도 전쟁이 일어나면 무고한 백성들이 피해를 본다는 건 잘 알고 있습니다."

제인이 한 마디도 지지 않고 또박또박 대꾸하자, 로버트는 분노로 몸을 부들부들 떨었다. 그리고는 누가 말리기도 채 전에 몸을 돌려 집채만 한 손으로 에릭의 뺨을 냅다 갈겼다. 뒤에 서 있던 병사들 사이에서도 헉, 하며 마른침을 삼키는 소리가 들렸고, 단번에 제인의 온몸이 굳었다. 에릭은 로버트에게 맞은 방향대로 맥없이 쓰러졌다.

로버트는 단 한 번도 제인에게 손찌검한 적이 없었다. 남자가 여자에게 신체적 폭력을 가하는 것은 비겁하고 비열한 짓이라는 생각도 있었지만, 무엇보다도 제인을 효과적으로 벌주는 법은 체벌이 아니라는 걸 알았기 때문이었다. 그렇기에 제인에게 훈계를 할 때면 으레 옆에 있는 에릭에게 손찌검하곤 했다.

아니나 다를까, 이번에도 제인은 더는 대꾸하지 못했다. 입을 꾹 다문 채 쥐고 있던 활을 힘주어 잡을 뿐이었다. 로버트는 조용해진 제인의 손에서 우악스럽게 활을 빼앗아 들고 기사들에게 소리쳤다.

"공주를 서쪽 탑 꼭대기에 가두어라. 하루쯤 거기서 밤을 보내면 뭘 잘못했는지 깨닫겠지."

우물쭈물하던 기사들은 눈알을 부라리는 로버트의 눈치를 살피며 제인을 잡기 위해 앞으로 나섰다. 제인은 자신을 향해 다가오는 기사들을 제지하며, 제 발로 가겠다고 단호히 말했다. 자신의 방에 구금된 적은 많았지만 저주받은 서쪽 탑 꼭대기로 가게 된 것은 처음이었다. 그래도 제인은 두려움에 떨지 않았다.

로버트는 제인이 회의실에 잠입해 전쟁 준비를 알게 된 후로 훼방 놓을 짓을 꾸미고 있다는 걸 미리 짐작했지만, 설마하니 배를 폭파할 거라고는 상상도 못했다. 제인의 사보타주가 귀족에게든 백성들에게든 알려지면, 제인이 마녀라고 소문날까 봐 로버트는 덜컥 겁이 났다. 제인을 향한 의심의 싹을 지우고 백성들의 눈을 돌릴 무언가가 필요했는데, 마침 제인의 곁에서 모난 정처럼 눈에 띄는 로지의 존재가 떠올랐다.

이게 모두 그 '로지'라는 여자 때문이다. 로버트는 로지가 성에 들어온 후부터 로지를 마녀로 점찍어두고 있었다. 그 여자를 마녀로 호명하며 화형하면 왕궁 안팎의 나쁜 소문들을 잠재우는 효과도 기대할 수 있을 것 같았다. 제인도 로지만 없어지면 정화 의식을 치를 것도 없이 제정신을 차리고 얌전히 지내다가 시집을 갈 거라 믿었다.

로지의 외모를 비롯해 숙녀답지 못한 태도가 의심스럽다는 소문이 도는 것도 로버트에게는 로지가 마녀라는 가설에 힘을 실어줄 기회였다. 한 가지 빼도 박도 못하는 확실한 증거 하나만 더 생긴다면 소문은 기정사실이 될 것이다.

해군 기지의 불길이 매섭게 일렁거리는 것을 보며 로버트는 속으로 흉계를 꾸몄다. 이것이 바로 그 최적의 기회가 될지 몰랐다.

그때, 해군 기지 쪽에서 병사 둘이 헐떡이며 뛰어 올라와 로버트에게 상황을 보고하기 시작했다.

"국왕 전하. 지휘선이 폭발한 직후에 바다에서 헤엄치는 사람을 본 자가 있습니다. 붉은 머리카락을 한 여인의 모습이라, 벌써 병사 중에는 마녀의 짓이라 믿는 이들이 많습니다."

진화 작업 진척도를 설명하는 병사를 앞에 두고, 로버트는 속으로 회심의 미소를 지었다. 하늘은 자신의 편이라는 확신이 들었다. 이미 병사들 마음에 심어진 의심의 불꽃에 화력을 더하는 것은 식은 죽 먹기였다.

"공주를 현혹해 우리 군함을 폭파한 사악한 마녀가 아직 인근에 있을 것이니 샅샅이 뒤지도록 하여라."

에릭은 내내 초조했다. 제인이 말하는 전쟁이 대체 무엇이었을지 생각하느라 머릿속이 복잡했다. 에릭이 아는 한 배를 통해 갈 수 있는 나라는 정 왕국뿐이며, 배로 전쟁을 일으킨다면 그 대상 또한 정 왕국뿐이었다.

제인이 로지와 함께 다니기 시작하면서 더 제멋대로 굴긴 했지만, 여전히 영리하고 똑똑한 사람이라는 걸 알았다. 에릭은 제인의 판단을 전적으로 신뢰했는데, 로지가 제인의 판단력을 흐리게 만드는 마녀라는 사실도 믿기 어려웠다.

그렇다면 이 모든 사태의 배후는 로버트라는 건데, 그 또한 믿고 싶은 사실은 아니었다. 어머니 나라를 침략하려 하는 아버지, 누이에게 오명을 씌우려는 아버지, 그러나 또한 자신을 왕의 재목으로 여기고 단단히 훈육하려는 것이 바로 그 아버지였다.

성에 돌아오자 로버트는 에릭에게 제인의 활을 쥐여주며 말했다.

"너는 나를 이어 왕이 될 사람이다. 이번 기회에 결단력을 기르는 게 좋겠지. 이 활은 잘 숨겨두도록 하여라. 어디 불구덩이에 집어 던져도 좋고."

로버트가 에릭의 머리를 쓰다듬자, 에릭은 저절로 몸을 움츠렸다. 로버트는 속으로 혀를 끌끌 차면서도 내색 않고 에릭을 달랬다. 그러고는 로지를 처음 발견했던 해변이 어딘지 물었다.

에릭은 고개를 젓고 싶었다. 모르는 척하고 그 자리를 빠져나가고 싶었다. 모든 것에서 도망치고 싶었다. 어떤 일에도 연루되고 싶지 않았고, 무슨 일이 벌어져도 책임지고 싶지 않았다. 로버트가 에릭의 어깨를 잡고 꾹 누르자, 외면하고 싶은 마음이 더 간절해졌다.

하지만 결국 에릭은 로버트에게 해변으로 향하는 길목을 일러주고 말았다. 설마하니 그곳에 로지가 숨어 있을까, 인적이 드물다곤 해도 숨을 데라곤 없을 텐데, 생각이 있으면 그곳으로 가진 않았겠지. 머릿속으로 끝없이 자신을 달랬다.

로버트는 에릭의 어깨를 두드리며 방으로 들어가 보라고 일렀다. 그의 목소리에는 불길한 웃음기가 서려 있었다. 에릭은 로버트를 뒤로하고 냅다 달렸다. 자신이 무슨 짓을 저질렀는지 더는 생각하고 싶지 않았다. 정신없이 달리다가 손에 들린 제인의 활이 눈에 들어왔다. 활이라도 제인에게 돌려주고 싶었지만, 아버지의 눈 밖에 나면서까지 서쪽 탑 꼭대기에 몰래 숨어들 용기는 없었다.

차선책으로 에릭은 어머니 메리안을 택했다. 제 방으로 돌아가던 발을 돌려 메리안에게로 향했다. 그래도 아버지가 어머니 말은 듣겠지, 어머니는 아버지를 두려워하지 않으니, 활을 누이에게 돌려줄 수 있을지도 모르지. 게다가 아버지가 어머니 나라를 상대로 전쟁을 일으키려는 걸 안다면, 어머니가 그걸 막을 방도라도 고민할 수 있지 않을까? 에릭은 메리안이 방에 있기를 바라며 발길을 재촉했다.

한편, 로버트는 제인을 가둔 서쪽 탑으로 향했다. 도대체가 무슨 꿍꿍이인지, 정말로 로지 때문에 마녀가 되어버린 건 아닌지 알고 싶었다. 자신은 하염없이 사랑을 주고 또 주었는데 그 사랑을 이렇게 박살 내버린 딸이 너무나 괴물처럼 느껴졌다.

서쪽 탑 꼭대기에 도달해서 주변 병사들을 물리고 창살 너머의 제인을 불렀다. 제인은 로버트와 닮은 얼굴로 화를 내고 있었다. 로버트는 제인의 얼굴에 묻어있는 고집스러움을 보며 메리안을 생각했다. 제 어미를 닮아 나서기 좋아하고 고집불통인 딸을 미련하다고 여겼다.

"그 마녀를 잡으면 화형에 처할 것이다. 너는 얌전히 신부 수업을 받다 허면 왕국의 제임스 왕자에게 시집이나 가거라. 그렇게 걱정하는 백성들을 위해서는 네가 허면 왕국으로 시집을 가는 수밖에 없다."

"그렇다면 나는 미치광이 신부가 되어 혼인날 그의 목을 물어뜯을 것입니다."

"그러지 못하도록 이를 모두 뽑아버릴 것이다."

"그렇다면 손톱으로 그의 얼굴을 모두 할퀴어버릴 것입니다."

"그러지 못하도록 손톱도 모두 뽑아버릴 것이다."

"손톱도 이도 쓰지 못한다면 내 손가락으로 그의 눈을 파버릴 것입니다."

"지금은 나를 원망하겠지만, 너도 결혼해서 가정을 이루면 좀 온순해지고 이 아비의 마음을 이해하게 되겠지."

로버트는 진심으로 그렇게 생각했다. 아직 세상 물정을 몰라서, 아직 온전한 가정을 꾸려본 적이 없는 어린아이라서, 그래서 제인이 마녀에게 쉽게 미혹되어 날뛰는 것이라고. 시간이 지나면 자신을 이해해줄 것이라고. 자식이란 응당 부모가 되어봐야 그 마음을 알게 되곤 하니까.

하지만 제인은 로버트를 향해 침을 뱉었다.

"당신을 영원히 저주할 것입니다."

로버트는 제인이 갇혀 있는 창살을 세게 내리쳤다. 쿵 소리가 요란하게 울렸지만, 제인은 눈을 여전히 부릅뜬 채 로버트를 바라보고 있었다.

"나는 당신 뜻대로 할 수 있는 인형이 아닙니다."

제인이 소리를 질렀고, 로버트는 등을 홱 돌렸다. 제인이 얌전해질 때까지 일주일이고 한 달이고 꺼내주지 말라며 병사들에게 명하고는 탑을 내려왔다.

그 직후 로버트는 곧장 성안에 남아있는 기사단원을 이끌고 에릭이 일러준 해변으로 향했다. 해변에 다다랐을 때 시간은 어느덧 새벽녘이었다. 하늘이 옅은 빛을 띠며 곧 동이 터올 것을 예고하고 있었다.

"국왕 전하, 마녀입니다! 마녀가 바다에서 나옵니다!"

동쪽 끝에서 바닷바람에 해가 일렁이며 고개를 들이밀기 시작했을 때, 수평선 너머로 붉은 머리카락이 솟아오르는 것이 눈에 들어왔다. 떠오르는 태양의 빛을 받으며, 로지가 한 걸음, 한 걸음 걸어 나오고 있었다. 병사들은 나체로 서서히 물속에서 걸어 나오는 로지를 보고는 눈을 어디에 둬야 할지 몰라 우왕좌왕했다.

로버트만이 로지가 서서히 변하는 모습을 눈도 떼지 않고 바라보았다. 그도 그럴 것이 인어의 모습이 남아 있는 채로 뭍으로 올라오는 로지가 차근히 인간으로 변하는 것은 기이하면서도 놀라웠기 때문이었다.

로지의 목덜미에 겹겹이 남아 있던 아가미가 피부 속으로 파고들어 사라졌고, 허벅지 아래에서부터 내려오는 비늘이 햇빛에 반짝이다 서서히 빛을 잃어 상체와 같은 피부색으로 변했다. 동시에 하나로 붙어 있는 것 같았던 꼬리 모양의

지느러미가 두 갈래로 갈라져 사람의 다리가 되었다.

로지는 참방참방 물을 튕기며 해안으로 올라와 어리둥절한 표정으로 주변을 둘러보았다. 로버트는 그 기회를 놓치지 않았다. 상황 파악을 채 하지 못한 로지에게 성큼성큼 걸어가 그의 팔을 우악스럽게 잡고는 재빨리 로지의 귓가에 대고 속삭였다.

"네가 얌전히 굴지 않으면 제인이 다칠 것이다."

힘을 더 썼다면 분명 로버트에게서 벗어나는 게 어려운 일은 아니었겠지만, 로지는 차마 더는 반항할 수 없었다. 마중 나오기로 약속한 제인 대신 로버트와 병사들이 나와 있는 상황에 이미 제인에게 생긴 변고를 눈치채고도 남았다. 로버트의 으름장을 듣고는 제인이 걱정돼 섣불리 움직일 수가 없었을 뿐이었다.

약삭빠른 로버트는 로지의 팔을 높이 치켜올리며 소리쳤다.

"물속에서 나체로 나오면서도 부끄러운 줄을 모르는 이 여자를 보라! 이는 필시 마녀임에 틀림이 없다!"

로버트가 병사들을 시켜 가지고 온 포승줄로 로지를 결박했다. 마녀로 호명된 로지를 향한 병사들의 눈빛이 낯선 여자의 나체를 보며 부끄러워하는 빛이 아닌, 사악한 마녀를 징벌하고자 하는 심판자의 눈빛으로 변했다. 로버트는 의기양양한 표정으로 로지를 끌고 광장에 매달아두라고 명했다.

로지는 제인 걱정에 별다른 저항 없이 로버트의 명에 따르는 병사에게 이끌려 광장으로 향했다.

인간이 되고 싶어졌다. 서식지로 돌아가는 길에 깊고 깊은 바다를 헤엄치며, 더 간절히 완전한 인간이 되고 싶다고 생각했다.

제인과 함께 보낸 시간 자체가 즐거웠던 것도 이유지만 무엇보다도 나의 세계가 확장되는 경험은 그 어떤 것을 주어도 바꾸고 싶지 않을 만큼 값진 것이었다. 바닷속에서 자매들과 우애 좋게 하루하루의 소소한 행복을 찾으며 사는 것도 좋았지만, 더 큰 세계를 알아버린 지금, 그 이전으로 돌아갈 수 없게 되었다.

무엇보다도 인어의 언어로만 말하고 생각할 때와 달리 인간의 언어를 배워서 알게 된 지금은 마치 뇌가 팽창하는 것 같았다. 몰랐던 것들의 이름을 알게 되고 세상이 어떻게 변하는지, 어떤 법칙으로 움직이는지도 배웠다. 글을 읽을 수 있게 되면서 세상 만물에 붙은 이름을 하나씩 호명할 수 있게 되면서, 내내 흑백이던 내 머릿속이 총천연색으로 탈바꿈했다. 계절에 따라 흐름이 바뀌는 바닷길의 이름도, 그리고 바닷길이 바뀌는 이유도 알게 되었으며, 하늘에 떠 있는 별 하나하나에 담긴 오래된 이야기도 알게 되었다.

나는 더 알고 싶었다. 왕성의 모든 활자를 게걸스럽게 읽어내고 싶었고, 아직 배우지 못한 것들을 우걱우걱 씹어먹고 싶었다. 왕성의 책들을 다 읽은 다음엔 왕성 바깥에 존재하는 책들을, 그리고 제인의 나라가 아닌 다른 나라의 지식을 있는 대로 다 머릿속에 집어넣고 싶었다. 그러는 내내 제인의 곁에 있고 싶었다. 제인이 왕이 되어 꾸려갈 나라를 보고 싶기도 했다. 그가 필요하다고 하면 내 힘이 닿는 대로 돕고 싶었다.

나의 어미인 루나가 좋은 소식을 가지고 서식지로 돌아왔으면 좋겠다는 희망을 간절히 품은 채, 꼬리를 열심히 휘저어 헤엄쳐 나갔다.

서식지에 도착하니 분위기가 어쩐지 어수선했다. 나의 자매들과 루나의 자매들 모두가 한껏 들떠서는 부산스럽게 움직이고 있었다. 그 중심에 루나가 있었다. 그리고 낯선 인어가 셋 더 있었다.

처음 보는 인어 셋은, 인간처럼 상체에 의복을 걸치고 있었다. 처음 보는 재질의 의복이긴 했지만, 몸에 딱 달라붙어 물속에서도 편히 움직일 수 있게 고안된 의복 같았다. 척 봐도 질겨 보였고, 꼬리지느러미처럼 반짝거리는 것 같기도 했다. 거기다가 각자 허리춤이나 등에 가방도 메고 있었다. 인간이 되어 인간처럼 살다 온 나에게도 인어의 모습으로 인간의 복식을 입은 인어는 낯설면서도 친근했다.

루나가 먼저 나를 발견하고는 단번에 다가와 나를 끌어안았다. 반가움이 넘쳐흐르는 인사에 나도 마저 팔을 둘러주었다. 인사를 마치고 루나는 세 인어를 내게 소개해주었다. 그들은 모험가였고, 탐험가였고, 또한 현자였다. 빛의 이름을 가진 럭스, 어둠의 이름을 가진 녹스, 그리고 조화의 이름을 가진 이리스였다. 루나는 이들의 이름을 내 손바닥에 한 글자씩 써주었다.

이름을 가진 인어가 더 존재한다는 사실에 절로 신이 났다. 세 인어에게 각각 내 이름은 로지라고 손바닥에 써서 적어주었고, 그들은 환히 웃으며 화답해주었다.

먼 곳에서 온 이들은 내가 제인에게 배운 인간의 언어와 비슷하면서도 다른 문자 언어를 알았다. 몸짓 언어도 우리가 사용하는 것과 약간 달랐지만, 중간중간 루나가 통역하며 대화를 이어갔기에 의사소통에는 무리가 없었다.

럭스와 녹스, 이리스는 세계 곳곳의 바다를 탐험하며 루나보다 더 많은 인어를 만나고 다녔다. 그리고 이따금 인간으로 변해 인간들 속에 섞여 다니기도 한다고 했다. 럭스는 영원히 다시 인어로 돌아오는 방법을 알았다. 녹스는 영영 인간이 되는 방법을 알고 있었다. 그리고 이리스는 인간과 인어의 모습을 번갈아 취하는 법을 알았다.

'너는 무엇이 되고 싶니?'

루나가 내게 물었다. 나는 망설이지 않고 녹스의 손을 잡았다.

'나를 온전한 인간으로 만들어줘, 인어로 돌아오지 않아도 괜찮아. 나는 인간으로 제인의 곁에 오래오래 머물고 싶어.'

그리고 제인의 이야기를 전해주었다. 제인의 나라에서 무능한 우두머리 탓에 제인의 백성들과 제인이 아끼는 사람들이, 그리고 누구보다도 제인이 고통스러워한다고. 이제는 제인이 그 자리를 꿰차려고 하는데, 내가 꼭 돕고 싶다고.

그리고 자매들이 보는 앞에서 큰 몸짓으로 말했다. 나를 도와주었으면 좋겠다고, 나의 제인을 함께 도와주길 바란다고 도움을 요청했다. 자매들은 환히 웃으며 내 주위를 맴돌았다. 루나가 먼저 나서서 나를 돕겠다고 나섰고, 루나의 자매들도 나의 자매들도 하나둘 내 편을 들고 나섰다. 럭스와 녹스, 이리스도 새로운 모험에 벌써 흥이 난 표정이었다.

이리스가 가방에서 손톱만 한 진주알을 꺼내서 보여주었다. 최초의 인어의 비늘로 만든 마법의 약인데, 인어를 하루 동안 인간으로 만들어 주는 효과가 있다고 했다. 반대로 인간이 먹으면 인어로 하루를 보낼 수 있었다. 내가 처음 먹은 마법의 약은 이 알약을 여러 개 응축해 성능을 강화한 약이라고 했다.

럭스는 한 뼘 길이의 칼을 꺼내 휘두르며 춤추듯 말했다.

'최초의 인어의 뼈를 깎아 만든 칼이다. 이 칼로 사랑하는 이의 심장을 찔러 그 피를 다리에 적시면 다시 완전한 인어로 변할 수 있으며 그 이후로 다시는 인간이 될 수 없다.'

녹스는 럭스가 건넨 그 칼을 받아 흐느적거리듯 말했다.

'사랑하는 사람을 살리는 마음으로 다른 인간의 심장을 찌르고 그 피를 다리에 적시면, 완전한 인간이 되어 다시는 인어의 세계로 돌아올 수 없다.'

나 대신 루나가 녹스에게서 칼을 받았다. 내게 칼을 쥐여

주기 전에 반대편 손에 들고 있던 소라고둥을 먼저 건네주었다. 공기가 있는 곳에서 입구에 대고 바람을 불어넣으면 낮고 묵직한 소리가 울리는 소라고둥이었다. 오랜 옛날 인어들 사이에서 먼 곳에 있는 이들과 소통할 때 종종 쓰이던 것이라고 했다.

내가 먼저 인간계로 돌아가 상황을 살피고 자매들의 힘이 필요해지면 소라고둥으로 신호를 보내기로 했다.

자매들의 응원에 마음이 한결 든든해졌다.

해가 곧 떠오를 것 같아 함께 인간계 해변으로 헤엄쳐나갔다. 이렇게 많은 수의 인어가 한꺼번에 인간계를 향해 헤엄치는 일은 아마 처음이지 않을까. 각자 어떤 마음으로 나를 돕고자 했는지는 모르겠지만, 함께 헤엄치는 것만으로도 더 힘이 솟았다.

인간계 해변 가까이 다가갈수록 수상한 기류가 흘렀다. 먹잇감을 노리는 상어가 돌 틈 사이에 숨어 있는 것 같은 긴장감이 느껴져, 해안이 겨우 보이는 곳에서 자매들을 멈춰 세웠다. 먼저 가서 동향을 살필 테니 내가 신호하면 나를 도우러 나와달라고 요청했다. 가능하면 인간들 옷을 준비해두겠지만, 준비를 미처 못할 수 있다고도 일러두었다.

칼은 여전히 루나에게 맡겨 두고서 소라고둥을 목걸이처럼 걸고 해변을 향했다. 해수면 위로 머리를 내밀고 천천히 뭍으로 나아갔다.

아직 여명이 가시지 않아 어둑한 해안에 사람 그림자가 여럿 보였다. 그리고 그 가운데 익숙한 얼굴도 보였다. 제인의 아비이자 해밀튼 왕국의 국왕, 로버트였다.

에릭은 메리안에게 자초지종을 설명했다. 메리안은 어느 정도 예상했다는 듯 덤덤한 표정이었다. 제인이 로버트에게 반기를 들 것을 예상한 건지, 로버트가 제인을 서쪽 탑 꼭대기에 가둘 걸 예상한 건지는 모르겠지만, 어쨌든 에릭은 자신이 제인에게 어느 정도 도움이 되기를 바랐다. 제인의 활과 화살을 메리안에게 건네며, 차라리 로버트가 아니라 메리안이 왕이었다면 에릭 자신의 인생이 좀 더 순탄했을 거라고 생각했다.

메리안은 에릭의 머리를 다정히 쓰다듬으며 그를 달랬다.

'이 모든 일이 끝이 나면, 네가 원하는 대로 살게 이 어미가 더 힘써보마.'

부드러운 목소리로 에릭을 꼭 끌어안아주기까지 했다.

에릭이 방을 나가자마자, 메리안은 숨겨두었던 옷을 꺼냈다. 몸에 알맞게 붙는 검은색 옷이었다. 아무런 장식도 없고 무늬도 없었지만, 몸을 크게 움직여 활동하는 데는 손색이 없는 편한 옷을 익숙하게 입은 메리안은 머리를 하나로 질끈 묶었다. 한시라도 빨리 제인을 구해내고 로버트의 폭주를 막아야 했다.

제인의 활과 화살을 들고서 서쪽 탑 꼭대기로 한걸음에 달려간 메리안은 앞을 막고 서 있는 경비병들을 어렵지 않게 제압했다. 설마하니 왕의 명령을 어기고 제인을 구출하러 오는 사람이 있을 거라고는 예상하지 못했는지, 경비 인원은 턱없이 적었다.

철창 너머에서 초조하게 발을 동동 구르던 제인은 메리안이 다가오는 걸 단번에 알아차렸다. 제인은 어린 시절 자신에게 기초 무술을 가르쳐주던 그 복장으로 나타난 메리안을 반겼다.

"어머니, 저를 어서 꺼내주셔요. 아버지를 막아야 해요. 로지가 위험합니다."

메리안은 차분히 감옥의 문을 열어 제인을 꺼내주고는 제인이 무어라 말하기 전에 끌어안았다. 그러고는 제인의 활과 화살을 건넸다.

"지금 이 활을 든다는 것은, 네 아버지인 로버트를 끌어내리고 왕좌에 앉겠다는 다짐이어야 한다."

메리안의 표정은 전에 없이 진지했다. 어설픈 각오로는 반란을 성공시킬 수 없었고, 성공하지 못할 반란은 메리안 자신은 물론이고 제인의 목숨까지도 보장할 수 없는 무모하고 위험한 일이었다.

제인의 표정에도 단단한 각오가 서렸다. 마음의 준비는 이미 끝난 상태였고, 기회만 기다리고 있었다. 제인은 지금이 바로 그 기회라는 걸 알았다. 둘은 손을 맞잡고 서쪽 탑을 단번에 내려왔다. 소란스러운 소리에 근처에 있던 경비병이 여럿 몰려왔지만, 제인은 활로, 메리안은 격투기로 손쉽게 돌파하고 지나갔다.

지하를 빠져나와서는 메리안이 광장을 가리키며 말했다.

"네 아버지라면 마녀를 잡은 뒤 광장에서 화형식을 거행하려 할 게다. 로지 양이 잡혔다면 그쪽에 묶여 있겠지. 로지 양을 구하고 아버지를 막거라. 난 지원군을 모아 광장으로 갈 테니."

제인이 메리안의 목덜미를 끌어안으며 감사 인사를 전했다. 둘은 각자의 길로 힘껏 달렸다. 광장으로 달리는 제인의 머릿속에는 로지 생각으로 가득했다. 그래도 설마하니 로버트가 정말 무식한 짓을 하진 않겠지, 라는 일말의 희망도 품었다. 아무리 나라 돌보기를 게을리하고 무리한 전쟁을 시작하려고는 해도, 죄 없는 사람을 마녀라 부르며 화형을 시킬까? 그러나 희망은 광장에 가까워질수록 절망으로 변했다.

더 빨리 가기 위해서 제인은 마구간에서 흰 말을 꺼내 올라탔다. 오랜만이긴 해도 승마가 어려웠던 적은 없었다. 사납게 앞발을 들어 거부하던 말은 제인이 올라타서 몇 번 토닥이니 그의 말을 잘 듣는 순한 말이 되었다.

광장이 제인의 눈에 들어왔다. 사람들이 웅성거리는 소리가 들렸고, 수많은 사람이 모인 가운데 커다란 장작더미도 보였다. 장작더미 한가운데에 나무 기둥 하나가 우뚝 서 있었고, 그 기둥에는 여자 하나가 묶여 있었다. 붉은 머리카락이 바람에 흔들리는 걸로 보아 로지라는 것을 확신할 수 있었다.

왕실 기사단이 장작더미를 둘러싸고 있었고, 그 앞에는 늙은 남자 귀족들이 재미난 구경이라도 난 것처럼 의자에 앉아서 기둥에 묶인 로지를 보고 있었다. 귀족들 뒤로 백성들이 서서 무슨 일이 일어나고 있는지 살피고 있었다.

로버트가 나서서는 횃불을 높이 들고 쩌렁쩌렁 외쳤다.

"짐은 오늘 이 마녀를 화형에 처해 해밀튼 왕국에 내려진 저주를 풀려 한다."

더는 망설일 틈이 없었다. 제인은 말 위에서 활시위를 당겼다. 로지가 묶여 있는 나무 기둥을 향해 먼저 활을 쏘고 곧바로 로버트를 겨누며 소리쳤다.

"진짜 죄인은 저 무능한 왕이다!"

흰 말을 탄 제인이 위풍당당하게 백성들 앞에 모습을 드러냈다. 백성들은 놀라며 술렁였고, 귀족들은 당혹스러움을 감추지 못한 채 허둥댔다.

제인이 그 틈을 타 로버트의 손을 향해 활을 쏘았다. 화살이 횃불을 들고 있던 로버트의 손을 스치고 지나가는 바람에 로버트는 횃불을 놓치고 말았다. 바닥에 떨어진 횃불은 곧바로 꺼졌다.

로버트는 허리춤에 차고 있던 검을 꺼내 들었지만, 제인이 쏜 화살에 포박이 풀린 로지가 더 빨랐다. 로지는 순식간에 장작더미에서 뛰어 내려와 로버트의 손목을 잡아챘다.

"백성의 행복과 안전을 책임져야 할 왕이, 나라에 닥친 위기는 외면한 채 제 사리사욕을 채우려 아무도 원치 않는 전쟁을 일으키려 했다. 그리하여 나, 제인 메리안 해밀튼은, 죄인 로버트 해밀튼을 처단하기 위해 이 자리에 섰노라."

제인은 말에서 내려 활시위를 로버트에게 겨눈 채로 다가갔다. 왕실 기사단이 갈피를 못 잡고 우왕좌왕했고, 귀족들은 엉거주춤 자리에서 일어나 도망갈 채비를 하고 있었다. 그제야 술렁이던 백성들은 공주에게 마음껏 환호했다.

백성들은 결코 바보가 아니었다. 로버트는 굶주림에 지친 백성들 앞에 로지를 먹잇감처럼 던져놨지만, 실제로 분노가 어디로 향해야 하는지는 백성들이 더 잘 알고 있었다. 기근 초기에 식량을 나누어주던 공주의 모습과 그를 막아섰던 국왕의 모습도 똑똑히 기억하고 있었다. 게다가 전쟁이라니? 전쟁이 일어나면 힘없는 백성들이 제일 먼저 끌려가 개죽음당할 것이라는 건 너무도 뻔했다.

백성들의 마음을 읽지 못하는 것은 로버트뿐이었다. 로버트는 악을 쓰듯 소리치며 로지와 제인을 향한 모함을 이어갔다.

"이 또한 마녀가 꾸민 짓이다! 저 마녀를 잡아라! 마녀에게 홀려 사리 분별 못 하는 공주도 함께 잡아라!"

기사단이 망설이며 엉거주춤 로지와 제인을 둘러쌌다. 그러나 누구 하나 먼저 나서서 둘을 잡으려 들지 않았다.

그때 별안간 로버트의 얼굴로 돌멩이가 날아들었다. 백성들의 무리에서 날아온 것이었다. 이들은 멈추지 않고 기사단과 귀족들을 향해 돌을 던져댔다.

로버트가 분노하며 마녀에게 놀아나는 우매한 백성을 모두 잡아들이라고 고래고래 소리를 질렀다. 하지만 기사단은 차마 백성들에게 칼을 겨누지 못하고 주춤거렸다. 귀족들을 호위하던 병사들이 백성들에게 칼을 휘두르려던 찰나, 어디에선가 와, 하는 함성이 크게 들려왔다. 메리안이 말을 타고 병사를 이끌고 달려오고 있었다.

"우리는 백성을 살피지 않는 왕을 끌어내러 왔다!"

메리안도 제인 못지않은 우렁찬 소리로 외치며 광장에 돌진했고, 그의 군대는 로버트의 기사단과 귀족들의 호위병을 상대로 백성들을 보호하며 전투를 시작했다. 성안의 모든 병력을 불러오라는 로버트의 명령에 성에 남아 있던 병사들이 쏟아져 나왔다.

로지도 지금이 자매들을 부를 수 있는 기회라는 걸 알았다. 목에 걸고 있던 소라고둥을 있는 힘껏 불자 낮고 웅장한 소리가 바닥에 깔리듯이 길게 퍼졌다. 소리가 멎자마자 해안 쪽에서 나체의 여자들 십수 명이 쿵쾅거리며 달려왔다. 로지만큼 키도 크고 덩치도 우람한 여자들이었는데, 이리스의 알약을 먹어 하루 동안 인간이 된 인어들이었다.

인간이 된 인어들은 메리안을 도와 로버트의 병력을 하나씩 제압했다. 웬만한 병사 둘 셋은 동시에 제압할 수 있는 인어들 덕분에 전세는 메리안 쪽이 훨씬 유리했다.

로버트는 악에 받쳐 칼을 높이 빼 들었다.

'저 마녀만 죽이면, 저 마녀만 없어지면!'

로버트의 눈에는 로지밖에 보이지 않았다. 로지만 없어진다면 제정신이 아닌 제인도 멀쩡하게 돌아올 것이고, 나체로 병사들을 무력화시키는 저 괴상한 여자들도 모두 물거품이 되어 사라질 것이라 믿었다. 로버트는 눈에 불을 켜고 로지를 향해 돌진했다.

루나가 로버트의 몸짓을 먼저 알아차렸다. 루나는 로지를 향해 큰 손짓말로 위험을 알리며, 갖고 있던 최초의 인어의 칼을 로지에게 던졌다. 로지는 실수 없이 칼을 받아냈지만, 로버트의 돌진 속도는 훨씬 빨랐다. 미처 준비가 다 되기도 전에 로버트의 칼날이 로지의 머리 위에서 반짝거렸다.

전투의 선봉에 서 있던 메리안이 곧바로 로버트와 로지 사이로 끼어들었다. 로지의 머리 위로 떨어지려던 칼날은 메리안이 다리로 휘감아 막았고, 예상치 못한 방해에 궤도가 틀어진 로버트의 칼은 목표를 잃고 힘없이 바닥에 떨어졌다.

로지는 옆에 있던 제인을 바라보았다.

'정말 내가 너의 아비를 찔러도 될까?'

제인은 로지의 눈빛을 읽고는 로지가 쥐고 있는 칼을 함께 잡았다. 마치 아버지를 죽이는 것이 자신의 사명이라도 되는 것처럼.

메리안도 두 사람의 손에 자기 손을 얹었다. 칼로 누군가를 찔러본 적 없는 두 사람이 정확히 한 번에 로버트의 심장을 관통해 찌를 수 있도록 메리안이 방향을 잡아주었다.

로버트가 떨어진 칼을 채 줍기도 전에, 메리안과 제인, 로지가 있는 힘껏 로버트의 심장을 향해 칼을 찔러 넣었다. 로버트는 외마디 비명을 지른 채 그 자리에서 굳었다. 순식간에 사방이 고요해졌다. 세 사람은 끝까지 손을 놓지 않았고, 칼을 쥔 채로 두 발짝 물러섰다. 칼이 로버트의 심장에서 뽑혀 나왔고, 로버트의 피가 사방으로 튀었다. 제인과 로지는 물론이고, 메리안까지 로버트의 피를 흠뻑 뒤집어썼다.

로지는 자연스럽게 자신이 완전한 인간이 되었다는 걸 느꼈다. 사랑하는 제인을 위해, 제인을 위험하게 만드는 사람의 심장을 찌르고 그 피가 다리에 닿았으니, 이제 로지는 보름달이 뜰 때마다 인어로 돌아가지 않아도 되었다. 기쁨에 겨운 로지는 곧바로 제인을 끌어안고 키스를 퍼부었다. 제인도 로지의 키스를 받아주었다.

로버트가 죽자 그의 편에 있던 왕실 기사단은 무기를 내려놓고 항복했다. 미처 도망가지 못한 귀족들과 호위병들도 메리안의 군사들과 인어들에게 붙잡힌 채 얌전히 포박당했다.

전투 상황은 순조롭게 마무리되었다. 제인은 아직도 어수선한 백성들과 포박당한 귀족들 앞에 나섰다.

"오늘부로 나, 제인 메리안 해밀튼이 왕이 되었음을 선포하며, 백성들을 위해 정치할 것을 선언한다. 또한 누구든 재능이 있는 자는 성별과 나이에 관계없이 기용할 것이며, 기근으로 인한 굶주림이 끝날 수 있도록 왕실 곡식 창고를 개방할 것이다. 서쪽 국경으로 군병들을 파병하여 이웃 나라에서 감히 넘볼 수 없도록 경계를 강화하고, 바다 건너 동쪽의 정 왕국과 화친을 맺을 사절단을 보낼 것이다."

백성들이 환호했고, 메리안이 몰고 온 군사들은 쓰고 있던 투구를 벗어 하늘로 던지며 함성을 질렀다. 투구를 벗어 정체를 드러낸 메리안의 군사들을 보고는 포박당한 귀족 여럿이 아는 체를 했다. 여기저기서 이름이 터져 나왔는데, 그들의 부인 혹은 딸이었다.

왕실 기사단은 모두가 보는 앞에서 제인에게 충성을 맹세했고, 패배한 늙은 남자 귀족 세력은 머리를 조아리며 용서를 구했다.

인간으로 변한 인어들의 무리에서도 박수가 터져 나왔다. 사람들은 나체 여자들 무리에 처음엔 당황했지만, 제인의 즉위를 함께 기뻐하는 모습에 그들을 자연스럽게 받아들였다.

제인의 손을 맞잡은 로지에게 루나가 다가와서 손짓말을 걸었다. 로지 덕분에 인어의 언어를 배운 제인이 먼저 그 뜻을 알아보고는 메리안을 황급히 불렀다.

"어머니, 감사의 인사를 드리고 회포를 더 풀고 싶었는데 시간이 없는 것 같습니다. 어머니의 몸에서 변화가 일어나는 걸, 이분이 발견했습니다."

제인은 루나에게서 들은 이야기를 전했다. 그들이 함께 맞잡고 로버트의 심장을 찌른 칼에는 마법이 깃들어 있어 사랑하는 사람을 찌른 자는 인어로 변한다는 것이었다. 메리안은 놀라는 기색도 없이 담담히 사실을 받아들였다.

"아무래도 나에게 새로운 고향이 생길 모양이야."

메리안도 이내 두 다리의 움직임이 부자연스러워지는 걸 느끼면서 제인과 로지를 한 번씩 안아주었다. 바다로 돌아가야 하는 인어들이 차례로 제인과 로지를 포옹하며 인사를 나눴다. 루나는 새로운 가족이 될 메리안의 손을 꼭 잡고 함께 바다로 향했다.

인어들이 모두 돌아가고 광장에는 인간들만 남았다. 제인은 백성들의 축복을 받으며 다시 한번 외쳤다.

"누구든 사랑하고 싶은 사람을 마음껏 사랑하라!"

그러고는 보란 듯이 백성들 앞에서 로지와 진한 키스를 나누었다. 여기저기서 박수갈채가 터져 나왔고, 흥에 겨운 백성들도 너나 할 것 없이 각자의 짝을 찾아 키스며 포옹을 나누었다. 해밀튼 왕국에 새로운 왕, 역사를 새로 쓸 여자 왕이 즉위한 순간은 그렇게 사랑이 가득한 광장에서 시작되었다.

다시 쓴
작가의
이야기

희연

3월 8일 세계 여성의 날 태어나 자연스럽게 페미니스트로 성장했다.
현재는 캐나다에 살면서, 아시안-바이섹슈얼-페미니스트-여성
당사자로서 소수자를 향한 다양한 차별과 억압에 저항해
'내가 할 수 있는 것'에 집중하는 중이다.
지금은 책읽기와 글쓰기를 가장 열심히 한다.
https://brunch.co.kr/@kimraina

내가 사랑한 인어는
그들의 인어와 달랐다

인어만큼은 존재한다고 믿었다

어린 시절 내가 가장 좋아하는 이야기는 '인어공주'였지만, 사랑을 위해 자신을 희생하는 인어공주에게 감명받은 건 아니었다. 안데르센 원작의 '인어공주'의 스토리텔링이나, 디즈니 애니메이션의 아리엘이라는 캐릭터에 고무되기보다는, 인간을 닮았지만 다른 존재인 '인어' 자체에 매료된 게 더 컸다.

고향인 거제의 푸른 바다는 그 속을 유영하는 인어를 상상하기에 모자람이 없어서, 산타가 없다는 사실을 알게 된 나이가 되어서도 인어만큼은 존재한다고 믿었다. 게다가 익숙한 세계인 바다를 벗어나 인어로서는 새로운 인간세상으로 모험을 떠나는 용기 있는 인어공주의 모습은, 거제를 떠나 더 넓은 세상으로 도약하고 싶어 한 내게 큰 영감을 주었다. 그렇게 자연스럽게 인어공주 이야기에서 '이민자'의 서사를 찾았다. 인어공주를 비롯해, 자기에게 익숙한 환경에서 벗어나 전혀 다른 세상으로 걸어갈 용기를 가진 사람이 능동적이고 주체적인 사람이 아니라면 대체 어떤 이가 그런 사람이 될까.

홍재희는 저서 《그건 혐오예요》에서 "떠나온 이들은 모두 능동적이고 주체적인 사람들"이라고 했다. 이는 비단 나처럼 한국을 '탈출'한 이주민뿐만 아니라, 한국으로 이주를 선택한 사람들의 이야기이기도 했다. 그래서 나는 한국에서 알고 지냈던 이주 노동자들을 생각하며 이 글을 썼다. 한국어 교육 자원봉사에서 학생으로 만났던 그들은 모두 능동적이고 주체적인 사람들이었다. 고향을 벗어났을 뿐아니라, 한국을 떠나와 낯선 땅과 전혀 다른 문화 속에서 고군분투하며 사는 지금의 나는, 그 이주 노동자들과 다르지 않다. 우리 모두가 '인어공주'였다. 목소리를 잃어 마음을 제대로 전달할 수 없는 인어공주의 처지도, 낯선 언어로 소통해야 하는 어려움을 겪는 우리의 상황과 꼭 닮았다.

그래서 이 이야기가 전 세계의 이민자들에게 힘을 주는 이야기가 되길 바랐다.

주체성을 부여하고 싶었다

인어공주 이야기에서 내 관심을 받은 또 다른 인물은 '이웃 나라 공주'였다. 원작에서조차 왕자와 결혼했다는 것 말고는 아무런 정보가 없을 정도로 아무도 주목하지 않은 이웃 나라 공주에게 끌렸던 이유는, 이웃 나라 공주 역시 자신의 나라를 떠나 왕자의 나라로 이주한 여성이기 때문이기도 했다. 단순히 정략결혼으로 떠밀려온 수동적인 여성이었을지도 모르지만, 나는 이웃 나라 공주에게도 주체성을 부여하고 싶었다.

이웃 나라 공주에 대한 상상을 하도 많이 해서 그런지, 사실 이웃 나라 공주가 바다에 있던 인어공주를 발견하고 그와 사랑에 빠진 것은 아니었을까. 그래서 그 인어공주를 한 번이라도 더 보기 위해 왕자의 나라에 머물기로 한 것은 아니었을까, 하는 데까지 생각이 뻗쳤다. 그렇게 인어와 사랑에 빠진 '제인'이라는 공주 캐릭터가 만들어졌다. 그러나 원작에서처럼 슬픈 짝사랑으로 마무리하고 싶지 않았다. 오히려 인어와 공주가 사랑에 빠져 고난과 역경을 딛고 꿈을 이루는 서사를 쓰고 싶다는 욕망에 휩싸였다. 이제는 레즈비언 서사가 좀 흔해져서 식상해 보일지도 모른다는 걱정도 잠시였다. 나에게 사랑은 하고 또 해도 부족할 만큼 대단한 것이었기 때문이었다.

금지당했다는 생각이 들었다

라이너 마리아 릴케는 '한 사람이 다른 사람을 사랑하는 것은 모든 일 중 가장 어려운 일이며 궁극적인 최후의 시험이자 증명이다. 이 외의 모든 것은 사랑을 위한 준비일 뿐이다'라며 사랑의 위대함을 찬양했다. 그래서 사랑하는 인간의 곁에 남기 위해 인어로 살기를 그만두는 인어 '로지'를 만들었다. 그리고 자신과 다른 낯선 생명에 호기심으로 매료되었다가 영리하고 능동적인 로지와 자연스럽게 사랑에 빠진 '제인'은, 그 사랑에 또다시 용기를 얻어 왕이 되기로 결심한다.

그러나 그와 동시에 사랑하는 사람을 죽여야만 하는 '메리안'도 있다. 메리안은 사랑하는 사람 덕분에 자신이 살던 나라를 벗어나고 더 멋진 사람으로 성장했지만, 메리안의 사랑을 받은 '로버트'는 그 사랑을 제대로 알아보지 못하고 자기에게만 매몰되었기 때문에 전혀 성장하지 못한다. 메리안은 로버트를 여전히 사랑했지만, 더는 그의 잘못된 행동을 고칠 수 없었기 때문에 그를 죽이는 데 힘을 보탠다. 원작에서 인어공주가 물거품이 되기보단 왕자의 심장을 찌르고 인어로 돌아갔으면 어땠을까, 하는 데서 착안한 결과물이기도 하다.

이 소설에서 왕, 로버트를 살해하는 데 결정적인 역할을 하는 인물은 인어 로지와 딸 제인, 그리고 아내인 메리안 이렇게 셋이다. 셋 모두에게는 로버트를 살해해야 하는 이유가 각자 있었다. 로지는 사랑하는 제인을 억압하는 주체로부터 제인을 구해내기 위해서였고, 제인은 부패하고 무능한 왕을 무너뜨리고 스스로 왕이 되어 더 나은 세상을 만들기 위해서였다. 메리안은 사랑했던 사람의 잘못을 막기 위한 최후의 방법이자 더 연약하고 사랑하는 자녀들을 지키기 위한 궁극적인 방법으로써 로버트 살해에 가담한다. 이유는 조금씩 달랐지만, 셋 다 가부장제의 부당한 억압을 무너뜨리고자 하는 데 같은 목적의식이 있었다. 여성 연대가 가부장제를 부수는 데 핵심이라는 이야기를 전하고 싶었다.

소설을 쓰는 동안 영화 〈암살〉을 다시 본 적이 있었다. 극

중 전지현이 연기한 '안윤옥'이라는 캐릭터는 독립투사로 친일 인사를 암살하는 임무를 맡았는데, 친일파이자 자신의 어머니와 쌍둥이 언니를 죽인 잔인한 성정의 아버지, '강인국'을 죽일 수 있던 결정적인 순간에 망설이고 만다. 결국 옆에 있던 '하와이 피스톨'이라는 남성이 대신 강인국을 살해한다. 그 장면에서 나는 울분이 터지고 말았다. '안윤옥'이 남자였어도 망설였을까? 딸이 아버지를 살해한다는 것은 상상만으로도 너무 불온한 것인지, 딸이 아버지를 죽였다는 서사를 본 적이 없다는 사실을 그 순간 깨달았다. 가부장제의 가장 큰 수혜자이자 억압의 주체가 되는 '아버지'라는 상징을, 가부장제의 가장 큰 피해자인 '딸'이라는 상징이 깨버릴 희망마저 금지당했다는 생각이 들었다.

그래서 나는 꼭 딸인 제인이 아버지인 로버트를 죽이는 장면을 넣어야겠다는 사명감을 느끼기 시작했다. 딸에게는 아버지를 이길 수 있는 상상력이 꼭 필요했다. 아버지를 이겨 먹으며 자란 딸은, 그 어떤 남자들 앞에서 주눅 들지 않고 큰다는 말을 어디서 읽은 기억도 났다. 그래서 아버지의 살을 뜯어 먹고 자라 가부장제의 억압 없이 성장한 '로지'는 이미 강인했고, 제인은 아버지 심장에 칼을 꽂으며 더 단단한 인물이 될 수 있었다.

딸의 이야기를 썼다

이야기 속에 등장하는 인물들의 영어 이름은 어디선가 들어 본 듯하다. 그냥 왕, 공주, 왕자로 호명해도 괜찮았겠지만, 인물들에게 꼭 이름을 붙여주고 싶었다. 이 모든 것이 아주 평범한 우리 모두의 이야기이기 때문이다.

'여자다움'과 '남자다움'을 강요받으며 자란 딸과 아들, 그 억압의 중심인 아버지와 자식의 행복을 위해 무엇이든 하는 어머니. 어머니는 아버지와 함께 자식들을 억압하는 주체가 되기도 하지만, 반대로 자식들과 함께 가부장제를 무너뜨릴 수 있는 주축이 될 수도 있다. 나는 후자의 이야기에 더 끌렸기 때문에 어머니의 도움을 받아 가부장제 악습을 끊는 딸의 이야기를 썼다. 세대가 다른 여성들 간의 연대 역시 나에게 큰 힘이 되기 때문이다.

이야기를 통해 전하고 싶었던 메시지는 더 많았지만, 이민자 서사와 사랑, 그리고 가부장제를 무너뜨리는 여성 연대에 집중하며 마무리 지었다. 내가 미처 쓰지 못한, 맨박스에 갇혀 자아를 잃은 소년 '에릭'의 이야기는 다른 누군가가 이어 써주길 바란다.

서동요를
다시 쓰다

✦

선화공주전

선화공주전

　서기 580년 봄꽃이 흐드러지게 피던 그날 서라벌 궁전
은 분주했습니다. 신라 진평왕과 마야왕후 사이에 셋째 아
이가 태어나는 날이었거든요. 새로운 아기의 탄생에 국왕
부부는 물론 온 신라인의 관심이 집중되었습니다. 그때 신
라는 골품제라는 제도가 있어 성골의 탄생은 매우 귀한 일
로 생각되었습니다. 이미 덕만과 천명공주가 있었지만, 여전
히 왕족의 탄생은 축복받을 일이었죠.

　"응애~ 응애~."

　드디어 울음소리가 서라벌 궁전에 울려 퍼졌습니다.

　"그래, 왕자더냐 공주더냐?"

　마야왕후는 산후 진통 중에도 아기의 성별이 궁금했습

니다. 두 명의 공주가 있었으니 은근히 왕자가 태어났으면 하는 바람도 있었거든요.

"네 왕후마마, 건강한 공주마마이옵니다."

산파가 아기를 씻기며 대답했습니다. 마야왕후는 살짝 아쉬운 모습을 보였지만, 곧 웃음을 보였습니다.

"하긴 신라는 공주도 충분히 역할을 할 수 있는 나라니까…."

신라는 고려나 조선과는 비교도 안 될 만큼 여성의 활동이 활발한 사회였습니다. 교육은 물론 벼슬길에도 나갈 수 있었죠. 여왕이 탄생한 나라이기도 했으니까요. 더구나 선화공주가 태어난 시기는 신라 전성기를 이끌었던 진흥왕이 서거한 지 4년밖에 지나지 않아 모든 것이 풍요롭고 자신감에 넘쳐 있었습니다. 진흥왕은 과거와 비교할 수 없을 만큼 넓은 영토를 확보했을 뿐 아니라 왕의 위상도 부처와 동일시 될 정도로 높았습니다. 왕실 가족이었던 선화공주 또한 부처의 가족만큼이나 존중을 받았죠.

새로 태어난 공주는 '선화'라고 불렸습니다. 여성들도 학문과 무예를 익히고 활발하게 자연을 벗 삼아 심신을 연마

[그림] 선화공주 탄생 당시 삼국의 영토

했던 신라에서 공주는 동화 속 예쁘기만 한 공주와는 달랐습니다. 특히 선화공주에게 많은 영향을 미친 것은 두 가지 방식의 교육이었습니다. 하나는 원화가 채택했던 전통 교육 방식이었고, 또 다른 하나는 언니인 왕세녀 덕만공주를 위한 국가 경영 및 전쟁 실무 교육이었어요. 진흥왕은 능력 있는 여성에게 벼슬을 주기 위해 원화라는 제도를 만들었는데, 원화들은 주로 무리를 지어 학문을 익히고, 산천을 유람하면서 충성심도 높이고 우애도 다졌죠. 그와 달리 왕세녀를 위한 교육은 당대 최고의 학자나 장군들이 최근의 정세를 중심으로 이론과 토론을 이끌며 정치 실무를 가르치는 방식이었습니다. 선화공주는 두 교육 방식을 통해 전통과 현실의 균형감각을 키웠고, 귀족 자제들과 인맥을 쌓으며 지도력도 키워나갔습니다.

선화공주가 태어난 월성 궁궐은 서라벌이 내려다보이는

높은 곳에 있었습니다. 궁궐 후원은 말을 달리고 무예를 익히기에도 좋은 장소였죠. 언니 및 친구들과 미래에 펼쳐질 찬란한 조국을 상상하며 이상과 포부를 나누기에도 좋은 곳이었어요. 궁궐 밖이 궁금해지면 황룡사의 웅장한 모습이나 솔거가 그린 금당벽화를 둘러보며 신라인의 긍지와 자부심을 느낄 수도 있었죠.

선화공주는 학문과 무예가 뛰어났어요. 스승들은 선화공주가 왕세녀인 덕만공주를 도와 큰일을 할 인재임을 의심하지 않았습니다. 부모님도 선화공주가 인간관계도 탁월하고, 무엇보다 다툼이 있을 때 의견을 하나로 모으는 설득력이 일품이라며 흐뭇해하고 있었습니다. 그러나 가까이에서 볼 수 없는 일반 백성에게는 선화공주의 재주보다 겉으로 드러나는 외모만 보일 뿐이었죠. 뛰어난 재주를 알 길 없는 백성의 눈에 드러난 선화공주의 미모는 점점 소문으로 퍼져 나가기 시작했습니다. 그리고 이런 소문이 더 멀리 퍼져나가는 법이죠.

최고의 환경 속에서 사랑하는 사람들에게 둘러싸여 마음껏 포부를 펼치며 살았던 선화공주와 정반대의 환경에서 태어난 사람도 있었습니다. 바로 백제의 서동이었죠. 서동은 공교롭게도 선화와 같은 해에 태어났습니다. 신라가 최전성기였던 것과 달리, 백제는 신라에 영토도 빼앗기고, 심지어 이를 찾겠다며 신라에 쳐들어간 성왕까지 전사하면서 백제인의 자존감은 바닥을 헤매고 있었습니다.

지금도 그렇지만, 전쟁에서 패배한 왕은 통솔력을 발휘하기가 어려운 법이죠. 전쟁은 많은 백성이 죽고, 막대한 돈이 드는 데다, 자존심이 걸려 있는 한판 승부거든요. 성왕을 이어 그 아들 위덕왕이 왕위에 올랐지만, 패장의 아들이라는 조소 속에 신라에 대한 복수는커녕 왕권을 유지하기도 힘들었어요. 귀족들은 대놓고 빈정거리고 힘을 기르자는 왕의 말조차 무시하곤 했죠. 그러나 귀족이든 일반 백성이든 신라에 대한 원한이 사라진 건 아니었어요. 복수를 할 수 있는 힘이 없다 보니 오히려 분노가 커진 측면도 있었죠.

서동은 나라 상황만 어려운 것이 아니었어요. 아버지도 없는 데다 지독히 가난했거든요. 어머니는 무화였는데, 금마(지금의 익산)에 있는 연못가 작은 오두막집에서 살았죠. 그런데 하루는 근처 연못에 나갔다가 휴식을 취하고 있는 용을 만났어요. 용은 자신을 보고 놀란 무화를 물끄러미 쳐다보다가 침을 뱉고 물속으로 사라졌는데, 그 침에는 용의 정자가 가득 들어 있었습니다. 무화는 조심조심 발을 움직였지만, 용의 침에 미끄러져 치마는 물론 속옷까지 흠뻑 젖고 말았습니다. 이렇게 무화는 임신을 하게 되었습니다.

사람들은 무화의 말을 믿지 않았습니다. 거짓말쟁이라고 놀리며 괴롭히기까지 했죠. 이런 어려움 속에서 서동은 태어나 자랐습니다. 괴롭힘에서도 자유롭지 못했죠. 거짓말쟁이 엄마의 아들이라며 놀리고 따돌리는 바람에 친구도 사귈 수 없었습니다. 글과 무예 같은 교육은 꿈에서도 생각할 수 없는 환경이었죠.

서동은 다섯 살 때부터 어머니 무화를 따라 연근도 캐고, 연못 근처의 진흙을 이용해 마도 키웠습니다. 때로는 멀리 떨어진 주위 언덕을 오르며 나물도 뜯고 약초를 캐기도 했습니다.

이런 힘든 생활이 항상 나쁜 것만은 아니었습니다. 늘 일을 하느라 몸도 튼튼해졌고 멀리 약초를 캐러 다니다보니 지리에도 밝아졌죠. 시장에서 상인들과 자주 접촉하다 보니 눈치도 빨라졌고 세상 돌아가는 소식도 들을 수 있었습니다.

여느 날과 같이 서동은 모아 둔 마와 약초를 들고 시장
에 들렀습니다. 주막에 앉아 주문한 국밥을 기다리고 있
을 때였습니다. 옆자리에서 주고받는 이야기가 들려왔습
니다.

"신라의 선화공주님이 그렇게 아름답다는구먼."

"그러게, 공주님이니까 워낙 곱게 자란 분이고, 예쁜 옷
에 좋은 음식을 먹고 사시니 아름다울 수밖에 없겠지만,
얼마나 예쁜지 궁금하긴 해."

"하하하, 꿈 깨시게. 백제 사람이 서라벌까지 갔다가 무
슨 경을 치려고 그러나?"

　서동은 '신라'라는 나라에 대한 호기심이 일었습니다. 자
신이 태어나기도 전에 백제의 왕이 신라와 싸우다 돌아가
셨다는 말을 듣긴 했지만, 그땐 별로 관심이 없었어요. 그
런데 백제의 구석구석까지 누비고 다닌 터라 새로운 땅에
도 가보고 싶어졌습니다.

　'신라는 땅도 넓고 백제의 왕도 꼼짝 못 할 정도로 강하
다던데, 나라도 아름답고 풍요롭지 않을까?'

　'어차피 약초나 마는 어디 가나 있을 테니, 신라 땅에서
캔다고 다를 게 뭐가 있겠는가?'

　이런 생각이 계속 맴돌며 잠도 오지 않았습니다. 미지의

땅 신라를 상상하며 가슴이 뛰기도 했고요.

　다음 날 서동은 바랑 망태기를 등에 지고 지리산을 넘어 신라 땅으로 향했습니다. 지리산은 백제와 신라 땅의 경계에 자리 잡고 있어, 두 나라의 심마니들이 정보를 나누는 곳이었거든요. 서동은 걷고 걸어 드디어 신라 땅으로 들어섰습니다. 그리고 지리산에서 캔 약초를 들고 시장으로 갔습니다. 백제인임을 들키지 않기 위해 말수를 줄이며 약초를 쌀로 바꾸고, 바랑 망태기 속의 베를 신라인의 옷으로 바꾸었습니다. 그리고 며칠 동안 주막에 머무르며 신라인의 말투를 공부했습니다.

　어렵사리 신라의 서라벌에 간 서동은 입이 떡 벌어졌습니다. 서라벌은 정말 번화했습니다. 가난한 시골에서 자랐던 서동의 눈에는 평범한 신라인들조차 멋지고 화려해 보였죠. 특히 궁궐은 높은 봉우리에 우뚝 솟아 있어 위엄을 더했습니다. 신라 궁궐 주위는 물줄기가 둘러싸고 있었습니다. 궁궐 남쪽으로는 문천이라는 하천이 흐르고 있었고, 다른 쪽으로는 해자라는 인공 하천을 만들어 아무나 드나들 수 없도록 되어 있었습니다. 궁궐로 들어가려면 월정교라는 다리를 건너야 했는데 궁궐 출입구답게 화려하기 그지 없었습니다. 월정교는 낮에만 붐비는 곳이 아니었어요. 밤이면 다리 양쪽에 밝혀진 횃불이 물결 따라 넘실대는 풍경을 구경하는 사람들로 가득 차 발 디딜 틈이 없었거든요.

'신라는 정말 아름다운 곳이구나! 저 화려한 옷차림으로 밤중에도 야경을 즐기는 사람들이라니….'

그날도 서동은 월정교로 향했습니다. 그런데 사람들이 웅성거리며 모여 있는 것이었어요.

"공주님과 귀족 아가씨들이야. 어쩜 저렇게 멋있을까?"

신라인들 틈에 서서 서동은 고개를 내밀고 궁궐 쪽을 바라보았습니다. 말 위에서 채찍을 휘두르며 달려오고 있는 사람들이 보였습니다. 먼지를 가르며 말발굽 소리가 요란한 가운데, 가장 앞쪽에 있는 여성의 모습이 눈에 들어왔습니다.

"선화공주님이다!"

누군가 큰소리로 외쳤습니다. 사람들이 우르르 몰려들었고, 서동도 그 틈에 끼어 선화공주 쪽으로 얼굴을 돌렸습니다. 선화공주의 첫인상은 강렬함 그 자체였습니다. 말고삐를 든 손은 하늘로 뻗어 올랐고, 엉덩이는 말에서 떨어져 공중에 붕 떠 있는 듯했습니다. 긴 머리카락이 공중에서 춤을 추었는데, 그 상태에서 고개를 돌려 뒤따라오는 무리를 살피고 있었죠. 그 표정에는 전쟁 중 병사의 안위를 걱정하는 장수의 마음도, 과거 급제 후 첫 등청을 하는 자식의 든든함을 바라보는 부모의 마음도 보이는 것 같았습니다. 공중으로 솟았다 말 위로 떨어지는 엉덩이와 반대로, 말의 등자에 굳건하게 얹혀 있는 발은 안정감을 주었습니다.

'이걸 뭐라고 표현해야 하나? 땅 위를 굳건히 디딘 채 구름을 나는 천마?'

서동은 입을 벌리고 홀린 듯이 선화공주를 바라보며 생각했습니다.

이런 여성의 모습을 서동은 본 적이 없었습니다. 백제에서는 여성들이 말을 타거나 거침없이 거리를 달리지 않았거든요. 게다가 선화공주는 온몸에 힘이 넘쳐났고, 뒤따르는 무리를 쳐다보는 눈길에는 애정이 가득했습니다. 선화공주 무리가 아스라이 사라져 가는 모습을 홀린 듯이 바라보던 서동은 문득 떠올랐습니다.

'맞아. 선화공주가 예쁘다고 했지? 가만, 어떻게 생겼더라?'

서동은 선화공주가 어떻게 예뻤는지 기억해내려 애쓰고 있었습니다.

'햇볕에 탄 건강한 피부, 말채찍을 꽉 쥐던 다부진 주먹, 채찍을 휘두를 때 힘이 넘치던 팔, 등자를 놓치지 않았던 발과 다리 근육….'

아무리 생각해도 선화공주의 이목구비가 떠오르지 않았습니다. 선화공주가 예쁘다는 말을 들었을 때, 서동은 현실에 존재하지 않는 그림 속의 선녀를 상상했습니다. 그 선녀는 호리호리한 몸에 움직임이 없는 조용한 모습이었죠. 그런데, 선화공주에게 그런 모습은 없었습니다. 그런데도 '극치'라고밖에 표현할 수 없는 또 다른 아름다움을 풍기고 있었죠.

'내가 말을 탄다면 저렇게 아름다운 모습이 될 수 있을까?'

그날 이후 서동은 월정교 주위를 어슬렁거리며 선화공주가 사는 궁궐을 멍하니 바라보곤 했습니다.

'선화공주님이 또 말을 타고 이 다리를 건너지 않을까? 그 모습을 한 번만 더 볼 수 있었으면….'

그러나 선화공주는 이미 서라벌을 떠나 유람 길에 나섰다는 것을 서동은 알지 못했습니다. 며칠 동안 보이지 않는 이유는 가까운 조상의 능을 참배하거나 절에 들러 불공을 드리고 있기 때문이라고 생각했거든요. 서동은 황룡사나 남산에 있는 불상을 기웃거리기도 하고, 약초가 있으면 캐기도 하면서 은근슬쩍 선화공주의 소식을 알아보았습니다.

"선화공주님? 유람을 떠나셨겠지. 하도 활발하셔서 어디가셨는지는 몰라. 언제 돌아오는지는 더더욱 모르지."

상인들의 대답에도 불구하고 서동은 엉뚱한 생각을 하고 있었습니다.

'지체 높으신 공주님이 이렇게 오래 궁궐을 비운다고? 어쩌면 내가 모르는 사이에 돌아오신 것은 아닐까?'

서동은 그 후에도 계속 월정교를 찾았습니다. 막연하게 기다리기만 하자니 미칠 것 같았지요. 먹고 자는 문제는 아무래도 문제가 되지 않았어요. 그러나 언제까지 기다려야 할지 알 수 없다는 건 문제였죠. 그러다가 서동은 결심했습니다.

'궁궐 안에 사는 선화공주님을 이런 식으로 만나기는 불가능해. 궐 밖으로 유인해야겠어.'

서동은 선화공주에 대한 열망이 지나친 나머지 결국 엄

청난 범죄를 생각했습니다. 그리고 백제인에게나 관심이 갈 만한 거짓말로 노래를 만들어 아이들에게 가르쳤습니다. 선화공주가 천한 백성과 연애하더니 몰래 결혼까지 했다는 내용이었어요.

선화공주는 이런 일이 벌어진 줄도 모른 채 유람을 마치고 궁궐로 향하고 있었습니다. 그리고 자신에 대한 노래가 퍼지고 있다는 사실을 알았죠. 신라의 사정도, 선화공주의 성격도 모르는 사람이 만든 유언비어라고 믿을 수밖에 없는 엉성한 내용이었습니다. 게다가 아이들을 상대로 퍼뜨리고 있다니 수상하기 짝이 없었습니다. 선화공주는 강직한 성격이었어요. 또 고민만 하며 끙끙 앓는 성격도 아니었고요. 오히려 그 반대였죠. 그저 무시해도 되는 소문에 불과했지만 선화공주는 참을 수 없었고 참지 않기로 했어요.

선화공주는 왕과 왕후에게 자신을 귀양 보내달라고 요청했습니다. 소문이 퍼지는 것도 막고, 궁궐을 떠나 직접 진상을 파헤치기 위해서였죠. 백성들 사이에서부터 퍼진 소문이니 백성들 깊숙이 들어가야 범인을 잡을 수 있다는 판단이었습니다. 부모님은 흔쾌히 허락하며, 이 기회에 그동안 하고 싶었던 유람도 하고, 장거리 민심도 살피고 오라고 했습니다. 선화공주는 마야왕후가 챙겨준 금을 챙겨 무예에 출중한 시녀 반비만 데리고 길을 나섰습니다.

선화공주는 우선 근교에 있는 주막에 짐을 풀고 탐문조사에 나섰습니다. 우물가 아낙들이 있으면 물도 얻어 마시고, 시장에서 상인과 흥정하면서 민심도 살폈습니다. 특히 아이들과는 엿도 나눠 먹고 놀이도 구경하며 노래에 관해 물어보느라 많은 시간을 할애했습니다.

"노래요? 스님이 마를 나눠주면서 가르쳐 준 거예요. 삿갓을 쓰고 수염도 기르고 있어서 얼굴은 못 봤어요. 요즘은 전혀 보이지 않던데요."

'수염을 길러? 스님들은 머리카락도 기르지 않는 법인데 수염이라니? 혹시 적국에서? 에이 그럴 리 없어. 세작들이 나를 모함하여 얻을 수 있는 이익이 없지 않은가?'

전쟁을 둘러싸고 삼국 간의 긴장이 계속되고 있어, 세작(첩자)들이 신분을 감추기 위해 스님 복장을 한다는 이야기는 듣고 있었습니다. 수염까지 길렀다면 가짜 스님이 틀림없다는 확신도 들었습니다. 그러나 세작이 사소한 연애나 결혼 같은 소문으로 무엇을 얻고자 했는지 짐작 가지 않았습니다. 성골끼리만 결혼하는 신라에서 공주가 다른 신분과 결혼하거나, 다른 나라와의 결혼으로 외교동맹을 맺을 가능성도 없었거든요. 선화공주는 스님 복장을 한 사람들을 눈여겨보면서도 다른 가능성은 없는지 곰곰 생각하며 다른 백성들도 유심히 살폈습니다. 며칠이 지났지만, 범인처럼 보이는 사람은 발견할 수 없었습니다. 이제는 노래도 들리지 않았습니다.

"반비야, 아무래도 노래를 퍼뜨린 자는 몸을 숨긴 듯하구나. 차라리 범인이 방심할 틈도 줄 겸 시간을 두는 것이 좋겠어."

평소에도 백성들을 만나는 것이 좋았던 선화공주는 탐문조사를 하는 동안에도 생생한 백성들의 생활을 접하고, 아이들의 티 없는 웃음을 보고 듣는 것이 즐거웠습니다. 이론이나 실습과 달리, 실생활에서 얻는 지혜와 기쁨은 또다른 충족감을 주었거든요.

'같은 서라벌에서조차 왕족과 백성들의 생활이 이렇게 다르니 변두리 지역은 어떨꼬? 이번 귀양이야말로 평소에 가볼 수 없었던 곳, 좀처럼 만나기 힘든 백성을 만나볼 수 있는 절호의 기회가 아니겠는가? 특히 지리산은 늘 마음에 두면서도 엄두가 나지 않았는데 이번에 다녀오면 어떨까?'

지리산에 생각이 미치자 천왕봉 정상이 눈앞에 어른거리

며 마음이 급해졌습니다.

한편, 서동은 선화공주와 반비가 궁궐을 빠져나온 후 계속 뒤를 쫓았습니다. 선화공주가 아이들과 범인에 대해 이야기를 나누고, 스님의 모습을 유심히 살펴볼 때는 가슴을 졸이기도 했습니다. 서동은 당시 가짜 수염을 붙여 나이든 스님 행세를 한 것에 만족해하며, 깔끔한 신라 복장을한 자신을 훑었습니다. 그리고 자신이 그 스님일 것이라고아무도 상상하지 못할 거라며 흐뭇해했죠. 선화공주가 지리산에 관심을 가진다는 것도 곧 알게 되었습니다. 주모에게 지리산으로 가는 길을 묻거나, 반비와 나누는 이야기도먼발치에서 들었거든요.

'자, 오늘이야.'

그날 아침 일찍 일어난 서동은 결전을 준비하는 장수처럼 마음을 가다듬었습니다. 귀는 쫑긋 세워 바깥의 동정에 귀를 기울였죠. 드디어 선화공주 일행이 국밥을 주문하는소리가 들렸습니다. 서동은 신경 써서 가꾼 자신의 외모와옷차림을 한 번 더 살핀 후, 문을 열고 선화공주의 옆에 자리를 잡고서 큰소리로 외쳤습니다.

"주모, 국밥 하나 말아 주시오. 그리고 지리산을 향해 길을 떠나려 하니, 주먹밥도 넉넉히 싸주시오."

지리산이란 말에 선화공주는 얼굴을 돌려 서동을 쳐다보았습니다. 젊은 심마니 차림의 서동이 바랑 망태기를 뒤적이고 있었습니다.

'신기한 일이구나. 지리산은 내가 가보려고 마음먹은 곳이 아닌가? 그런데 심마니를 만나다니…. 이 기회에 심마니의 세상을 알아보는 것도 재미있을 것 같구나.'

선화공주는 잠시 생각하다가 서동에게 말을 걸었습니다.

"지리산으로 가신다고요? 마침 지리산으로 여행을 가려던 참이었습니다. 불편하지 않다면 동행해도 될까요?"

"저야 동행이 있으면 좋기는 합니다만."

서동은 날아갈 것 같은 마음을 숨기느라 애쓰며 흔쾌히 승낙했습니다.

선화공주는 서동이 자신이 찾는 그 범죄자라는 것을 꿈에도 모른 채, 함께 지리산으로 향했습니다.

"지체가 높으신 듯하니, 아가씨라 불러도 될까요?"

선화공주는 말없이 고개를 끄덕였습니다.

"그래, 이름이 서동이라고? 한자로 풀이하면 마를 캐는 아이라는 뜻이군. 혹시 마를 캐는가?"

"네, 저희 같은 심마니들은 마도 캐고 약초도 캐고 닥치는 대로 캐어 판답니다. 아가씨."

'그때 나를 모함한 노래는 마 캐는 남자와 남몰래 결혼했다는 내용이었는데, 혹시?'

선화공주는 이런 생각을 하며 서동을 샅샅이 살피다가 곧 고개를 저었습니다.

'에이, 설마…. 나이 든 스님이 아이들에게 가르쳐준 노래라는데, 마 캐는 천한 이가 감히 공주를 상대로 그런 경박한 노래를 퍼뜨리다니, 그건 불가능한 일이야.'

지리산까지 가는 길은 멀었습니다. 선화공주 일행은 마을이 있으면 일부러 우물가에 들러 물을 청해 마시고, 농사꾼이 보이면 농작물에 관심도 보이며 자연스럽게 대화를 나누었습니다. 그리고 억울한 일은 없는지, 힘든 일은 없는지 은근슬쩍 물어보았습니다. 때로는 밤이 늦었는데 잠자리가 없다며 허름한 집을 찾아 하룻밤을 청하기도 하고, 식사도 함께 준비하면서 백성들의 실상을 몸으로 체험하기도 했습니다. 궁궐과 다른 세상, 살아온 환경에 비해 훨씬 넓고 다양한 세상을 만난 것에 신이 난 선화공주는 자신이 왜 궁궐을 떠나왔는지 잊은 채 백성의 생활을 즐기느라 정신이 팔려 있었습니다.

다양한 백성들을 많이 만날 수 있는 곳은 뭐니 뭐니 해도 시장이었습니다. 선화공주는 텃밭에서 캔 호박이며, 뒷방에서 틈틈이 만든 짚신 등이 어떻게 팔려나가고 어떤 물품과 교환되는지 지켜보았습니다. 거드름을 피우며 대량으로 물건들을 사다 나르는 대갓집 마름들이 사들이는 물품도 관찰하며 일반 백성들이 쓰는 것과의 차이점도 살폈습니다. 괜히 필요 없는 물건을 만지작거리며 상인과의 대화를 통해 마을의 어려움을 파악하기도 했습니다.

'마을마다 형편이 천차만별이구나!'

이런 차이는 땅이 기름진가, 산세가 험한가 등 자연환경에 따라 생기기도 했지만, 관리들의 횡포나, 농민들의 단합 등 인간관계에 의해 만들어지기도 했습니다. 선화공주는 특히 인간관계에 의해 생기는 차이에 관심이 많았습니다.

서동은 지체 높은 공주가 이런 서민들의 삶을 세세하게 살피는 모습을 보며 자신을 돌아보았습니다.

'나는 아비 없는 출생을 비관하며 어머니를 원망했고, 동네 사람들을 미워하며 사람들에 대한 사랑 따윈 키우지 않았다. 공주님은 비천한 백성도 따뜻하게 살피니 어찌 존경하지 않을 수 있겠는가?'

서동은 이제 선화공주의 미모와 상관없이 품격 있는 행

동과 자애로운 마음을 사모하게 되었다는 것을 알아채지
못했습니다.

　선화공주도 서동이 가진 남다른 재주에 대해 감탄하고
있었습니다. 서동은 지리에도 능통했고 물건 살 때는 흥정
도 잘했습니다. 무엇보다 사람을 기분 좋게 만드는 능력도
있었는데, 아쉬운 것은 그것이 인간에 대한 애정과 이해에
서 우러나오기보다 순간적인 임기응변이라는 점이었습니
다. 그러나 선화공주는 이런 단점보다 서동이 성장할 가능
성에 관심이 많았습니다. 서동이 글자는커녕 계산에 서투
른 것을 안타까워하기도 했습니다.

　"서동아. 글자를 배우고 셈법을 알면 물건을 팔거나 살
때도 매우 도움이 된단다. 혹시 배워볼 마음이 있느냐?"

　"네, 아가씨. 가르쳐만 주시면 뭐든지 열심히 배워보겠습
니다."

　서동은 머리가 영리했습니다. 하나를 가르치면 금방 응
용하곤 했습니다.

　"아가씨, 아까 상인이 저를 속이려 하더라고요. 그런데
아가씨한테 배운 셈법대로 고쳐주었더니 상인의 얼굴이 홍
당무가 되던데요."

서동은 자신이 영웅이라도 된 듯 환한 미소를 지었습니다. 선화공주는 궁궐에서 배운 지식이 한 백성을 이렇게 행복하게 만들 수 있다는 것이 뿌듯했습니다. 자신감은 서동의 태도조차 변화시켰습니다. 시장에서 흥정할 때도 당당해졌고 목소리에도 힘이 들어갔습니다. 이런 서동의 변화를 보는 것은 선화공주의 또 다른 기쁨이 되었습니다.

'가르친다는 것은 이렇게 즐거운 거구나.'

세 사람은 드디어 지리산 입구에 도착했습니다. 앞으로는 시장도 없고, 주막도 없을 것이었습니다. 선화공주와 반비는 검을 챙기고, 사냥을 위한 화살도 넉넉히 준비했습니다. 서동도 열매와 약초를 담을 망태기를 다시 점검했습니다.

"아가씨, 험하고 깊은 골짜기가 있는 곳이 경치도 아름답고 진기한 약초도 많아요. 다만, 도적을 만날 가능성도 크답니다. 저는 도적을 피하는 요령이 있으니 위험을 무릅쓰더라도 험한 곳으로 가보려 합니다만 아가씨들은 괜찮으실까요?"

선화공주와 반비는 서로의 얼굴을 바라보며 싱긋 웃었습니다.

'서동은 우리의 무술 실력을 모르니 걱정하는 것이 틀림 없어'라는 눈짓이었죠.

"괜찮아. 지리산은 다시 오기도 힘든 곳이니 이번 기회에 가장 아름다운 경치를 감상해보고 싶구나! 나와 반비는 무술을 배운 적이 있으니 자기 몸은 보호할 수 있단다. 너무 걱정하지 마라."

"아가씨, 그러시면 저에게 무술도 가르쳐 주실 수 없으신지요? 사실 마음 놓고 약초가 많은 곳을 다닐 수가 없었거든요."

선화공주는 서동의 이런 적극적인 모습도 보기 좋았습니다. 그리고 남는 시간에 서동을 가르치는 것은 보람도 있었죠. 반비도 서동의 무술 연습에 적극적으로 나섰습니다. 선화공주가 가르쳐준 품새가 잘 안 될 때면 서동은 반비에게 슬쩍 물었고, 반비는 자세도 잡아주면서 품새 한두 동작을 추가로 알려주었죠. 서동은 어릴 때부터 산과 들을 오르내리느라 몸이 상당히 단련되어 있었습니다. 게다가 열심이었죠. 어느 날 새벽, 잠자다 깬 선화공주는 서동이 품새를 연습하는 것을 보며 흐뭇한 미소를 지었습니다. 오랜 시간 연습해도 느리기만 했던 자신의 동기들을 떠올리며 서동이 빨리 성장하는 이유를 알게 된 것이죠.

다행히 도적을 만나지는 않았습니다. 선화공주와 반비는 지리산의 이름난 풍경을 찾아서, 서동은 진기한 약초가 있는 곳을 찾아 구석구석 누볐습니다. 드디어 신라에서 시작된 지리산 자락은 백제로 연결되고 있었습니다.

"아가씨, 여기서부터는 백제 땅입니다. 사실은 제가 말씀드리지 않은 부분이 있습니다. 저는 금마(익산)에 사는 백제인입니다. 그냥 약초와 마를 찾다 보니 새로운 곳을 많이 다니게 되었고, 신라 땅에도 관심을 가지게 되어 서라벌까지 가게 된 것입니다. 아가씨도 여기까지 오셨으니 백제 땅에 가보실 생각이 있으신지요? 그러시다면 제가 안내하겠습니다."

서동은 자신이 백제인임을 말했지만, 끝내 자신이 선화공주를 모함했다는 말은 하지 않았습니다. 선화공주도 반비도 서동을 의심하고 싶지 않았습니다. 서로 믿고 의지하며 지리산을 거쳐 여기까지 왔으니까요.

선화공주는 손등을 턱에 괴고 생각에 잠겼습니다. 신라와 백제는 여전히 사이가 나빴고, 부모님도 스승님들도 백제의 위협을 염두에 두고 있었습니다. 친구들과 수련할 때도 백제와 전쟁이 일어나면 죽음을 각오하고 싸워야 한다며 결의를 다졌죠. 선화공주는 마침내 결심했습니다.

'그래, 상대를 알고 나를 알면 백전백승이라고 했어. 이런 기회는 하늘이 도운 거야. 백제의 산세며 백성의 민심을 살펴보는 것도 누군가는 해야 할 일이야.'

선화공주는 옆에서 대답을 기다리는 서동을 보며 말했습니다.

"그래, 여기까지 왔으니 백제에 대해서도 알고 싶구나. 신라인으로서 백제로 가기 전에 알아야 할 것이 있느냐?"

서동은 쾌재를 불렀습니다. 선화공주와 함께하면서 서동은 하늘이라도 날 수 있을 듯한 긍정적인 활력을 느끼고 있었습니다. 셈법이나 무술을 배울 때와는 다른 행복감이었죠. 조금이라도 더 오래 있고 싶고, 좀 더 많은 이야기를 나누고 싶긴 했지만, 선화공주가 백제까지 갈 것이라고는 생각하지 못했습니다. 모험심이 강하고 무술이 뛰어나다고 해도 신라인이 백제 땅으로 가는 것은 너무 위험했거든요. 그러나 서동은 선화공주의 위험은 염려하지 않은 채 말했습니다.

"네. 아가씨. 일단 말투가 조금 다릅니다. 몇 가지 가르쳐 드릴게요. 아가씨는 많이 배운 분이니 곧 익숙해질 것입니다. 제가 서라벌에도 가봤지만, 백제와 신라는 같은 민족이 잖아요? 풍습이나 옷차림 등 차이가 없는 것은 아니지만,

그거야 지역이 다르면 항상 있는 것이죠. 또 그런 점이 다른 지역을 여행하는 재미가 아니겠습니까? 제가 사는 집은 연못가 옆이라 날마다 연꽃을 보며 자랐습니다. 아가씨에게 해뜨기 전에 핀 싱싱한 연꽃이 얼마나 아름다운지 보여드리고 싶네요."

선화공주는 서동이 고향 연꽃을 연상하는 들뜬 표정을 보며 웃었습니다.

"그 연꽃을 보기 위해서라도 꼭 너의 고향 땅에 가봐야겠구나!"

이렇게 선화공주는 백제 땅을 밟았습니다. 백제인에 대한 첫인상은 참 좋았습니다. 이들은 잘 웃고 친절했으며 걸음걸이도 느긋했습니다. 선화공주는 신라인과 백제인의 차이점을 보는 것이 재미있었습니다. 지리산을 거쳐온 탓도 있었지만, 백제 땅은 유난히 평지가 많았습니다. 저 멀리 보이는 산도 낮고 아늑해 보였죠. 저 평지를 달리면, 가슴이 확 트일 것 같다는 생각도 들었습니다.

"반비야. 아무래도 지금부터는 말을 타고 가는 것이 좋겠구나!"

"아가씨, 서동은 말을 탈 수 없을 텐데요."

"지금까지의 서동을 보건대 말 타는 것도 금방 배울 수 있을 것 같구나."

그렇게 해서 반비는 서동에게 말 타는 법을 가르쳤습니다. 그동안 함께 걷고, 함께 지리산을 헤치고 다니느라 선화공주의 몸도 많이 단련되었고, 위기에 대처하는 능력도 나아졌습니다. 무엇보다 선화공주는 가르친다는 것에 대해 재미와 보람을 느끼고 있었습니다.

서동도 많이 달라져 있었습니다. 본래 튼튼한 몸에 글자와 무술, 말 타는 법까지 익히다 보니 걷는 자세부터 달라졌습니다. 몸은 더 민첩해졌고, 눈매에는 총기도 묻어났습니다. 선화공주와 반비와의 대화를 통해 말투와 예법 등도 세련되게 바뀌었고, 백제와 신라의 다양한 경험을 일상적으로 접하다 보니 세상을 보는 안목까지 넓어져 있었습니다.

선화공주는 백제의 평원을 마주 보며 가장 앞쪽에서 말을 달리다가, 말타기에 익숙하지 않을 서동을 돌아보았습니다. 서동이 멀리 뒤처져 오는 것을 물끄러미 바라보며 고삐를 잡아 속도도 늦추고, 반비가 신기한 듯 백제 산천을 살피면 말을 멈추고 목도 축였습니다. 서동도 서투른 솜씨로 두 사람의 속도를 따라잡으려 애쓰며 말을 몰았습니다.

선화공주가 말 위에서 몸을 돌려 자신을 염려하는 표정으로 볼 때면, 처음 서라벌 월정교에서 만났을 때의 첫인상이 떠올라 감회에 젖기도 했습니다.

서동의 어머니 무화는 오랫동안 소식이 없던 아들이 말을 타고 나타나자 깜짝 놀랐습니다. 서동은 키와 몸집도 커졌지만, 태도도 늠름해졌고 말투에도 위엄이 서려 있었습니다.

"서동아. 너에게 무슨 일이 있었기에 이렇게 변했느냐? 그리고 저분들은 누구냐?"

"어머니, 이분들은 저와 함께 여행하면서 글자는 물론 무술과 말 타는 법까지 가르쳐주신 귀한 분입니다."

"잘 오셨습니다. 아가씨들."

선화공주는 서동의 집을 보고 충격을 받았습니다. 선화공주가 살펴본 신라와 백제 백성들의 삶은 어려웠습니다. 그러나 서동의 집은 가난한 백성들의 집 중에서도 가장 작고 초라했습니다.

무화는 아들 서동을 이렇게 훌륭하게 변화시킨 귀한 손님을 위해 자신이 머물던 방에 정성껏 잠자리를 준비했습니다. 그리고 창고로 쓰던 옆방으로 건너가 서동과 함께 머물렀습니다. 선화공주는 초라한 집이지만 무화의 정성에 감사하며 오랜만에 마음 놓고 편히 쉬었습니다. 물론 무화에게조차 신라인이라는 것은 밝히지 않았어요. 신라의 공주라는 것을 알면 어떤 봉변을 당할지 모르니까요. 위험하기는 서동도 마찬가지였습니다. 신라인을 백제로 안내하다니 이는 죽을죄에 해당하는 것이었으니까요.

다음 날부터 선화와 반비는 서동의 집 주변을 둘러보았습니다. 서동의 집은 마을의 다른 집들과 떨어져 있었습니다. 집 옆에는 연못이 있었는데, 연못 주위에는 진흙이 여기저기 흐트러져 있었고, 주위의 땅은 좁아 농사짓기에는 적당하지 않아 보였습니다.

'어두운 밤에는 연못에 빠지거나 진흙 속에서 허우적거릴 수도 있겠구나! 그래도 연못에서 연근도 생산할 수 있겠고, 진흙은 수분이 충분하니 마를 키울 수도 있겠어.'

선화공주와 반비는 연못 건너편에도 가보았습니다. 같은 연못임에도 건너편은 딴판이었습니다. 연못 주위는 돌로 장식하여 가꾸어 놓았고, 그 앞쪽으로는 꽃이며 나무들을 심어 훨씬 안전하고 경치도 좋았습니다. 연못 앞에는 단아한 기와집이 자리 잡고 있었는데, 한눈에 봐도 부유하고 풍요로운 느낌을 주었습니다. 이 집은 자미의 집이었죠. 그 집을 시작으로 마을의 집들이 옹기종기 모여 있었고, 집들이 끝나는 곳에는 농지가 펼쳐져 있었습니다. 선화공주는 농지의 흙을 손바닥으로 비벼 보았습니다.

'흙이 검고 촉촉한 것을 보니, 농사가 잘되겠구나!'

마을 사람들은 서동과 함께 지내는 선화공주를 경계했습니다. 그러나 자미는 달랐죠. 서동과 자미의 집이 가까운 탓에 선화공주와 가까워질 기회가 많았던 영향도 있었지만, 자미는 선화공주와 대화가 통해 즐거웠습니다. 자미는 마을 사람들의 사정을 많이 알고 있었어요. 일거리가 필요하거나 돈이 필요한 마을 사람들이 많이 찾아왔거든요. 자미는 또한 마을 사람 중 글을 깨우친 몇 안 되는 사람이기도 했습니다. 자미의 부모님이 딸에게도 글을 가르쳤기 때문이죠.

"아가씨, 서동은 용의 아들이래요. 사실은 그것 때문에 무화 모자가 마을 사람에게 괴롭힘을 당했어요. 아가씨는 서동과 어떻게 알게 되셨나요?"

"여행을 떠났다가 알게 되었답니다. 약초도 많이 알고 지리에도 밝아서 도움을 많이 받았거든요."

자미의 집에는 아이를 데리고 일하러 오는 사람도 있었

습니다. 그중에는 슬비도 있었죠. 슬비는 일곱 살 된 여자아이였는데, 어머니가 일찍 돌아가셔서 아버지 우치와 둘만 살고 있었습니다. 형제가 없었던 자미는 슬비와도 잘 놀아주었는데, 그러다 보니 선화공주와 슬비도 가까워질 수 있었습니다. 슬비는 혼자 놀 때도 많았어요. 아버지 우치가 항상 슬비를 데리고 일할 수 있는 건 아니었거든요. 그날도 슬비는 연못가 자미의 집을 기웃거리며, 주위의 진흙으로 흙 놀이를 하고 있었습니다. 머리는 산발이 되고 얼굴은 흙투성인 데다, 안 그래도 초라한 옷은 넝마 수준이 되어 있었어요. 길을 나서던 선화공주는 일부러 슬비에게 말을 걸었습니다.

"슬비야, 아버지는 일 나가셨느냐?"

"네, 아가씨."

슬비는 흙투성이 얼굴에 환한 이빨을 드러내며 대답했습니다.

'어린 것이 총명하고 의젓해 보이는구나!'

선화공주는 슬비가 초라한 겉모습과 달리 목소리가 또렷하고 눈은 총기로 빛나는 것을 눈여겨보았습니다.

"반비야. 슬비를 데려가서 씻기고 먹여주렴."

깨끗하게 목욕한 후 새 옷을 갈아입은 슬비는 딴사람같

이 변해 있었습니다. 그 후 선화공주는 슬비를 자주 불렀습니다. 그리고 슬비의 아버지 우치에게도 말했죠.

"슬비를 돌봐줄 사람이 필요합니다. 아버님이 안 계실 동안 제가 돌봐줘도 괜찮겠지요?"

"아가씨가 거둬주신다면 그보다 큰 은혜는 없을 것입니다. 정말 고맙습니다."

선화공주는 서동에게 가르쳤던 셈법이나 글자를 슬비에게도 가르쳤습니다. 그러나 부모에게 돌봄을 받을 수 없는 아이들은 또 있었습니다. 가난한 마을 사람들은 일하느라 아이들과 충분한 시간을 가질 수가 없었습니다. 그렇게 열심히 일해도 충분한 음식과 옷조차 마련하기가 쉽지 않았죠. 선화공주는 지리산을 거쳐오는 동안 여러 마을의 차이점을 살펴본 것이 떠올랐습니다.

'금마는 평탄하고, 물도 풍부하고 게다가 비옥한 농지를 가진 곳이야. 그렇다면 결국 이런 가난은 지형의 탓이 아닌 지주의 횡포 때문이 아니겠는가?'

선화공주의 예측은 맞았습니다. 조사해보니 땅이 없는 사람들은 지주의 땅을 빌려 농사를 짓고, 수확물의 절반을 지주에게 갖다 바치고 있었던 거죠.

선화공주는 마야왕후에게 받은 금을 만지작거렸습니다. 그때 서동이 이 모습을 보았습니다.

"아가씨. 이것이 무엇입니까?"

"이것은 금이라는 귀한 물건이란다."

서동은 금에서 뿜어나오는 색이 자신이 이전에 보았던 동굴 속의 돌에서 얼핏 보았던 색깔과 비슷하다고 생각했습니다.

"사실 어릴 때 혼자 저 뒤쪽 산까지 갔던 적이 있었습니다. 여름이었는데, 갑자기 소나기가 쏟아졌어요. 비를 피해 정신없이 뛰다가 넓은 바위가 있기에 잠시 피해 있었죠. 그런데, 바위 아래는 평소에 눈에 띄지 않았던 동굴과 연결되어 있었어요. 어차피 비를 피해야 해서 잠시 들어가 보았죠. 동굴 바닥에는 크고 작은 돌들이 널려 있었는데, 그때 돌 틈에서 이런 빛깔을 본 것 같기도 해요."

선화공주는 금에 대하여 더는 말하지 않았습니다. 금이 확실하리라는 보장도 없었지만, 서동은 여전히 생계를 위해 열심히 일하느라 바빠서 함께 찾아보자고 할 수도 없었거든요.

'아무리 시골이라도 금이 있었다면 지금까지 그대로 있을 리가 없어. 그래도 어차피 근처 지형도 살펴야 하니 한

번 가보는 거야 나쁘지 않겠지.'

선화공주는 반비와 함께 서동이 갔다던 뒷산에 가보았습니다. 정말 비를 피하기에 적당한 큰 바위가 눈에 띄었습니다. 그 바위 아래에는 동굴도 있었습니다.

'발견하기 쉽지 않은 동굴이긴 하구나.'

동굴 안으로 들어가 보았더니, 흙이 덮여 있긴 했지만, 가끔 금빛이 나는 바위가 눈에 띄긴 했습니다. 선화공주는 혹시 하는 마음에 바닥에 뒹굴던 돌을 주워 흙을 닦아 보았습니다.

"반비야, 정말 금이구나!"

그 후 선화공주는 시간이 날 때마다 그 동굴을 찾았습니다. 그리고 근처 땅을 파서 금을 숨겨두었습니다. 금은 웬만한 귀족이나 상인이 아니면 처분하기도 쉽지 않았습니다.

"저 농지를 손에 넣을 수 있다면 우치를 비롯한 백성들이 아이들을 돌보며 살아갈 수 있을 텐데…"

선화공주는 슬비를 떠올리며 안타까워했습니다. 그리고 금을 바꿔줄 상인은 없을까 시장 안을 두리번거리며 살폈습니다. 마침 비단옷에 가마를 타고 다니는 상인을 발견했는데, 바로 공방으로 들어갔습니다. 선화공주는 공예품을 구경하는 척하며 둘러보다가 금으로 만든 장신구를 집어 들고 점원에게 물었습니다.

"이 장신구는 비단을 얼마나 드리면 살 수 있습니까?"

"비단 100필은 주셔야 합지요."

"제가 필요한 것이 있어 그러는데 주인장에게 전해주시 겠소?"

이렇게 해서 선화공주는 금을 비단으로 바꿀 수 있었습니다. 그리고 이번에는 근처 땅 주인을 조사했습니다. 운이 좋았던지 마침 사비성 벼슬길에 오른 아들을 가진 부인을 만났습니다.

"남편도 없고 아들조차 떠난다니, 혼자 남아 무엇하겠습니까? 집과 땅을 처분하려 합니다."

선화공주는 이렇게 사들인 땅을 마을 사람들에게 나누어 경작하도록 했습니다. 소작료도 조금만 받기로 했죠. 그래도 여전히 돌봄을 받지 못하는 아이들은 있었습니다.

'부모들이 일하는 동안 아이들이 방치되어 있으니 가엾은 일이로고….'

선화공주는 사비성으로 떠나는 부인에게서 사들인 집에서 아이들을 돌보기로 했습니다. 셈법과 글자도 가르쳤습니다.

"아가씨, 저도 돕겠습니다."

자미와 서동도 나섰습니다. 선화공주가 아이들을 돌본다는 소문이 퍼져나가자 아이를 맡기는 부모가 많아졌습니다. 많은 아이를 돌보기 위해서는 새로운 방법이 필요했습니다.

'학당을 만들어야겠어. 나와 반비에게 교육을 받은 뒤 서동이 얼마나 달라졌는지 내 눈으로 보지 않았는가?'

이제 선화공주가 자미, 서동을 데리고 마을 곳곳을 돌아보거나, 학당의 아이들과 수련하는 모습은 마을 사람들의 자랑거리가 되었습니다. 서동은 이미 예전의 모습이 아니었습니다. 말 위에 앉아 선화공주를 모시는 모습은 믿음직스러웠고, 농민을 다독이고 농사를 살필 때도 지혜로운 면모가 풍겨 나왔으며, 학당에서 아이들을 가르칠 때는 활기와 자신감이 뿜어 나왔습니다.

"저런 귀한 분을 마을로 모시고 오다니, 서동은 정말로 용의 아들이 틀림없나 보네."

마을 사람들은 이런 말을 주고받으며 서동을 다르게 보기 시작했습니다.

점점 마을 사람들은 선화공주와 서동을 따랐습니다. 농지도 넓어졌고, 학동들도 많아졌습니다. 그중에는 멀리 신라의 변방에서 찾아온 섬광, 목지, 도라 같은 사람들도 있었습니다. 백제는 신라와 달리, 여자아이를 학당에 보내는 부모가 많지 않았습니다. 선화공주는 이 점이 안타까웠고, 여자 학동들을 키울 때는 더 정성을 기울였습니다. 이제 학당은 자미와 서동만으로는 감당하기 어려울 만큼 커졌습니다. 궁리 끝에 선화공주는 자미와 서동이 나이 든 학동들을 담당하고, 어린 학동들은 나이 든 학동이 이끌도록 했습니다. 이 방법은 학동들이 지도력을 기르고, 책임감을 키우는 데도 도움이 되었죠.

선화공주는 학동들을 이끌고 멀리 사비의 궁궐, 한강 유역이나 때로는 지리산까지 가서 심신을 단련하고는 했습니다. 덕분에 백제의 지형이나 백제 백성들의 사정을 더 빨리 파악할 수 있었습니다. 가끔 반비만 데리고 유람을 다닐 때도 있었는데, 이때는 숨겨둔 금을 신라 국경 근처까지 운반하기도 했죠.

이런 평화로운 시간이 오래 계속되지는 않았습니다. 그것은 백제의 정세와 관련한 서동의 변화에서 시작되었습니다.

신라와의 싸움에서 패배한 이후 백제 왕의 권위는 추락했는데, 그 틈을 틈타 좌평 벼슬(백제 정승의 이름)을 하던 사택 씨가 세력을 넓혀갔거든요. 그는 노골적으로 왕을 무시하며 말 잘 듣는 신하들에게 마음대로 벼슬을 주고, 세금도 횡령하여 사병을 길렀습니다. 조정에는 사택 씨의 말만 듣는 신하와 군사들도 늘어났죠.

이것으로 끝이 아니었어요. 그 왕마저 돌아가신 후 문제는 더 심각해졌거든요. 사택 씨는 태자가 있음에도 다른 왕자인 혜왕을 즉위시켰어요. 이제 사택 씨는 백제에서 가장 권한이 강한 신하였답니다. 그러나 왕을 무시하는 사택 씨에게 반발하는 사람들이 전혀 없는 것은 아니었어요.

'저 연씨 집안은 대대로 우리 사택 씨에 반대해왔다. 어찌하면 사택 일가의 권력을 튼튼하게 만들 수 있을까?'

사택 씨는 곰곰 생각하다 전쟁을 벌이기로 했어요. 전쟁은 자신에게 반대하는 세력을 죽이는 데 아주 유용했거든요. 불리한 전쟁터로 내몰아 전장에서 죽게 하거나, 구사일생으로 살아서 돌아온대도 패전의 책임을 물을 수 있을 테니까요. 사택 씨는 혜왕이 즉위하자마자 군사부터 모집하기로 했습니다.

"전하, 북쪽으로는 고구려가, 동쪽으로는 신라가 위협하

는 상황이니 지금이야말로 군사를 모아 국방을 튼튼하게
할 때입니다."

혜왕은 자신을 즉위시켜 준 사택 씨의 첫 부탁을 거절하
지 못했어요. 그리고 사택 씨 말대로 힘을 기를 필요도 있
었고요.

군사를 모집한다는 소식은 서동에게도 전해졌습니다.

"아가씨, 저도 군대에 지원하겠습니다."

선화공주는 고개를 끄덕이며 되뇌었습니다.

'서동은 분명 인정받는 인재가 될 것이야.'

선화공주의 예측대로 서동은 군 내에서 점점 인정받는
존재가 되어갔습니다. 특히 왕과 사택 씨 등 신하들이 지켜
보는 가운데 군인들끼리 실력을 겨루는 무술대회에서 우승
한 이후로는 승승장구하게 되었죠. 혜왕은 친히 검을 하사
하며 곁에서 자신을 지키도록 명령했습니다.

하루는 혜왕이 서동에게 심부름을 시켰습니다.

"좌평 대신을 들라 하라."

서동은 즉시 말을 달려 사택 씨의 집으로 향했습니다.
마침 사택 씨는 부인 백화, 딸 연우와 함께 차를 마시는 중
이었습니다.

"좌평 대신, 전하의 심부름으로 왔습니다. 즉시 궁으로 드시랍니다."

"그래? 너였구나. 무술대회에서 우승한 너를 기억하느니라."

이 말에 백화와 연우는 고개를 돌려 서동을 자세히 바라보았습니다.

"기억해주셔서 감사합니다. 그럼 저는 이만 가보겠습니다."

갑자기 자신에게 몰리는 시선을 의식하며 서동은 급히 자리에서 빠져나왔습니다. 연우는 돌아서는 서동의 뒷모습을 유심히 살피다가 그의 모습이 보이지 않자 입을 열었습니다.

"아버님. 저자가 무술대회에서 우승했다고요? 용모가 출중하고 눈매가 슬기로운 것이 잘 이끌어주면 큰일을 할 수 있을 듯합니다."

"허허, 연우는 저자가 마음에 들었나 보구나."

그날 연우만이 서동을 유심히 본 것은 아니었습니다. 서동도 그림처럼 아름다운 연우를 흘깃 보며 감탄하고 있었습니다. 연우는 그림 속 선녀 그 자체였습니다. 햇볕이라곤 받아보지 않은 듯한 하얀 피부, 사람의 움직임으로 느껴지지 않던 꼿꼿한 자세, 찻잔을 받쳐 든 가늘고 연약한 손가락 등을 떠올리며 서동은 혼란스러웠습니다.

그날부터 서동은 엉뚱한 생각을 할 때가 많아졌습니다.

'선화공주님이 말을 타고 월정교를 달릴 때의 모습은 용이 승천하는 듯한 강렬한 모습이었지. 그때의 나는 심마니였고, 선화공주님은 너무 어마어마한 분이라, 나는 그저 공주님의 모습만이라도 볼 수 있다면 소원이 없을 것 같았어. 그런데 지금의 나는 왕을 지키는 몸이 되었어. 웬만한 귀족도 나를 무시하기 힘들 거야.'

서동은 왕의 호위무사가 된 후, 귀족들이 자꾸 접근하는 것을 느꼈습니다. 동료들에게 물어보니 이것은 매우 위험할 수도 있는 징조였습니다.

'귀족과 대화를 나누는 것만으로도 의심받을 수 있어. 전하에 대해 알고 싶어 하는 자니 그저 모른 척하는 게 상책이야.'

때로는 자신을 자세히 쳐다보는 궁녀들의 눈길도 느낄 수 있었습니다. 그럴 땐 괜히 얼굴이 화끈거리고 묘한 설렘이 느껴지기도 했습니다.

'조심하게. 궁녀들이야 전하나 호위무사 이외에는 접할 수 있는 남자가 없지 않은가? 호위무사는 특별히 뽑혀온

있네.'

　호위무사로의 생활이 거듭되면서, 서동은 자신이 더는 가난하고 미천한 백성이 아니라는 것을 느낄 수 있었습니다. 왕을 가까운 곳에서 모시다 보니 귀족들이 얼마나 비굴한지, 지체 높은 후궁들이 왕의 총애 여부에 따라 어떻게 대접이 달라지는지 볼 수 있었죠. 그러다 보니 자신에게 접근하는 하급 귀족이나 궁녀들에게 관심이 없어지는 것도 자연스러운 일이었습니다. 서동은 지혜롭고 용감하면서도 백성에 대한 사랑을 실천하는 선화공주를 보면서 이미 웬만한 사람은 눈에 차지 않게 되었다는 것을 알지 못했습니다.

　연우는 보통 사람들이 동경하는 '그림 같은 선녀' 그 자체였습니다. 게다가 당대 세도가의 따님이었지요. 선화공주를 통해 여자의 외모를 높이 평가하지 않게 된 서동이었지만, 자신의 뒷모습에 꽂히던 연우의 관심이 싫지는 않았습니다. 심지어 엉뚱한 생각을 하며 상상력을 키우기도 했죠.

　'연우 아가씨와 혼인할 수만 있다면, 출세 가도를 달릴 수 있을 거야.'

　그런데 이상한 일이 일어났습니다. 연우 생각만 하면 선화공주의 모습이 뒤따라 떠오르는 것이었어요. 서동은 화들짝 놀라며 고개를 흔들었습니다.

'내가 선화공주님과 즐거운 추억을 많이 가지고 있구나. 그분의 생각만으로도 미소가 떠오르다니…. 워낙 높은 신분이라 함께 다니면서도 나와 같은 사람이라는 생각도 못했어. 배울 것이 무궁무진했고 가르침을 받는 것만으로 뿌듯했지. 함께 있으면 어떤 어려움도 저절로 해결될 것 같은 믿음도 생겼어. 하루하루가 희열의 연속이었고, 신바람이 느껴졌지.'

서동은 동료 병사들이 연인의 이야기를 할 때의 표정을 떠올렸습니다.

'그들이 말할 때의 감정과 똑같지 않은가? 내가 너무 미천한 신분이라 감히 남녀의 애정이 싹틀 수 있는 분이라고는 상상하지 못했어. 그런데, 연우 아가씨와 비교하니 확실히 알겠어. 나는 선화공주님을 연모하는 거였어.'

서동의 이런 생각을 알 리 없는 사택 씨는 서동의 일거수일투족을 살피기 시작했습니다. 딸 연우가 서동에게 호감을 느낀 것이 확실해 보였기 때문입니다.

'가까이에서 살펴봐야겠어. 연우 문제가 아니더라도 왕

의 호위무사에게 은혜를 베풀어 두는 것은 나쁘지 않지.'

그날은 사택 씨의 생일 축하연이 있는 날이었어요. 서동에게 낯선 병사가 다가왔습니다.

"저는 좌평 대신을 호위하고 있습니다. 좌평 대신께서 오늘 저녁 생신 축하연에 와 달라고 하셨습니다."

서동은 어리둥절했습니다. 좌평 대신은 백제의 최고위층이라 자신이 초대를 받는 것이 맞지 않다고 생각했기 때문이죠. 서동은 왕의 호위무사라곤 하나, 아직 말단 호위병에 불과했거든요.

'혹시 연우 아가씨와 관계있는 것일까? 그렇지 않더라도 거절할 필요는 없지.'

서동은 서둘러 생신 선물을 준비했습니다. 그리고 아끼던 옷을 꺼내 입고, 장신구로 한껏 멋을 냈습니다. 청동거울로 이리저리 비춰 보며, 옷매무새도 다시 다듬었습니다. 그리고 늦지 않게 일찌감치 사택 씨 집으로 향했습니다.

사택 씨의 대문 앞에는 화려한 옷차림의 손님들, 안내하는 하인들로 붐비고 있었습니다. 서동은 갑자기 주눅이 들었습니다. 나름대로 신경 쓴 옷차림이며 장신구도 초라해 보였습니다. 쭈뼛거리며 서 있는데, 하인이 다가와 연회장으로 안내했습니다. 입구에는 사택 씨, 부인 백화와 연우까지 나와 손님을 맞고 있었습니다. 사택 씨에게 인사를 나누기 위해 늘어선 줄 말미에서 서동도 준비한 선물을 건네며 인사했습니다.

"좌평 대신, 미천한 저를 이렇게 불러 주셔서 영광입니다. 생신 축하드립니다."

사택 씨 옆에 있던 부인 백화에게도 눈인사를 하고 연우에게도 살짝 고개를 숙였을 때였습니다. 갑자기 연우가 서동에게 말을 건넸습니다.

"바쁘실 텐데, 아버님의 생신을 축하하기 위해 귀한 걸음을 해주셔서 감사합니다. 연회가 시작되려면 더 많은 분이 오셔야 할 터이니, 그동안 무료하시지 않게 집구경을 시켜 드리겠습니다."

서동은 연우를 뒤따랐습니다. 혜왕의 심부름으로 잠시 들렀던 적은 있었지만, 이렇게 깊숙한 곳까지 와 본 것은 처음이었습니다. 사택 씨의 집은 과연 백제 최고의 세도가답게 넓고 화려했습니다. 정원을 장식한 진기한 돌과 장식품은 물론, 대들보의 크기, 기둥을 장식한 글씨며 그림 등도 궁궐과 비교해도 손색이 없을 지경이었습니다. 혀를 내두르며 감탄하던 서동은 연우의 목소리에 정신이 들었습니다.

"여기는 제가 머무르는 별채입니다. 잠시 들러 차라도 한

잔하시지요."

별채로 들어선 서동은 그림 속으로 들어온 듯한 착각이 들었습니다. 모든 것이 한 점 흐트러짐 없이 다듬어져 있었기 때문입니다. 문을 들어서자마자 펼쳐진 풀밭에는 한 뼘 정도의 풀이 가지런하게 정돈되어 있었습니다. 그 위로 동그란 화강석 징검돌이 놓여 있었는데, 풀도 징검돌도 크기나 높이가 같았습니다. 징검돌 왼쪽에 보이는 바둑판처럼 나눠진 정원에 있는 다양한 꽃들은 물론, 그 화초 뒤쪽의 나무들마저 정갈하기 짝이 없었습니다.

'실물인지 그림인지 분간이 되지 않는구나. 바닥의 돌덩어리에도 먼지 한 톨 보이지 않으니 신발로 밟기에도 민망할 지경이군.'

오른쪽으로 고개를 돌리자 연못이 눈에 들어왔습니다. 원형의 연못이었는데, 같은 거북 모양의 조각상이 연못 둘레를 일정한 간격으로 장식하고 있었습니다. 연못 속에는 연꽃이 가득 피어 있었는데, 보라색 연꽃조차 일렬로 줄지어 피어 있었습니다.

'나는 연못 옆에 살았어. 그런데 연꽃이 이렇게 줄지어 핀 모습은 본 적이 없었어. 이렇게 가꾸려면 얼마나 손이 많이 갔을까?'

서동의 이런 놀라움을 아는지 모르는지 연우는 움직임이 느껴지지 않는 발걸음을 옮겼습니다.

"드시지요. 여기가 제 사랑방입니다. 가끔 저의 친구들과 차를 마시는 곳이지요."

서동이 앉는 것을 기다려, 연우는 옆에서 머리를 조아리며 서 있는 하인에게 명령했습니다.

"차는 준비되었느냐?"

"예 아가씨, 곧 대령해 올리겠습니다."

하인은 사그락거리는 옷 소리조차 들리지 않을 만큼 조용한 뒷걸음질로 방문 밖으로 사라졌습니다.

"마치 천상에서 머무는 느낌입니다. 이런 향기로움, 정갈함, 하인들의 걸음걸이조차 들리지 않는 조용한 분위기를 보니 아가씨의 고결한 성품이 짐작이 갑니다."

"네, 제가 조용한 것을 좋아하다 보니, 조그만 자극에도 신경이 예민해지더군요. 이런 저를 위해 부모님이 이곳을 골라 별채를 만들어, 조용한 하인들을 배치해 주셨지요."

그날 연우는 서동에게 다양한 차를 맛보여 주었습니다. 차에 따라 찻잔이며 찻주전자도 달라져 갔습니다.

"이 차는 아버님이 중국에 사신을 보낼 때 특별히 구해

달라고 부탁하셨다고 합니다. 이 차에는 이 찻잔이 어울리지요. 여기에 차를 따라 감싸듯이 쥐고 손에 전해지는 촉감과 색감을 감상해보시지요. 마음이 누그러지고 눈이 즐거워질 것입니다. 그런 다음 차의 향기와 맛이 입안에 퍼지는 걸 느껴 보시면, 이 차를 찾을 수밖에 없는 이유를 알게 될 겁니다. 어떠십니까?"

연우는 여전히 움직임이 느껴지지 않는 손놀림으로 천천히 조용하게 차를 마시며 서동을 쳐다보았습니다. 마치 '나처럼 해보세요' 하는 것처럼요.

서동의 손놀림은 어색했지만, 향기나 맛이 훌륭하다는 것은 인정할 수밖에 없었습니다. 향긋한 향이 온몸을 감싸는 느낌에 젖어 감탄하는 사이, 연우는 차의 유래며 다도가 얼마나 정신 수양에 좋은지 설명했습니다. 서동은 알아듣지 못하는 용어를 되뇌면서 조용히 고개를 끄덕였습니다. 이후 참석한 연회는 불편했습니다. 아는 사람도 없었고, 초라한 옷차림도 신경이 쓰였으며, 단상에 앉은 연우가 자신을 관찰하는 듯한 눈길도 피하고 싶었습니다.

연우가 서동에게 마음이 있다는 것은 확실했습니다. 동

시에 연우의 정성스러운 접대에도 불편했던 마음도 서동은 확인할 수 있었습니다. 자꾸 선화공주와 함께할 때의 재미난 추억이 떠올랐고, 함께 학당을 만들고 마을 사람들의 어려움을 해결할 때의 보람이 생각났습니다. 이전에는 그것이 새로운 일, 선화공주에 대한 믿음과 존경심 때문이라 생각했으나, 이제 선화공주와 함께하는 것 자체가 기쁨이었음을 알게 된 것이죠.

서동은 지체 높은 연우의 호감을 계기로 선화공주도 자신을 좋아할지 모른다고 생각하게 되었습니다. 시간이 날 때마다 둘 중 누굴 선택하는 것이 유리한지 저울질하기도 했습니다. 선화공주가 자신을 어떻게 생각하는지는 전혀 생각하지도 않고 말이죠.

'연우 아가씨의 마음에만 들면, 출세는 떼놓은 당상이야. 세월이 흘러 부모님도 돌아가신다면, 자신의 힘으로 뭔가를 해본 적이 없던 연우 아가씨는 부모 대신 나에게 의지할지도 몰라.'

'반면 선화공주님은 주위의 반대로 결혼 자체도 힘들 거야. 세월이 흘러도 자신의 힘으로 살아감은 물론, 주위 사람들도 행복하게 만들어 가겠지. 나에게 의지하는 일은 결코 없을 거야. 어휴, 선화공주님이 조금만 신분이 낮다면,

연우 아가씨를 부인으로 선화공주님을 첩으로 삼아 둘 다
결혼할 수 있을 텐데….'

　선화공주도 서동에 대해 생각하고 있었습니다. 선화는
지리산 여행을 거치며 서동이 변모하는 모습을 지켜보았습
니다. 서동은 학구열이 대단했고 배우는 속도도 빨랐습니
다. 산적이 나올지도 모르는 험한 산길에서도 별 두려움이
없었고 함께 있으면 즐거웠습니다. 그러나 우려스러운 점도
있었습니다. 다람쥐를 보면 괜히 돌을 던져 괴롭힌다거나,
약초를 발견하면 어린 약초까지 씨를 말려 버리는 잔인한
부분이 보였거든요. 더구나 혼자 남아 있을 어머니에 대한
그리움도 별로 느끼지 않았죠.

　'강하고 영리하지만, 기본적으로 인간에 대한 측은지심
과 이타심이 부족하니 이런 점은 아쉽고 안타깝구나.'

　이런 생각을 하던 선화공주는 고개를 갸웃했습니다.

　"내가 뭘 아쉬워하는 거지?"

　그제야 선화공주는 서동을 가르치며 스며든 정이 애정
으로 발전할 수 있다는 걸 느꼈습니다.

　'그렇지만, 아니야. 서동이 아무리 성공해서 훌륭한 사람
이 된대도 뭔가 꺼림칙해. 이 꺼림칙함의 정체는 뭘까?'

선화공주는 서동에 대해 자신이 가지고 있던 호감에 놀랐고 그 호감에 뒤이어 오는 꺼림칙함에 한 번 더 놀랐습니다.

그러다가 신라와 백제의 정세로 생각이 옮겨갔습니다. 혜왕이 즉위한 지 얼마 되지 않았고, 사택 씨가 정권을 쥐고 있다고는 하나, 연씨 가문이 사택 씨에 맞서는 상황이니 전쟁을 이용해 세력다툼이 벌어질 가능성이 있었습니다.

'서동도 군인이 되었으니 신라와 백제에 관한 역사를 좀 더 자세히 알게 될 거야. 내가 공주라는 것까진 모르지만, 신라인이라는 것을 알고 있는 상황에서 언제까지 나를 존경하며 따를 수 있을까?'

선화공주는 서동이 백제인이고 자신이 신라인이기 때문에 꺼림칙함을 지우지 못한다고 판단했습니다. 자신이 처음에 백제까지 오게 된 계기가 서동이 만든 거짓 소문이었음을 까맣게 잊고 있었던 거지요. 서동이 그 거짓 소문을 만들어낸 범인인 것도 몰랐고요.

이즈음 서동에 대하여 뒷조사를 했던 사택 씨도 생각이 많아졌습니다.

'용의 아들이라? 아버지 없이 자란 가난한 과부의 자식이니 영향을 끼칠 만한 주위의 세력은 없겠구나. 출신이 미천하니 내가 키워 준다면 시키는 대로 할 테지. 서동은 외모도 출중하고 무예 실력도 있고 왕에게 신임까지 얻고 있다니 재주는 있는 자야. 쓸모가 있고 없고는 쓰는 사람에 달려 있을 테지. 연우에게는 어쩌면 저런 자가 배필로 적당할지 몰라. 일족도 없는 혈혈단신이라 연우를 섬기며 평생을 받들 거야.'

  반면 연우는 아버지와는 다른 생각을 하고 있었습니다. 연우는 귀족 자제에게는 영 마음이 가지 않았습니다.

  '나와 혼인하면 자신의 일족들이 조정에 들어와 영향력을 행사할 수 있다고 믿는 좀생이 같으니⋯'

  그런 와중에 서동을 만나게 된 것입니다. 연우는 서동과의 첫 만남을 떠올렸습니다.

  '무술대회에서 우승했다더니 후광이 비치는 것 같았어. 뒤돌아 나가는 그의 발걸음이며 어깨는 얼마나 늠름해 보이던지⋯'

  아버지 사택 씨의 생일 연회 때 별채에서 단둘이 나눈 대화도 생각났습니다.

  '잘 정돈된 별채의 정원과 연못을 쳐다보던 경이로운 눈

빛이며, 귀한 차를 처음 접한 듯한 어색하고 서투른 표정이 너무 귀엽고 사랑스러웠어.'

이런 와중에 백제왕 혜왕이 갑자기 죽었습니다. 왕이 된 지 불과 일 년 만에 일어난 일이었습니다. 나이가 좀 많았 지만, 평소 건강했던 분이라 조정 대신들은 당황했습니다. 결국 허둥지둥 장례를 치르고, 혜왕의 아들 법왕의 즉위식 을 치렀습니다. 사택 씨는 이때를 놓치지 않았습니다.

'법왕이 아직 국정을 장악하지 못했을 때, 서둘러 조정 권력을 장악해야 해.'

사택 씨는 국정을 파악할 수 있도록 도움을 주면서 법왕 의 신임을 얻었습니다. 그리고 서동을 추천했습니다.

"부왕의 신임을 받았던 호위무사이옵니다. 부왕께서도 믿었던 무사이니 전하께서도 곁에 두시면 소임을 다할 자 이옵니다."

부왕이 서동을 신임했다는 것은 법왕도 알고 있었습니 다. 그런데 사택 씨까지 서동을 추천하자 자신의 최측근에 서 호위를 맡기기로 했습니다. 서동은 왕의 옆에서 왕과 대 신들의 대화를 듣는 위치가 되었습니다. 이런저런 국정의 핵심 정보에 접근하다 보니 안목도 달라져 갔습니다. 사택 씨는 이런 서동을 주시하고 있었습니다.

'서동은 이미 법왕의 인정도 받고 있으니 나의 오른팔로 이용할 수도 있겠지?'

당시 법왕에게는 자식이 없었습니다. 아버지 혜왕마저 갑자기 죽어 정치 기반을 만들지도 못한 상황이라 신하들에게도 휘둘리고 있었습니다. 그런데 무슨 영문인지 사택 씨는 그때마다 법왕에게 힘을 실어주고 있었습니다. 법왕은 자연히 사택 씨에게 호감을 느끼게 되었습니다. 이런 때 사택 씨가 제안했습니다.

"전하, 서동을 어떻게 보셨는지요? 제 생각에는 성실하고 주위에 휘둘리지 않고 직분에 충실한 듯합니다. 마침 제 딸이 서동에게 호감을 느끼고 있는 듯하니, 전하께서 서동을 양자로 삼으시는 것이 어떻습니까? 그리하면 전하와 저는 사돈이 되는 것이니, 전하의 든든한 울타리가 되지 않겠습니까?"

법왕은 이것이 압력일 수 있다는 우려도 했지만, 기반이 없는 상태에서 하나의 대안이 될 수도 있다고 생각했습니다. 그러나 서동이 사택 씨가 아닌 자신의 편이 되어 줄지 의심도 들었습니다.

법왕은 가끔 민심을 살피기 위해 궁 밖으로 나가곤 했습니다. 그날도 서동은 변복한 왕을 모시기 위해 말을 준비하여 기다리고 있었습니다. 갑자기 법왕이 물었습니다.

"너의 고향 마을까지 얼마나 걸리느냐?"

"사비성에서 금마까지는 120여 리(약 50 킬로미터)고, 말을 달리면 한 시진(2시간)이면 당도할 것입니다.

"그래? 오늘은 그쪽으로 가보자꾸나."

법왕과 서동이 마을을 방문한 날, 선화공주와 반비는 학동들을 데리고 산천을 유람하고 있었습니다. 왕의 행차도 모른 채 마을 사람들은 서동에게 반가운 인사를 건넸습니다.

"서동 아닌가? 자네 덕분에 배불리 먹고 자식 걱정도 없게 되었네. 옷차림을 보아하니 출세한 것 같으이. 내 자네가 큰 인물이 될 줄 미리 알아봤다네."

서동은 자신을 무시하던 마을 사람들의 편안한 얼굴을 보자 예전의 기억을 잊고 반갑게 인사를 나누었습니다. 그날 법왕은 흐뭇한 마음으로 사비성으로 돌아왔습니다.

"서동의 마을이 풍요롭고 백성들도 편안해 보이는군. 보아하니 사람들에게 인심도 얻고 있는 듯하고…. 나에게도 충실하고 아직 말썽을 피운 적도 없었지. 세도가 사택 씨의 인정도 받고 있다니 이 기회에 확실한 내 사람으로 만들어두는 것도 괜찮겠지."

이후, 법왕은 서동을 더욱 아끼며 마침내 사택 씨를 불렀습니다.

"보아하니 서동이 무예도 출중하고 믿을 만하니 양자로 손색이 없겠소."

서동은 왕의 아들이 되어 갑자기 신분이 높아졌습니다. 그리고 이것이 사택 씨의 계략인 것도 모른 채, 선화공주에 대한 마음을 확인할 용기가 생겼습니다.

'이제 신분에 있어 나나 선화공주님이나 뭐가 다르겠는가? 청혼해도 전혀 손색없어.'

왕자가 된 서동은 고향을 다시 찾았습니다. 행렬은 화려했습니다. 서동이 일부러 말을 값비싼 장신구로 장식하고 늠름한 부하들을 뽑아 호위하게 했거든요. 그날 저녁 서동은 선화공주를 찾았습니다.

"아가씨 주무십니까?"

"무슨 일이냐?"

"잠시 드릴 말씀이 있어서요."

선화공주와 마주 앉은 서동은 갑자기 무릎을 꿇고 말했

습니다.

"공주님! 사실 아가씨가 신라의 공주님인 것을 진작 알고 있었습니다."

이 말을 들은 선화공주는 놀랐지만 침착하게 말했습니다.

"내가 공주인 것을 알고 있었다니, 모함을 받아 귀양을 떠난 것도 알고 있었겠구나."

선화공주는 처음으로 거짓말로 가득한 그 노래를 만든 범인이 서동일 수 있다고 생각했습니다. 서동은 용의 아들이라는 소문의 희생양이기도 했지만, 지금까지 지켜본 서동의 영리함으로 보건대 자신의 욕구를 채우기 위해서라면 소문을 이용할 수도 있을 것 같았습니다.

선화공주의 머릿속은 어지러웠습니다.

"그러니까 그 천하고 경박한 노래를 퍼뜨린 늙은 스님이라는 자가 너였다는 것이냐?"

서동은 선화공주의 날카로운 질문에 깜짝 놀랐습니다. 그러나 어차피 모든 걸 고백할 생각이었고 이제 신분도 높아졌으니, 자신을 받아줄 것이라는 확신에 차서 말했습니다.

"죄송합니다. 공주님. 정말이지 이렇게 될 줄은 몰랐습니다. 그때는 공주님을 한 번만 더 보고 싶은 생각밖에는 없었습니다. 공주님도 귀양을 오히려 즐거워하셨고, 심지어 여행한다고 하지 않으셨습니까? 결과적으로 공주님은 어려운 여행 기회를 얻을 수 있었고, 저는 공주님 덕분에 셈법이나 무예도 익히고 마을 사람들의 인심도 얻어 높은 신분이 되었으니 서로에게 좋은 기회가 된 것 아니겠습니까?"

"너는 없는 일을 사실로 꾸며 나를 모함했다. 거짓말로 나를 유인하고 적국에까지 오게 만들었다. 그리고 너를 믿게 만들었지. 정녕 무엇이 잘못되었는지 모르겠다. 너처럼 범죄로라도 좋은 결과를 얻을 수 있다고 생각한다면 너도 나도 범죄자가 되고 싶겠구나. 그런 세상이 제대로 된 세상이겠느냐? 보기 싫으니 썩 꺼져라!"

분노한 선화의 목소리는 천둥 같았고 부릅뜬 눈은 염라대왕처럼 모든 걸 꿰뚫어 보는 듯했습니다. 서동은 식은땀을 흘리며 몸을 쭈그린 채 말을 잇지 못했습니다.

서동이 돌아간 후 선화공주는 고민이 많아졌습니다.

"내가 더럽고 추한 모함을 받은 것은 틀림없지만, 서동의 말대로 덕분에 귀한 경험을 하고 자유롭고 행복한 시간을 보낼 수 있었던 것도 사실이다. 백제 땅에서 학당을 일으켜 느낀 보람은 어느 것에도 비할 수 없는 귀한 경험이지 않았는가. 하지만…"

선화공주는 화가 났습니다. 자신이 왜 이 여행을 시작했는지 모를 정도로 새로운 세상에 푹 빠져 자신의 능력도 확인하고 사람들도 도우며 행복했는데 그 모든 것의 시작이 서동이 꾸며낸 거짓말이었다는 사실을 이제야 알게 되었으니까요.

'저렇게 자신의 목적을 위해 수단과 방법을 가리지 않는 잔인함을 어찌할꼬? 나를 모함해놓고 뻔뻔하게 나에게 무예와 글을 배워갔다. 이제까지 이웃과 백성을 위하던 태도도 가식이 아니라고 어찌 장담할 수 있을까? 저런 사람이 왕의 양자까지 되었으니, 신라와 백제는 이제 어찌 될 것인가? 내가 신라 공주임을 알고 있고 더구나 높은 지위에까지 올랐으니 저 잔인한 성격이 언제 나를 향해 드러날지 모르는 일이다.'

선화는 신라로 돌아갈 준비를 차근차근 시작했습니다. 모아 두었던 금을 신라와 백제의 경계 지역으로 전부 옮기고, 반비에게는 백제의 학당과 농지를 관리할 수 있는 사람을 골라 훈련시키도록 했습니다. 나이 든 학동들은 따로 모아 정보 군사교육을 시키고, 백제의 지리를 탐색함은 물론 수집한 정보를 실생활에 이용하는 방법도 가르쳤습니다.

마을 사람들은 정보 학당이 조금 큰 아이들에게 상급

교육을 하는 곳으로 알고 있을 뿐, 이 학당에서 무엇을 배우는지 몰랐습니다. 이 학당은 전쟁이 벌어져 어른들이 징집되더라도, 학동들이 정보를 활용하여 마을을 지키는 역할도 하고, 전쟁이 없더라도 정치적 사안에 중요한 '정보'를 모으는 법을 익히는 곳이라는 사실은 상상도 하지 못했죠.

그러나 사태는 점점 더 급박하게 돌아가고 있었습니다. 대좌평으로 승진한 사택 씨가 신라와의 전쟁을 이용해 자신에게 반대하는 이들을 모두 해치우고 싶어 했거든요. 기회를 엿보던 사택 씨는 마침내 법왕에게 건의했습니다.

"전하, 성왕 전하가 신라와의 전쟁에서 돌아가신 지 40년이 넘었습니다. 이제 신라와의 일전을 준비해야 하지 않겠습니까?"

"대좌평, 그때의 패전을 어찌 잊겠소? 그러나 충분히 준비하여 이번에야말로 이길 수 있을 때 출전해야 하오. 조금만 더 기다립시다."

사택 씨는 불쾌해졌습니다.

'왕위에 오를 수 있었던 것이 누구 덕인가? 내가 태자를 제치고 둘째 아들인 혜왕을 즉위시켰기에 그 아들이었던 법왕이 지금 왕이 될 수 있었던 게 아닌가? 그런데도 그 은

혜를 저버리고 내 말을 듣지 않겠다 이거지?'

법왕 또한 사택 씨의 세력이 너무 큰 것이 불안했습니다. 그래서 사택 씨의 견제 세력을 만들려고 계획하고 있었지요. 그런데 이 사실이 심어둔 첩자를 통해 사택 씨의 귀에 들어가고 말았습니다. 사택 씨는 이 기회에 법왕을 제거하고 양자인 서동을 꼭두각시 왕으로 세우기로 마음먹었습니다. 그 준비 단계로 서동과 연우를 서둘러 결혼시키기로 했습니다.

"서동아, 연우는 너에게 마음이 있는 듯하구나. 너의 뜻은 어떠하냐?"

서동은 너무나 갑작스러운 제안에 당황했지만, 겨우 마음을 쓸어내리며 대답했습니다.

"제가 언감생심 꿈에라도 그런 생각을 품었겠습니까? 그 말씀을 접하니 너무 황송하여 아무 생각도 없사오니, 청컨대 마음을 정리할 시간을 주십시오."

서동은 급해졌습니다. 자신은 연우가 아닌 선화공주를 연모하고 있으니까요. 선화공주가 서동의 잔인함을 걱정하며 신라로 돌아갈 준비를 하는 것은 꿈에도 모른 채, 서동은 선화공주를 찾아 마음을 고백하기로 했습니다.

"공주님, 이전의 일은 공주님을 연모하다 보니 제가 실수한 것이라 이해해주십시오. 제 신분 때문에 감히 말을 꺼내지 못했으나 이젠 저도 왕의 양자가 되었으니 용기를 내겠습니다. 저와 혼인해주십시오."

선화는 처음에는 조용히 타일렀습니다.

"서동아, 너도 이제는 알 것이라 믿는다. 신라의 공주는 성골이라 백제인과 혼인할 수 없다는 것을."

서동은 선화가 핑계를 대고 있다고 생각했습니다.

"공주님은 아직도 제가 천한 신분이라고 생각하시는 거지요? 저도 이제 왕의 아들이 되었으니 자격이 충분하지 않습니까?"

"나도 신분제도 때문에 애정도 없는 성골과 혼인할 것 같지는 않다. 그렇다면 네가 신분이 높아졌다고 애정도 없이 너와 혼인할 이유도 없지 않겠느냐? 나는 너를 연모하지 않는다. 더구나 나를 모함한 너를 용서할 수도 없다."

서동은 갑자기 말문이 막혔습니다. 사비성으로 돌아간 후에도 분노를 억누를 수 없었습니다. 비참하기도 했습니다.

'그 잘난 신분 때문에 나를 거절했으면서 핑계를 대긴…. 나를 좋아하지 않았다면서 왜 나를 돕고 마을을 도와? 사람을 헷갈리게 하고선 인제 와서 사람을 모욕해? 용서를

못 한다고? 용서 못 하면 어쩔 건데?'

씩씩대던 서동을 생각하며, 선화공주도 그날 밤 잠을 이룰 수 없었습니다.

'지리산에서도 잔인한 성격임을 눈치채긴 했다만, 그런 더러운 짓을 할 정도라고는 짐작하지 못했다. 내가 신라 공주임을 알면서도 모른 척하고 천연덕스럽게 오랫동안 속여 왔다니 그게 연모하는 사람에게 할 짓인가? 그러고도 저렇게 뻔뻔한 태도라니! 그저 영리한 심마니라 생각하여 안타까운 마음에 글과 무술을 가르쳤더니 저리 음흉할 줄이야?'

여기까지 생각이 미치자 선화공주는 몸서리가 쳐졌습니다.

'멀쩡한 사람을 모함하고도 반성은 없고, 그동안 베푼 수많은 은혜도 자신에 관한 호의로 둔갑시키고, 연모한다면서 청혼까지? 앞으로도 서동은 다른 사람은 자신의 욕망을 위한 대상물로 보고, 자기 뜻을 거절하면 무시한다며 보복을 일삼을 텐데. 더구나 이제 왕의 양자로 권력까지 손에 쥐었으니 희생자가 얼마나 생길 것인가?'

다음 날 선화공주는 반비를 불렀습니다.

'반비야, 내 전에 학당과 마을을 관리할 사람들을 잘 훈

런하라 했는데 잘 되어가고 있어?'

"예, 아가씨. 학당은 사미에게 맡겼더니 이젠 제가 없어도 잘 돌아가고 있습니다. 마을 사람들을 돌보는 일도 우치가 잘해 나가는 것 같습니다."

"그럼, 오늘은 정보 학당의 학동들만 데리고 산천을 유람 하자꾸나. 그리고 너와 나는 그동안 돌아보지 못한 백제 산 천을 마저 돌아보고 신라에도 들러야겠으니 그동안 모은 자료를 잘 챙기고, 노자도 충분히 준비하렴."

이렇게 선화공주와 반비는 다음 날 정보 교육을 받는 몇 몇 학동들과 함께 수련을 떠났습니다. 학동들은 며칠 후 마을로 돌아와 마을 사람들에게 말했습니다.

"두 분은 다른 지역도 돌아보고 오신답니다. 조금 오래 걸려도 걱정 말라셔요."

선화공주와 반비가 떠난 것도 모른 채, 서동은 얼마 후 연우와 성대한 혼례식을 치렀습니다. 서동은 선화공주에게 복수하는 심정으로 연우에게 있는 힘껏 정성을 기울였습 니다. 그리고 곧 아기도 생겼습니다. 연우는 아직 부르지도 않은 배를 쓰다듬으며, 서동의 어깨에 기대어 행복한 표정 을 지었습니다. 즐거운 웃음소리가 별채의 담장 너머로 들려오면, 사택 씨와 부인 백화는 만족한 웃음을 지었습니다.

'천생연분이로고…. 연우가 저리 행복해하는 모습이라니 신기한 일이구나.'

연우가 행복한 것과 달리 서동은 점점 지쳐가고 있었습니다.

"서방님, 이 도자기는 수나라에서 사신이 왔을 때 아버님에게 선물로 주고 간 것입니다. 도기와 자기의 차이점을 아시는지요? 제가 설명해 드릴 테니 잘 들어 보세요."

"서방님, 이 차의 맛은 어떠십니까? 중국은 2,000년 전부터 차를 마셔 왔다고 합니다. 어제 드린 차와 달리 이 차는 향기가 달콤한데도 맛은 반대로 쓴맛이라 조화롭지 않습니까?"

사실 서동은 차나 도자기보다 약초 이야기가 더 재미있었고, 여행 이야기나 무술 이야기가 더 흥미로웠습니다. 그러나 연우는 사비성 바깥을 떠나 본 적도 없었고, 무술은 커녕 걸음걸이가 요란한 것조차 질색하는 성격이었습니다.

'처음에는 즐거워하는 부인을 위해 재미나게 들어주는 척했지만, 아무래도 맞추기 힘든 상대구나. 선화공주님과는 무엇을 해도 즐겁고 흥분되었는데 이렇게 다를 줄이야.'

그러나 서동은 연우의 집에 살고 있었습니다. 자신의 일거수일투족은 사택 씨 부부와 하인들이 지켜보고 있었고 연우도 임신 중이었습니다.

'그래, 조금만 참자. 부인이 아기를 낳으면 조금 자유로워지겠지. 군대로 복귀할 수도 있을 테니 부인과 많은 시간을 보내지 않아도 될 거야.'

선화공주와 반비가 서동과 연우의 혼인 및 임신 소식을 들은 것은 백제 북쪽을 유람한 후, 웅진성에 있는 시장을 돌아보던 때였습니다.

"대좌평 대신의 여식과 전하의 양자가 혼인하자마자 아기를 가졌다는구먼."

"그래? 그거 반가운 소식이네그려."

둘의 혼인이 겉으로 보이는 것만큼 아름답지 않다는 것을, 무엇보다 서동의 인품을 뼛속 깊이 봐버린 선화공주는 걱정이 앞섰습니다. 그리고 서둘러 신라로 돌아가기로 했습니다.

'전쟁은 언제든 일어날 것이야. 나는 신라 공주야. 백제에는 정보 학동들도 있고 마을 백성들도 나를 따르고 있으니, 필요하면 정보도 받을 수 있을 거야. 어차피 이런 상태

에서 백제에 계속 머물 수도 없어.'

선화공주가 백제 지역을 유람하는 동안 백제에는 큰 변화가 일어나고 있었습니다. 연우가 임신한 것을 계기로 사택 씨가 자기 뜻대로 움직이지 않는 법왕을 제거하기로 한 것입니다.

"더 기다리다가 내가 당할 수 있어."

사택 씨는 이런 생각을 하며 미리 심어둔 수라간 나인에게 독약을 건넸습니다. 이렇게 법왕은 즉위한 지 일 년 만에 갑자기 세상을 떠났습니다. 자식이 없던 법왕이라, 양자였던 서동은 사택 씨의 적극적인 지원에 힘입어 무왕으로 등극했습니다. 그리고 얼마 후 아들 의자가 태어났습니다.

"축하드립니다. 전하, 왕후마마."

장인 사택 씨와 장모 백화 부인이 만면에 웃음을 띠고 아기를 품에 안았습니다. 그러나 이 와중에도 무왕은 긴장을 놓지 못했습니다.

'법왕 전하가 독살된 것처럼 나도 언제 죽을지 몰라.'

이제 무왕은 왕후 연우조차 감시꾼으로 느껴졌고, 주위의 시녀나 내관도 믿을 수 없었습니다. 사택 씨도 불안하기는 마찬가지였습니다. 법왕이 독살당했다는 소문이 돌면서 반대파들이 노골적으로 사택 씨를 의심하고 있었거든요.

'이들 적대 세력의 관심을 빨리 바깥으로 돌려야 해. 그러려면 전쟁을 벌여야 해'

사택 씨는 무왕에게 말했습니다.

"전하, 신라는 우리의 영토를 빼앗고 성왕 전하를 죽인 철천지원수입니다. 지금이 신라를 쳐야 하는 절호의 기회입니다."

즉위 초기 힘이 없던 무왕은 장인의 말을 거역하지 못했습니다. 사택 씨가 격전지로 선택한 곳은 아막산성이었어요. 남원지역의 국경 요충지라 신라의 철통같은 방어로 유명한 곳이었죠. 반대 세력을 숙청하기 위해 가장 적합한 전쟁터이기도 했습니다. 예상대로 출전한 연씨 일족이 대패하자, 사택 씨는 패전의 책임을 물어 죽여버렸죠. 반대파를 숙청한 사택 씨의 세력은 더 막강해졌고, 반대로 무왕은 장인의 간섭에서 벗어나기가 더욱 힘들어졌습니다.

이 소식을 들은 선화공주는 가슴이 아팠습니다.

'후유, 서동이 왕이 되자마자 무모한 전쟁을 벌이다니. 신라의 경계가 삼엄한 아막산성을 공격했다니 이번에는 반대파 숙청을 위한 전쟁이었을 거야. 앞으로 무슨 일이 벌어질

지 모르니 빨리 어마마마와 아바마마를 뵙고 백제의 상황을 전해 드려야겠다.'

선화공주는 서둘러 신라로 향했습니다. 선화공주는 백제와 신라의 경계 지점에 도달하자, 발걸음을 멈추고 백제의 산천을 멍하니 바라보았습니다. 그동안의 일들이 주마등처럼 스쳐 갔습니다. 떠날 기미가 보이지 않자 반비가 독촉했습니다.

"공주님, 아쉬우신가 봅니다. 인제 그만 가시죠."

선화공주와 반비는 미리 숨겨 놓았던 금을 찾았습니다. 서라벌까지는 먼 길이라 혹시 모를 불상사를 막기 위해 나무 장사로 변장했습니다. 드디어 궁궐이 보이자 선화공주의 발걸음이 빨라졌습니다.

선화공주가 돌아왔다는 소식을 들은 진평왕과 마야왕후는 만면에 웃음을 머금고 선화공주를 환영했습니다.

"아니, 귀양살이가 너무 신났던 것은 아니냐? 슬픔은커녕 이리 건강하고 즐거운 안색을 보니 과인이 귀양지를 잘못 선택했나 보구나!"

"아바마마도 참…, 흉측한 소문에도 불구하고 저를 믿고 견문을 넓힐 기회를 주신 두 분의 성은에 깊이 감사하고 있사옵니다."

"그래, 그동안 있었던 일들이 궁금하구나. 어서 이야기를 들려주렴."

마야왕후가 밝은 목소리로 재촉했습니다.

선화공주는 자기를 모함한 범죄자를 잡기 위해 시작한 귀양이 백제까지 이어진 것, 백제에서 발견한 금을 이용하여 백성들이 지주의 횡포에서 벗어나도록 도운 일, 학당에서의 교육을 통해 가난한 백성들이 얼마나 변화했는지 즐거운 표정으로 설명했습니다.

그리고 마지막으로 덧붙였습니다.

"소녀가 귀양을 간 것은 한 남성의 악랄한 모함으로 인한 것입니다. 그런데 신라에서도 여성을 대상으로 범죄를 저지르는 사례는 여럿 있었습니다. 이런 일이 벌어지는 것은 범죄를 벌이는 남성들에 대한 처벌이 약한 탓이며, 이들 잘못된 범죄를 영웅시하는 잘못된 풍토 때문입니다. 청컨대 이들을 엄하게 벌해 다시는 이 같은 일이 반복되지 않도록 하소서."

"또한 이제 막 왕이 된 서동은 소녀를 음모에 빠뜨린 장본인입니다. 그는 자신의 욕망을 채우기 위해 수단 방법을 가리지 않는 야비한 자이오니, 자신의 세력을 확장하기 위해 신라를 침략할 가능성이 큽니다. 제가 백제에서 만든 정보 학당은 교육을 통해 풍속을 교화하고, 탐관오리의 횡포에 맞서 경제적인 풍요는 물론 유사시에는 군사훈련의 효과도 거둘 수 있음이 입증되었습니다. 제가 가져온 금을 이용하면 신라 곳곳에 여러 학당을 세울 수 있을 듯하니, 허락하여 주시옵소서."

진평왕과 마야왕후는 부쩍 성장한 딸의 모습을 흐뭇하게 바라보았습니다. 그리고 곧 영을 내려, 힘을 믿고 여성을 괴롭히거나 이를 부추기는 자는 엄하게 벌하도록 했습니다. 선화공주가 학당을 세우는 것도 적극적으로 지지했습니다.

선화공주는 여전히 신라 곳곳을 돌아다니며 백성들에게 어려운 상황이 없는지 살폈습니다. 그 어려움이 지주의 과도한 소작료 탓이라는 판단이 서면 끈질기게 설득하여 땅을 손에 넣었고, 그 마을에는 어김없이 자녀들을 위한 학당도 들어섰죠. 그 학당에서만 행해지는 필수교육도 있었습니다.

"내가 몇 년 전에 귀양 갔던 것은 나를 모함한 거짓말 때문이었다. 거짓말을 노래로 만들어 순수한 아이들의 입으로 퍼뜨린 것은 범죄다. 그 악독한 범인을 잡겠다는 마음으로 나는 백제까지 다녀왔어. 범인이 백제인이었거든."

"그래서 어떻게 되었어요?"

"백제가 지금 어쩌하는지 보렴. 뻔뻔하게도 잘못을 뉘우치지 않고 있구나."

"그럼 어떻게 해야 하죠?"

"잘못을 저지른 자와 똑같아지면 안 된단다. 특히 상대보다 힘이 있다고 생각하면 순간적인 충동으로 나쁜 행동을 하기 쉽단다. 그러니 항상 자신을 경계하고 자신이 거절할 수도 거절당할 수도 있는 사람임을 명심하렴. 갑자기 나쁜 일을 당했을 때 침착하게 대응하기는 쉽지 않아. 평소에 힘을 기르고 훈련을 해야겠지만, 만약에 힘든 일을 당하더라도 그건 상대방의 잘못이니 자신을 자책하면 안 되는 거 알지? 상대방을 완전히 잊고 지금 우리, 나 자신에게 필요한 일을 찾아야 해. 그걸 하면서 행복해지면 된단다!"

선화공주의 오랜 활약 덕분에 신라 백성들의 삶은 풍요로워졌습니다. 소작료가 줄었고, 선화공주의 교육을 받은 학동도 늘었으며, 권력을 믿고 약한 자를 괴롭히는 자는 부쩍 줄었습니다. 물론 여자들을 대상으로 소문을 만들어 퍼뜨리면 반드시 벌을 받는다는 인식도 자리를 잡았습니다.

무왕도 왕후 연우에게도 시간은 흘러갔습니다. 아들 의자도 자라고 있었죠. 이제 무왕이 연우의 말에 귀를 기울이고 맞춰주는 일은 줄었습니다. 사택 씨의 눈치를 살피며 연우의 비위를 맞추는 척했을 뿐이었죠. 사택 씨와 부인 백화가 연우를 방문할 때는 긴장하며 실수가 없었는지 자신의 말을 되새겨보기도 했습니다. 잠을 잘 때는 자신이 독살당하는 꿈도 꾸었죠.

지리산과 자신의 고향에서 마을을 가꾸고 학동들을 가르쳤던 추억은 무왕에게 가장 행복했던 순간이었지만, 선화공주가 자신을 거절하던 순간이 뒤따르면 화가 솟구치기도 했죠. 사무치게 선화공주가 그리워져 연우왕후를 피해 고향으로 잠행을 나간 적도 있었습니다. 그러나 선화공주는 이미 떠나고 없었죠. 그제야 무왕은 선화공주가 자신과의 행복했던 추억을 모두 버리고 떠나버렸다는 사실을 알았습니다. 서동의 마음에 한 번도 느껴보지 못한 좌절감이 밀려왔습니다. 마음이 아팠고 화도 났지만 다른 사람에게 이야기할 수도 없었어요.

조정에서도 마음이 불편했습니다. 대좌평 사택 씨는 조정 중신을 손아귀에 넣고 있었고, 모든 회의 안건을 독단적으로 결정했습니다. 무왕은 신라로 쳐들어가 선화공주를 인질로 데려오는 장면을 상상하기도 했습니다. 그러나 자신은 장인의 꼭두각시에 불과했으므로 장인에게 의지할 수밖에 없었죠.

오늘도 무왕은 사택 씨에게 신라의 침략을 건의했습니다. "대좌평, 성왕 전하는 신라의 손에 돌아가셨습니다. 이제 백제의 국정도 안정되었으니 복수를 해야 하지 않겠습니까?"

그러나 사택 씨는 고개를 저었습니다. 사택 씨는 계획을 세우고 공격 전에 미리 세작을 보내어 상황도 살피며 준비를 철저히 했습니다. 그런데 이상하게도 공격을 계획할 때마다 그 지역은 어김없이 경비가 두세 배 더 강화되어 있었습니다.

'아무래도 미리 정보가 흘러간 것이 틀림없어. 이대로는 위험하니 미루는 수밖에 없겠구나.'

이렇게 신라와 백제는 10년 동안 전쟁 없이 지낼 수 있었습니다. 이렇게 평화로운 시간을 가지는 데 선화공주가 절대적인 역할을 했다는 것을 아는 사람은 별로 없었습니다.

그러나 선화공주가 항상 완벽할 수는 없었습니다. 사택 씨가 정보가 새어 나간다는 의심을 하면서, 선화공주의 예상과 달리 북쪽 가잠성을 공격하여 신라에 빼앗긴 한강 유역을 되찾고자 했거든요. 백제군이 워낙 비밀리에 움직였기 때문에 선화공주조차 이 소식을 알 수 없었습니다. 선화공주는 다시 한번 정보망을 가동했습니다. 그리고 힘들게 얻은 정보는 이랬습니다.

"수나라가 고구려 정벌을 계획한다는 정보를 수나라 황제가 살며시 백제에 알려주었다고 합니다. 수나라를 방어해야 하는 고구려가 나설 수 없다는 것을 미리 알게 된 백제가 신라의 허를 찌른 것이죠."

선화공주는 탄식했습니다.

'내가 국제 정세에 신경 쓰지 못하다 보니, 이런 결과가 생겼구나!'

이제 선화는 국제적인 정보를 얻기 위한 방법을 고민해야 했습니다. 얼마 후 수나라가 망하고 당나라가 들어서자 기회가 찾아왔습니다. 선화공주는 새로 건국한 당나라에 우수한 학동들을 유학 보내고 당나라의 조정에 들어가도록 했습니다. 이 학동들이 당나라의 정보를 이용하여 백제의 침략을 미리 방비하도록 도움을 준 것은 말할 필요도 없습니다.

세월은 공평하게 흘렀습니다. 모두 자신이 만든 선택으

로 즐겁게 지내기도, 괴로워하기도 했죠.

선화공주는 오랜 세월 동안 자신의 노력으로 만든 평화 속에서 신라 백성들이 활력에 넘치는 모습을 바라보는 것이 좋았습니다. 여전히 변복한 채 백제나 고구려는 물론 당나라까지 넘나들며 자신이 키운 학동들의 성장을 보는 것도 보람이었습니다. 예전처럼 힘차게 말을 달릴 순 없었지만, 백성들의 실정을 세세히 살필 수 있어 또 다른 재미가 있었죠.

"반비야, 고구려의 민심도 살피고 당나라 조정에 진출한 학동들도 만나 세상이 어떻게 돌아가는지 알아봐야겠다. 준비해주렴."

그날도 유람을 떠나려고 준비하는데 조카 춘추가 공주궁을 방문했다가 이 말을 들었습니다.

"이모, 또 유람을 떠나세요? 저 잊고 반비와 두 분만 떠나버리시는 거 아니죠?"

춘추는 눈을 귀엽게 흘겼습니다. 춘추는 유난히 선화공주를 따랐고, 학당이나 마을을 유람할 때도 재빨리 따라나서곤 했습니다. 말을 타고 돌아다니다, 밤이 되면 선화공주의 모험담이며, 백제와의 전쟁을 막기 위한 정보 군사의 활약상, 교육을 통해 달라져간 학동들의 성장기를 눈을 반짝이며 들었습니다. 이런 춘추가 나중에 고구려나 당나라까지 가서 외교능력을 발휘하며 신라를 어려움에서 구한 것은 자연스러운 일이었습니다.

그날은 선덕여왕 즉위식이었습니다. 이제 덕만 언니는 50년 이상의 왕세녀 시절을 청산해야 했습니다. 선덕여왕은 높은 단 위에서 신하들의 하례를 받았습니다. 선화공주는 가장 앞에서 하례를 드린 후, 돌아서서 학동 출신의 신하들이 늘어선 모습을 보며 만족스러운 미소를 지었습니다.

좋은 일도 있었지만, 주위 사람들의 죽음도 피할 수는 없었습니다. 그 죽음은 누군가에게는 자연스러운 변화로 다가오지만, 누군가에게는 엄청난 영향을 미치기도 했습니다. 특히 백제의 실권자 사택 씨의 죽음은 무왕에게는 기회를, 왕후 연우에게는 시련을 안겨준 대사건이었습니다. 무왕은 재빨리 사택 씨의 권력에 숨죽이던 백제 유력자를 포섭했습니다. 높은 벼슬을 주거나 보물을 상으로 내리기도 했고, 그들의 딸을 후궁으로 맞기도 했습니다.

연우에게는 최악의 상황이었습니다. 남편 무왕의 태도는 돌변했고 연우가 모르는 사이에 후궁들도 늘어났습니다. 무왕이 드물게 연우를 방문한 날이면 왕후궁은 공포에 휩싸였습니다. 무왕은 사소한 일에도 트집을 잡아 연우에게 분풀이를 하고는 사가에서 데려온 시녀까지 쫓아내 그 자리에 무왕의 심복을 심었습니다. 연우는 남편의 핍박과 새로운 시녀들의 감시로 하루가 다르게 말라 갔습니다. 우아한 꽃처럼 아름다웠던 피부는 말라버린 나무껍질처럼 변했고, 남편 무왕이 자신을 죽일지도 모른다는 두려움에 잠조차 잘 수가 없었습니다.

그렇다고 무왕이 행복해진 것은 아닙니다. 낮에는 대신들과의 다툼으로, 밤에는 이들과 결탁한 후궁들의 싸움에 지쳐갔거든요. 설상가상 충격적인 소식도 전해졌습니다. 신라 공격을 멈추어야 한다는 것이었습니다. 당나라가 신라의 편을 들었기 때문이죠. 무왕은 상심에 젖어 중얼거렸습니다.

'당과 신라가 연합하여 공격한다면 어찌 당할 수 있겠는가? 이렇게 주저앉을 수밖에 없는 것인가?'

무왕이 상심에 젖어 있을 때, 신라에 머물던 세작에게서 새로운 소식이 전해져 왔습니다.

"전하, 이 모든 것이 선화공주의 계략이라 하옵니다. 최근 당나라 관리가 당 태종에게 백제를 비방하는 상소를 올렸다 하는데, 그 관리는 선화공주가 유학시킨 신라 사람이라 합니다."

"뭐라? 선화공주가 그런 짓을 사주했다는 것이냐?"

"예, 얼마 전 선화공주가 당나라를 방문했던 것을 보면 틀림없습니다."

"그래? 선화공주의 최근 동정은 어떠하더냐?"

"낮에는 조카를 가르치고, 저녁이면 연인들과 즐기며 지 낸다고 합니다. 주위 사람들의 말에 의하면 공주 궁에서는 웃음소리가 끊이지 않는다고 하옵니다."

무왕은 선화공주가 신라 침공이라는 자기 뜻을 꺾은 것 도 모자라, 자기 대신 여러 연인을 선택하여 웃음꽃을 피 운다는 말에 분노했습니다.

"사사건건 나를 방해해 놓고 즐겁게 지낸다고? 도대체 무슨 원수를 졌기에 나에게 이런 좌절감을 안겨준단 말 인가?"

분통을 터뜨렸지만 무왕의 가슴은 더 답답하고 고통스 러울 뿐이었습니다. 이제 시도 때도 없이 분노하는 무왕의 곁에는 아무도 다가오려 하지 않았습니다. 신하도 후궁도 심지어 왕후나 자식까지도요.

이제 무왕도 왕후 연우도 삶에서 활력을 찾기는 어려운

듯했습니다. 무왕이 힘없이 조정과 후궁을 왔다 갔다 하는 것을 바라보는 신하와 궁녀들도 힘이 빠졌습니다. 왕후궁은 연우의 건강을 돌보는 의관과 의녀들이 항상 상주하는 요양원처럼 변해갔습니다. 그들조차 마음이 편안했던 것은 아닙니다. 갑자기 무왕이 들이닥쳐 분노를 폭발시킬 수도 있기 때문입니다. 이제 궁전은 평소에는 폭풍전야처럼 긴장감 속에 잠겨 있다 한바탕 폭우가 휘몰아치듯 폭언이 난무하는 장소가 되었습니다.

선화공주와 왕이 된 서동의 이토록 다른 삶에도 죽음은 공평하게 찾아왔습니다. 무왕은 죽기를 기다리는 신하들과 후궁들이 지켜보는 가운데 마지막 숨을 몰아쉬고 있었습니다. 눈앞에 과거의 모습이 한 폭의 그림처럼 펼쳐지며, 모든 것이 부질없게 느껴지고 후회와 회한이 몰려오며 눈물이 주르륵 흘렀습니다. 여전히 자신의 잘못을 인정할 수는 없었습니다. 그런데도 눈을 감는 순간에는 왕후가 아닌 선화공주와 함께했던 고향 땅만이 떠올랐습니다. 결국 무왕은 아래와 같은 유언을 남겼습니다.

"내가 죽으면 고향 땅에 묻히고 싶구나."

선화공주도 죽음을 맞이했습니다. 죽는 순간에도 그 얼굴에는 만족스러운 미소가 넘쳤습니다. 주위에는 반비와 조카 춘추는 물론 수많은 친구, 연인들이 함께 해준 데 대한 감사함을 표하며 배웅해 주었습니다.

백제는 선화공주와 무왕이 죽은 지 20여 년 후인 660년 나당 연합군에 의해 멸망했습니다. 승리했던 신라의 왕은 선화공주가 아꼈던 조카 태종무열왕 김춘추였고 패했던 백제의 왕은 무왕이 된 서동의 아들 의자왕이었습니다. 백제의 항복식에서 태종무열왕은 높은 단위에 앉아 의자왕이 무릎을 꿇고 직접 따라주는 술잔을 받아 마셨습니다. 그 후 태종무열왕은 신라로 돌아가 삼국통일의 위업을 달성했고, 의자왕은 당나라에 포로로 끌려가 다시는 백제로 되돌아오지 못했습니다.

다시 쓴
작가의
이야기

일선

대학에서 역사를 전공했다.
지금도 역사 드라마나 유튜브를 보면 그냥 지나치지 못하는
역사 마니아다. 그러나 '역사는 승자의 역사'이며
남성의 역사(history=his story)이므로, 패자이며 여성으로서
불편할 때가 많았다. 이러한 불편함이 옛이야기를
다른 관점으로 써보는 활동으로 이어졌다.
현재는 여성주의 섹스연구소 대표를 맡고 있으며,
여성의 섹스 글쓰기 모임을 운영하고 있다.

서동요는 사랑이 아닌
성폭력 범죄였다

워낙 역사를 좋아했다. 그래서 취업하기 힘들다는 주위의 말도 듣지 않고 대학에서 역사를 전공했다. 결국 역사와 거리가 먼 직장에서 밥벌이했지만, 역사에 관한 관심이 식지는 않았다.

선화공주도 역사 이야기라 관심이 갔다. 선화공주는 6~7세기에 실존한 인물이다. 그러나 이 이야기는 600년 이상이 흐른 13세기에서야 삼국유사라는 역사서에 기록되었다. 그 후에도 입에서 입으로 전해지며 이야기가 각색되고 바뀌었다. 두 사람의 연애 이야기는 그 중심이 되었는데, 결혼까지 했기 때문에 '성공한 러브스토리'로 남았다. 나 역시 별생각 없이 그들을 부부라고 믿었고, 둘의 결혼을 동서

교류이자 양국 화해의 상징으로 이해했다. 선화공주가 세 웠다는 미륵사지를 볼 때면 이런 위대한 유산을 남긴 여성 위인이 자랑스럽기도 했다. 그러다가 우연히 당시의 역사적 사실을 선화공주와 연결해보았다.

'의자왕이 무왕의 아들이니, 당연히 선화공주의 아들이 기도 하겠지?'

'무왕이 신라를 16번이나 침공했다니, 이는 왕후인 선화 공주의 조국을 침공한 것이고, 장인인 진평왕과 치열한 전 쟁을 한 거라는 뜻이네.'

'태종무열왕은 선화공주의 언니인 천명공주의 아들이니, 의자왕과는 이종사촌이구나. 그렇다면 태종무열왕은 사촌 인 의자왕을 치기 위해 당나라와 손잡은 거구나.'

꿰어맞춰 본 역사적 사실은 아무래도 이해가 되지 않았 다. 이 정도면 부부가 되었다고 하더라도 이미 원수지간으 로 돌아섰다고 볼 수밖에 없다.

그러다가 삼국유사의 내용을 의심할 수밖에 없는 고고 학적인 증거물을 접했다. 2009년 미륵사 탑의 수리를 위해 탑을 해체하면서 금제사리봉안기를 발견했는데, 거기에는 '무왕의 왕후는 사택 씨'라고 적혀 있었고, 미륵사도 사택 왕후가 건립했다고 기록되었기 때문이다. 즉, 이 유물에 의

하면, 무왕과 선화공주는 결혼한 것이 아니며, 미륵사 또한 선화공주가 건립한 것이 아니게 된다. 그동안 서동과 선화공주의 이야기로 재미를 본 지방자치단체도 당황했다. 그러나 곧 미디어에서는 '여러 왕후 중 선화공주도 있었을 것', '미륵사도 여러 왕후가 건립했을 것'이라는 추측성 기사가 난무했다. 그리고 매년 50만 명의 관광객을 유치하는 익산 서동 축제에서는 여전히 선화공주의 사랑을 얻은 무왕의 업적을 강조하며, 사실 여부와 관계없이 이 상품을 이용하려는 의지를 비쳤다. 선화공주의 이야기는 누군가의 이해관계에 의해 결국은 고고학적 증거마저 무시된 채 계속 사용되고 있는 것이다. 나는 위기감이 들었다.

이에 더하여, 미투운동이 본격화되는 상황에서 서동과 선화공주의 이야기가 과연 사랑이었을까 하는 의심도 들었다. 그 의심은 서동이 아닌 선화공주의 입장으로 관점을 바꾸어 보고자 하는 의도로 이어졌다.

에드워드 카는 《역사란 무엇인가》에서 이렇게 강조했다.

역사가들은 자료를 수집해서는 자신의 입맛에 맞게 요리해 자기가 좋아하는 그릇에 내놓는다.

이에 따르면, 선화공주의 이야기 역시 누군가의 입맛에 맞게 기록되어 누군가가 좋아하는 그릇에 담겨 전해져왔을 것이다. 문제는 기록되고 전달되는 과정에서 특정인의 관점만 강조되거나 왜곡될 수 있다는 것이다. 이는 삼국유사 속의 선화공주 이야기와 세간에 전파된 이야기를 비교해보면 명확하게 확인할 수 있다.

먼저 삼국유사의 기록을 요약하면 다음과 같다.

선화공주가 아름답다는 소문을 들은 서동은 마을 아이들에게 마를 나눠주고 '선화공주가 남몰래 서동과 결혼했고 밤마다 몰래 만난다'라는 동요를 퍼뜨렸다.

그 결과 공주는 귀양을 가게 되었는데, 이때 어머니 마야 왕후가 순금을 주었다. 귀양지에 도착하려는데 서동이 나타나 모시고 가겠다고 했다. 공주는 서동이 어디에서 왔는지 모르지만 믿었고, 서동은 선화공주를 따라가며 비밀히 정을 통했다. 후에 선화공주는 서동의 이름을 알고 동요대로 되었음을 알았다. 선화공주와 함께 백제로 간 서동은 묻어놓은 황금으로 장인 진평왕의 환심을 사서 결혼하고, 백제인의 인심까지 얻어 마침내 왕이 되었다.

결혼한 후 선화공주는 남편 무왕의 허락을 얻어 미륵사를 지었는데, 이때도 진평왕이 도와주었다.

역사적 사실을 요리하는 사람과 담아내는 그릇의 중요성
을 알아보기 위해 두 사람의 관점으로 완전히 분리해서 재
해석해보자. 먼저 선화공주의 관점에서 이야기해보면 아래
와 같다.

나 선화공주는 아름다웠다. 그런데 불법적으로 미인을 쟁취
하려는 흉악범의 범죄로 모함을 받았고, 설상가상으로 가해
자의 말을 믿는 사람들로 인해 2차 가해를 받아 억울하게
귀양을 떠났다. 분하고 심리적으로 위축된 상태에서 귀양지
에 도착할 즈음 서동이 도와주겠다고 하니 믿는 마음이 생
겼고 정까지 통했다. 그러나 그 후에 서동 때문에 모함을 받
은 것, 자신을 스토킹했던 것, 심지어 그것이 그루밍 성폭력
이었음을 알았다. 그런데도 어쩔 수 없이 범죄자인 서동과
결혼할 수밖에 없었다. 아버지인 진평왕은 이런 사정도 모른
채 서동이 보낸 황금에 혹해서 범죄자와의 결혼을 허락했다.
신라 공주와의 결혼, 신라 왕의 환심은 서동의 능력과 업적
이 되었고, 덕분에 백제인의 인심까지 얻을 수 있어 왕의 자
리에까지 오를 수 있었다.

자포자기한 상태에서 결혼한 나는 부처님에게 귀의하고자 미륵사를 지었는데, 이때 아버지는 나의 심정도 모른 채 기뻐하며 도움을 주었다.

서동의 관점에서 이야기해보면 또 완전히 달라질 수 있다. 서동이 용의 아들인 점, 과부 어머니와 근근이 생계를 유지하며 살았던 처지를 생각하면 선화공주가 그에게 어떤 의미일지 짐작할 수 있다.

나 서동은 선화공주가 아름답다는 이야기를 들었다. 높은 신분의 미인을 쟁취하면 능력 있는 사람으로 인정받고, 부러움까지 얻을 수 있는 사회 분위기가 있었다. 나의 욕망을 위해 지혜를 짜내어 선화공주를 모함했다. 억울하고 심리적으로 위축된 선화공주를 따라다니며 도와주니 공주는 나를 믿고 사랑해주었으며 정까지 통할 수 있었다. 내친 김에 결혼을 하고자 장인인 진평왕에게 황금을 보내니 호감을 보이며 결혼까지 승낙해주었다. 이렇게 지체 높은 공주이자 미인과 결혼을 하고 신라 왕의 환심까지 얻으니 사람들은 나를 영웅 취급하고, 국경과 신분을 뛰어넘는 사랑을 했다며 부러워했다. 결혼 후 왕후 선화공주가 미륵사를 짓겠다고 하길래 흔쾌히 허락하니, 이것이 딸에 대한 사위의 사랑이라 생각했는지 장인이 기꺼이 도와주었다.

서동요가 이 두 사람 중 누구의 입맛에 맞게 요리되고 어떤 그릇에 담겨 회자하는지는 서동의 출생지 익산에 가면 확인할 수 있다. 익산시는 엄청난 세금을 들여 서동과 관련한 유적을 발굴하기에 여념이 없다. 서동의 생가터, 왕궁터, 미륵사지, 심지어 무왕의 무덤까지, 수많은 자원과 인력이 투입된 현장에는 선화공주의 이야기가 거의 빠지지 않는데 주로 '사랑 이야기'가 강조된다. 서동공원에는 서동과 선화공주가 애틋하게 손잡고 바라보는 조각상을 만들고, 2021년의 서동 축제의 주제도 서동과 선화공주의 '천년의 사랑'이다. 선화공주의 목소리는 지워지고, 서동의 목소리만이 살아남은 것이다.

민간으로 넘어가면 사실관계도 훼손된다. 백제 왕궁터 근처 마을의 벽화에는 '선화공주가 무왕의 선한 모습에 반했다'라며 전형적인 '성범죄'가 선한 모습으로 둔갑했다. 한 고등학교 대형 게시판에는 '무왕이 첫사랑을 (아내로) 선택할 만큼 의리가 있었다'라며, 성폭력 한 여자를 버리지 않고 결혼까지 해주었으니 그것이 '남성의 의리'라며 찬양한다. 범죄자 무왕을 영웅시하며 범죄를 꿈꾸는 수많은 청년을 양산하는 것이다.

선화공주와 무왕의 생존 당시 신라와 백제의 상황을 살펴보면, 무왕에게 신라 왕의 호감, 신라 공주와의 결혼이 얼마나 대단한 일일지 짐작할 수 있다.

무왕(재위 600~641)과 선화공주의 아버지 진평왕(재위 579~632)의 재위 기간을 비교해보면 겹치는 기간이 많음을 알 수 있다. 진평왕은 신라의 전성기라 일컫는 진흥왕(재위 540~576)의 사후 3년 후 즉위했다. 진흥왕은 고구려가 내분에 휩싸여 있던 틈을 이용해 고구려의 땅을 빼앗고, 그 뒤에는 나제동맹을 깨고 백제가 차지하던 한강을 점령했다.

신라가 이렇게 국력이 왕성하다는 것은 백제의 입장에서는 진흥왕의 위세에 눌려 울분에 차 있었던 시기라는 의미이기도 하다. 백제는 신라에 배신당하고, 한강이라는 영토를 빼앗겼으며, 복수하려던 성왕은 오히려 신라에 죽음을 당했다. 심지어 신라는 성왕의 시체 중 몸통만 돌려보냈다. 왕의 머리를 신라 땅에 빼앗긴 백제인들의 분노가 어떠했을지는 짐작할 수 있을 것이다. 이 패배는 백제 전체를 휘청이게 할 정도로 타격이 커서 50년 동안 복수를 할 힘조차 갖지 못했다. 백제인의 자존심은 바닥을 쳤고 왕권의 추락은 덤이었다.

삼국유사는 이런 시기에 무왕이 신라 왕의 허락하에 국혼을 맺고 신라의 공주를 데려왔다고 기록한 것이다. 공주가 적국으로 이동한다는 것은 신라 인질을 백제가 확보했다는 의미로 해석될 수도 있다. 백제인이 무왕에게 얼마나 열광했을지 알 수 있는 대목이다. 두 나라의 국혼임에도 신라 땅에서는 들을 수조차 없는 이야기가 백제 땅에서만 회자되는 이유이기도 하다.

그동안 역사는 'his story', 즉 남성의 이야기였다. 그러나 최근 'her story', 즉 여성의 관점으로 역사를 바라보는 운동도 일어나고 있다. 선화공주전은 이런 분위기에서 여성의 관점에서 서동요를 재해석해보고자 하였다. 이 작업을 위해 다음 사항을 염두에 두었다.

여성 자신의 힘

옛이야기를 보면, 남성은 모험을 찾아 낯선 땅으로 떠나 역경을 이겨내고 영웅이 되는 이야기가 많다. 반면, 여자는 집에 갇혀 가족 등의 핍박을 받아 억울하게 죽는 경우가 많다. 드물게 잘난 남성의 구원으로 살아나지만, 그런 여성은 외모가 출중한 경우이다. 여성에게 자원도, 경험도 허락되지 않는 상황에서 살아남으려면 외모가 빼어난 젊은 여성이 될 수밖에 없는 이유이기도 하다. "그 후 행복하게 잘 살았답니다."로 늙은 여성이 되기 전에 서둘러 끝나버리는 무수한 공주 이야기들은 모두 허스토리(her story)의 슬픈 자화상이다.

선화공주는 남성의 도움을 받기 위해 필수적인 미모가 없어도 잘 살아갈 수 있는 조건을 갖추고 있다. 여왕을 배출했고, 원화라는 여성 교육기관을 화랑보다 먼저 만들었던 신라에서 태어난 것은 최상의 조건이었다. 삼국유사의 기록을 보아도 선화공주는 백제라는 낯선 땅에서 금이라는 경제적 기반을 갖추고 미륵사라는 업적까지 남길 수 있었던 영웅의 면모를 갖추고 있다. 이런 캐릭터를 살리되 고고학적으로 의심받는 무왕과의 결혼, 미륵사의 건립은 제외하였다.

이렇게 해서 선화공주는 역경(=모함)을 이기고, 모험(=백제 여행)을 통해 자신의 힘으로 업적(=마을 공동체, 학당 등 교육기관, 전쟁의 방지 및 외교)을 남기는 새로운 여성상으로 재탄생하였다.

이성애 결혼의 대안

요즘 20·30세대는 결혼을 하지 않는다. 30대의 42.5퍼센트가 미혼이며, 특히 재정적 여유가 있는 여성 67.4퍼센트가 비혼을 택한다. 결혼했다 해도 50퍼센트 이상 이혼하며, 결혼을 유지하는 여성들도 '마지 못해' 산다며 한숨짓는다. 따라서 지금 다시 이야기할 〈선화공주전〉에서 선화는 이성애 결혼을 선택할 이유가 없다고 보았다. 고고학적 발굴로 무왕과의 결혼이 의심스러워진 상황에서, 굳이 다른 남성과의 결혼을 만들 필요가 없었다. 물론 굳이 남성과 벽을 쌓을 이유도 없었다.

그래서 신라 사회에서 잘 살아갈 수 있는 대안을 고민했다. 신라는 여성에게 여러 남편이나 여러 연인을 둘 수 있도록 허용하는 사회이다. 또한 골품제로 선화공주는 성골과 결혼해야 했지만, 셋째 딸이라 결혼 대신 동성, 이성을 막론하고 다양한 친구와 연인을 두는 것도 가능했을 것이다.

이런 이유로 선화공주는 다양한 사람들과 함께 노후까지 웃음꽃을 피우며 사는 캐릭터가 되었다. 다양한 연인이라는 설정은 정서적 만족감은 물론 선화공주에게 필요한 정보, 다양한 네트워크를 채워주는 최상의 대안이었다고 생각한다.

성폭력에 대한 복수

선화공주가 당했던 성폭력은 21세기에도 한국 여성의 18.5퍼센트가 경험하는 흔한 범죄이다. 특히 모함이라는 비대면 성범죄는 선화공주도 대응하기 힘들었을 것이다. 근거 없는 소문은 있되, 범죄자는 없는 상황이었기 때문이다.

성폭력 피해자는 한결같이 '범죄자를 강력하게 처벌하라'고 요구한다. 물리적 힘이든, 정보든 권력이든 그게 무엇이든 당할 수밖에 없었던 여성은 '정의롭게' 범인이 처벌받기를 원한다. 스스로 죄를 뉘우칠 수밖에 없는 적정한 처벌이야말로 범죄자가 또 다시 범죄로 빠지는 것을 막아줄 마지노선이 될 것이기 때문이다. 그 마지노선을 확고하게 다지자면 죄 지은 자는 반드시 뼈아프게 자신의 죄를 뉘우치게 만들고 그래서 평생 외롭게 늙어 죽으며 죽음의 문턱에서조차 후회하는 서사의 새로운 복수가 필요하다고 생각했다.

선화공주는 물리적, 정신적 힘을 가진 여성이지만, 공주가 볼품없는 천한 백성과 결혼했다는 소문에 화들짝 놀라 결국 귀양을 가야 했다. 선화가 워낙 주체적인 성격이라 느닷없이 실추된 자신의 명예를 회복하기 위해 직접 움직였지만, 백제 땅에 가서야 알게 된 범인에게 선화는 어떤 복수가 가능했을까?

이수정 교수는 성범죄자의 유형을 동기에 따라 분노형, 권력형, 가학성 성범죄자, 기회주의적 성범죄자 등으로 분류한다. 이 중 서동은 권력형에 가깝다. 권력형은 자신의 힘을 과시하고자 하며, 미리 목표를 정해 놓고 준비를 한다. 서동은 또한 거짓되거나 과장된 사실을 본인 동의 없이 널리 퍼트리는 '모함'을 했고 이는 현재 자행되는 디지털 성범죄와 아주 유사하다. 피해자만 드러나고 가해자는 은폐되기 쉬운 습성조차도 비슷하다. 성범죄자는 들키기 전에는 상대의 몸매를 운운하거나 '따먹었다' 등 수치심을 부추기는 표현을 통해 이를 과시하지만, 들킨 후에는 ① 부인 ② 피해 축소 ③ 상대의 탓(애정 관계, 꽃뱀 등)을 한다고 한다. 이런 가해자에 대항하여 피해자가 복수하는 방법은 ① 직접 폭력 행사 ② 소문으로 망신 주기(성폭행범 강조, 성기 크기, 기술, 몸매 등 비하), ③ 손실 입히기(고소, 금전 보상) ④ 무시하기 ⑤ 더 잘 살기(새로운 연애 등)가 될 것이다.

선화공주는 6~7세기에 살았던 여성으로, 낯선 백제에 가서야 범죄자를 알게 되었으니 매우 불리한 상황이었다. 신라인이라는 국적만으로도 세작으로 의심받을 수 있고, 인적 네트워크도 없었다. 따라서 ①②③은 제외하였다.

서동이 선화공주를 연모하는 설정에서 결국 ④⑤를 통한 복수가 가장 타격을 줄 수 있다고 판단하였다. 이에 따라 서동은 높은 신분에 올랐음에도 연모하던 선화공주의 사랑을 거절당함은 물론, 선화공주에 대한 복수로 시도한 신라 침공조차 저지당하고, 여러 연인과 웃음꽃을 피우는 선화공주를 질투하고 평생 그리워하는 캐릭터가 되었다.

연이와 버들도령을
다시 쓰다

✦

나의 딸 연이

나의 딸 연이

언년의 이야기 1

나는 구석진 산골, 가난한 화전민의 첫딸로 태어났다. 딸이지만 그래도 첫아이라서 기뻤다고 내 부모는 말했다. 부모의 기쁨에 보답하려고 그랬는지 나는 눈치 빠르고 말 잘 듣는 아이로 자랐다. 고된 노동으로 지친 부모를 거스르지 않고 시키지 않아도 집안일을 하고 줄줄이 태어난 두 동생을 하나는 업고 하나는 손에 잡고 다니며 돌봤다.

부모는 몸이 부서져라 일했지만 살림살이는 늘 곤궁했다. 열 살이 되자 나는 산골 아래 이름난 부잣집으로 보내졌다. 겨우 쌀 한 가마에 말이다. 팔려 갔지만 팔려 갔다고 말하는 것이 지금도 힘들다. 나는 부모에게 버림받았다고 생각했고 그것이 아프고 쓰렸다.

팔려 간 부잣집에서 새벽부터 늦은 밤까지 쉴 틈 없이 일했다. 내 부모처럼 말이다. 산골 내 집에서는 어린 동생들을 돌보고 부모를 돕는 정도였지만 부잣집에서는 어리다고 봐주는 이가 아무도 없었다. 달거리도 나 홀로 겪고 개짐 차는 것도 함께 일하는 어멈들이 알려주었다. 키가 크고 달거리를 하자 큰아기 티가 나기 시작했다. 집안 사내들의 흘깃거리는 눈길이 징그럽고 무서웠다. 매일 밤 잠들기 전에 누구라도 와서 나를 이곳이 아닌 다른 곳으로 데려가주길 기도했지만 그런 일은 일어나지 않았다.

내가 팔려온 부잣집은 돈으로 양반 문서를 산 가짜 양반이었는데 집 안에서 일하는 어멈과 나, 행랑과 사랑에서 일하는 아재들을 멸시했다. 손가락 하나 까딱하지 않으면서 온종일 일하는 사람들을 닦달하고 천대했다. 안방마님은 내가 달거리를 하자 집안의 머슴과 혼례를 시키려 했다. 배를 곯아도 좋고 산밭을 일구느라 허리가 휘어도 좋으니 산골 내 부모에게 가고 싶었다. 하지만 내가 부모에게 간다고 하면 주인집은 분명 쌀 한 가마를 물어내라 할 것이다. 아니 그 말을 하자마자 맞다가 죽을지도 몰랐다. 만약 도망을 간다면 역시 잡혀서 치도곤을 당하다가 죽겠지. 그래도 나보다 스무 살이나 많은 머슴과 혼례를 치르는 것보다 나을 것 같았다. 숨만 붙어 있을 뿐 종일 일만 하느라 사는 기쁨이라곤 없었다. 산골 내 부모와 동생들과 살 때는 힘든 나날이지만 내 밥그릇에 자기 밥을 덜어주는 부모가 있고 내 이름을 부르며 안기는 두 동생이 있었다. 부잣집의 고된 노동에는 아무런 기쁨도, 지금보다 나아지리라는 희망도 없었다. 무섭고 징그럽기만 한 머슴과 혼례를 치르는 건 죽기보다 싫었다. 이래도 죽을 것 같고 저래도 죽는 것만 못하다면 어디로든 도망을 가야겠다고 결심했다.

그렇게 도망갈 기회를 엿보던 어느 날, 안방마님이 침모에게 옷감을 가져다주라고 했다. 침모가 사는 집은 한참을 가야 하는 이웃 마을에 있었는데 걸음이 빠른 젊은 내가 심부름을 하게 되었다. 이웃 마을로 가는 길은 예전에도 행랑어멈과 가본 길이었다. 나 혼자 옷감 보따리를 머리에 이고 길을 나서자 사람들이 내 속을 다 아는 것 같아 심장이 쿵쾅거리며 요동을 쳤다. 무섭기도 했지만 마음 하나 줄 이 없는, 죽도록 일만 하는 이곳을 벗어난다는 이상한 벅참도 있었다. 하지만 그때는 알지 못했다. 젊고 어린 여자에게 세상이 얼마나 혹독하고 무서운 곳인지 말이다.

연이의 이야기 1

약초를 팔러 갔다가 오랜만에 집에 온 아버지가 한 아주머니와 함께 왔다. 아버지보다 젊어 보이는 아주머니는 아버지 곁에 서서 나를 보았다. 미소를 짓는 것도 같고 아닌 것도 같았지만 얼굴빛이 곱고 복스러웠다. 옅게 분을 바른 것 같았고 좋은 냄새가 났다. 아버지는 아주머니와 함께 살 거라며 인사를 드리라고 했다. 아주머니를 어머니라고 부르라고 했다. 그러자 고운 아주머니는 내 손을 잡으며 "네가 연이구나. 인사는 무슨, 앞으로 천천히 어머니라고 불러도 돼"라고 했다.

고운 아주머니가 내 이름을 다정하게 부르니 부끄러웠다. 그런데 얼굴은 고왔는데 손은 거칠었다.

새어머니가 오자 무뚝뚝한 아버지는 자주 웃었다. 나는 자주 웃는 아버지가 좋았지만 좀 얄밉기도 했다. 아버지는 큰소리 한번 내지 않는 순한 사람이지만 다정하지는 않았다. 조용히 약초를 말리는 아버지의 뒷모습을 보면서 나를 낳고 죽은 친어미를 그리워하는 줄 알았다.

나를 낳아준 어머니에 대해서는 아버지가 아니라 동네 어멈들에게 들었다. 어질고 착하기만 하던 내 친모는 몸이 약해 나를 낳고 두 해를 못 넘기고 세상을 떠났다고 한다. 동네 어멈들은 내가 친모가 죽고 나서도 오랫동안 엄마를 찾으며 울어서 아버지를 더 슬프게 했다고 말했다.

아주 어린 시절, 나는 왜 엄마가 없냐고, 엄마는 언제 오느냐고 아버지에게 물은 적이 있다. 아버지는 내 머리만 오래 쓰다듬었다. 왠지 묻지 말아야 할 것을 물은 것 같아 그후 더는 어머니에 대해 입 밖에 내지 않았다. 하지만 해 질 무렵 동네 아이들이 엄마가 부르는 소리에 집으로 가면 나홀로 터벅터벅 돌아오면서 혼잣말로 "엄마" 하고 불러보곤했다. 그러면 나도 모르게 눈물이 흘렀다. 얼굴도 기억나지 않는 엄마가 사무치게 그리웠다.

언년의 이야기 2

연이는 바랑을 매고 혼자 산으로 갔다. 처음 만났을 때부터 연이는 어리광 하나 없이 아버지를 대하고 나에게 깍듯했다. 자주 집을 비우는 아버지 밑에서 홀로 자라 그런지 조용하고 부끄럼도 많이 탔다. 산골 집을 떠날 때 내 나이와 같은 연이를 보면 낯선 부잣집에서 누구 하나 마음 줄곳 없이 외롭고 막막하던 날이 떠올랐다. 엄마 없이 자란 연이를 보면 부잣집에 팔려 간 열 살의 내가 보였다. 머리를 빗겨주고 밥 위에 반찬을 얹어주면 연이는 싫지 않은 듯 배시시 소리 없이 웃었다. 나를 밀어내지 않았지만 그렇다고 덥석 안기지도 않았다. 나는 선뜻 곁을 주지 못하는 연이가 안쓰러웠다.

내가 온 지 얼마 되지 않았을 때였다. 놀러 나갔던 연이가 금방 돌아왔다. 표정도 어두웠다. 무슨 일이라도 있나 싶어 물어봐도 고개만 저을 뿐이었다. 툇마루에 동그마니 앉아서 발끝만 콕콕 찍었다. 걱정스러워 이렇게 저렇게 말을 붙여봐도 꽉 닫힌 조개처럼 입을 열지 않았다. 그날 저녁 밥상 앞에서 넌지시 말을 걸었다.

"연이야, 아까 낮엔 왜 빨리 들어왔니, 놀러 나간 거 아니었어?"

연이는 밥 한술을 오래 우물거리며 답이 없었다.

"속상한 일이 있었던 거야? 누가 우리 연이를 속상하게 했지? 참 나쁘네."

연이는 눈망울이 그렁그렁 해졌지만 밥알과 함께 눈물도 삼켜버렸다.

"나중에라도 말하고 싶으면 엄마에게 말해줘. 엄마는 우리 연이 편이야, 알았지?"

나는 연이의 밥그릇에 연이가 좋아하는 나물을 올려주며 말했다. 연이는 항상 그랬다. 조그만 몸 안에 흘리지 못한 눈물이 가득할 것 같았다. 아이처럼 울지 못하고 꾹 참기만 하는 연이가 나 때문에 더 힘들까 봐 걱정이었다.

연이 아버지 바우를 만나 이곳으로 왔을 때 동네 사람들은 다들 나를 궁금해했다. 고향은 어딘지, 왜 아이 딸린 홀아비를 따라 왔는지, 뭘 하던 여자인지 호기심 어린 눈빛을 보냈다.

"아니 뭐 볼 것 있다고 애 딸린 홀아비랑 살러 왔수? 바우가 생긴 건 그래도 여자 홀리는 기술이 좋나 보네."

"에고 망측하게 뭔 소리래, 오히려 이편이 여러 남자 홀린 얼굴인디, 남정네랑 살림 차린 게 첨은 아니겠지, 그렇지?"

우물가에서 만난 동네 어멈들은 아무렇게나 지껄이며 염탐하는 눈빛으로 넘겨짚었다.

"주막에서 일했다던데, 그럼 애 없고 돈 있는 놈으로 골라잡을 것이지, 젊은 댁이 딱하네그려. 아직 늦지 않았으니 연이랑 정들기 전에 떠나는 것도 좋지."

동네 사람들은 젊은 여자가 아이 딸린 남자의 후처로 들어왔으니 흠이 있을 거라고 지레짐작했다. 사람들은 선량한 얼굴을 하고 잔인한 말로 나를 할퀴었다. 어찌 알았는지 주막에서 일했던 것이 소문이 나니 과거는 부풀려졌다. 떠도는 소문에서 나는 어디서 애비 모르는 아이를 가져 살던 동네에서 쫓겨나 주막으로 흘러 들어갔다고 했다. 주막에서도 이 남자 저 남자에게 꼬리를 치다가 착한 바우를 홀려서 후처로 들어왔다는 게 소문의 내용이었다. 가진 것 없는 바우와 전처 자식인 연이와 오래 못 살고 떠날 거라고 수군거렸다.

소문의 절반은 맞는 말이었다. 나는 동네 사람들이 함부로 떠드는 내 이야기에 연이 마음이 다칠까 애가 탔다.

부잣집 마님의 심부름 길에 도망친 후, 나는 내 몸을 숨기려 애쓰며 살았다. 도망치던 날부터 사람들 눈에 띌까 해가 지면 걸었다. 달빛에 의지해 걷는 밤길은 무서웠지만 호랑이나 귀신보다 사람이 더 무서웠다. 산에서 나고 자란 나는 산이 무섭지 않았다. 산에 나는 온갖 열매와 뿌리를 먹어 허기를 채웠고 계곡물에 입을 축였다. 입추가 지나 도망을 나왔으니 밤 추위는 그런대로 견딜 수 있었다.

보름을 걸어 도착한 마을은 마침 장이 서는 날이었다. 옷감을 취급하는 전에 찾아가 주인마님의 옷감을 헐값에 팔았다. 약삭빠른 상인은 어린 여자아이에게 제값을 쳐주지 않았지만 한시라도 빨리 돈을 구하고 의탁할 곳을 찾아야 했다. 일하고 잠잘 곳이 절실했다. 허기진 배를 채우러 들어간 주막에서 일을 구한 것이 그나마 행운이라면 행운이었다. 재워주고 먹여주는 조건이라 품삯은 형편없었지만 이것저것 가릴 처지가 아니었다. 게다가 주막 주인 내외는 내가 어디서 왔는지 굳이 알려고 하지 않았다. 가난한 집에서 배를 곯아 도망을 나왔거니 여기는 듯했다.

주막의 온갖 허드렛일을 하는 건 그다지 힘들지 않았다. 늘 하던 일이었고 새경도 주지 않던 부잣집과는 다르게 쥐꼬리만큼이지만 일한 삯도 주었다. 다만 주막을 드나드는 온갖 남정네들은 부잣집과 매한가지여서 국밥을 내어 간 내 손목을 잡고 희롱하거나 몸을 더듬는 무뢰배들을 견디는 게 일보다 더 힘들었다.

그래서 요즘 부쩍 산으로 가는 연이가 더 걱정이었다. 장터든 산속이든 혼자 있는 여자아이에게는 사람이 더 무섭다는 걸 나는 누구보다 잘 알았다.

연이의 이야기 2

새어머니가 오고 무엇보다 제일 좋은 건 아침이었다. 새어머니의 도마질 소리에 눈이 저절로 떠졌다. 마루에 앉아

머리를 빗겨 줄 때 새어머니의 나긋한 손길도 좋았다. 빨래
터에 가는 것도 소풍 가는 것 같았다. 냇가에 앉아 잿물에
담갔던 빨래를 헹구고 짜는 것도 물놀이처럼 즐거웠다. 아
버지가 멀리 일을 떠나도 혼자 지내지 않았다. 함께 놀던
동무들이 다들 이름 부르는 소리에 집으로 돌아갈 때 나도
내 이름을 불러주는 엄마가 생겼다.

나는 새어머니를 금방 '엄마'라고 불렀다. 한 번도 불러
보지 않은 엄마라는 소리는 처음만 힘들었지 한번 부르고
나니 원래부터 불렀던 것 같았다.

"연이야, 새어머니가 잘 해주던? 지는 따순 밥 먹고 너한
텐 찬밥 주는 건 아니지?"

동네 어멈들은 나에게 새어머니, 엄마에 대해 자주 물었
다. 나지막한 목소리로 비밀을 캐내듯 말이다.

"돌이 어멈은 무슨 말을 그리 해, 주막에서 일했다는데
국밥 하나야 잘 말아주겠지."

"하긴, 주막에서 숱한 객들, 남정네들도 상대했을 텐데 어
린 연이 하나 못 다루겠어?"

동네 어멈들은 내 대답은 듣지도 않고 자기들끼리 주거
니 받거니 시시덕거렸다.

"국밥이 아니라 나물밥 먹었어요. 찬밥은 됐다 눌은밥

해 먹는 건데 왜 날 줘요?"

뭔지는 모르겠지만 엄마를 흉보는 것 같아 울컥 화나고 속상했다. 동네 어멈들은 엄마가 나쁜 사람이기를 바라는 것 같았다. 밭두렁에서 나물을 캐고 있으면 새엄마가 시켰냐고 하고 우물가에서 물을 길으며 그 힘든 걸 너 혼자 하냐고 했다. 엄마가 오기 전부터 나물도 캐러 다녔고 물도 길었건만 새삼스레 너 혼자 하냐고 했다. 하루는 내가 온 줄 모르고 동무들이 엄마 이야기를 하고 있었다.

"올 엄마가 그러는데 연이 계모는 여기저기 떠돌던 여자래. 언제 또 훌쩍 가버릴 거래."

"맞아, 우리 엄마도 연이 계모가 연이에게 잘해주는 건 다 바우 아재한테 잘 보이려고 그러는 거래, 뭐라도 뜯어가려고 말이야."

엄마는 잠시 머물다가 다시 떠날까? 집에 있는 거라곤 말린 약초들뿐인데 아버지에게 뭘 뜯어간다는 걸까? 동네 어멈들과 동무들이 떠드는 말이 듣기 싫었다. 엄마가 떠날까 걱정되다가 진짜 나쁜 사람이면 어쩌지, 하는 마음이 들었다. 엄마가 고운 댕기로 머리를 묶어주고 내 밥그릇을 동그란 언덕처럼 고봉으로 채우고 귀한 생선 반찬을 내 앞으로 밀어줄 때면 괜히 미안했다. 엄마는 자주 내 표정을 살폈다. 마을사람들이 재미 삼아 떠드는 엄마 이야기를 들은 날이면 엄마는 다 아는 것처럼 괜찮냐 물었다. 내게 속상한 일은 그것뿐인데 엄마는 속상한 일이 있냐고 자꾸만 물어봤다. 그렇지만 엄마에게 날 떠날 거냐고, 사람들 말이 참말이냐고 차마 물어볼 수 없었다. 엄마와 집에 있으면 내 마음을 들킬 것 같아 산으로 갔다. 내다 팔 약초를 구하러 간다는 건 좋은 핑계가 되었다.

나 홀로 숲길을 걸으면 속이 뻥 뚫리듯 시원했다. 싱그러운 향내가 피어나는 숲길은 지저귀는 산새들 덕에 심심하지 않았다. 멀리 꿩 소리, 고라니 소리가 들리면 안심이 되었다. 아무도 해치지 않는 산짐승들 소리는 평화로웠다. 산뱀들도 지천이지만 대개 독이 없는 것들이라 무섭지 않았다. 산으로 들어오면 마을 사람들의 쑥덕거림이 더는 들리지 않았다. 산에는 나 혼자 다녀오는데 정작 그 어떤 동네 어멈도 나에게 왜 혼자 가냐고 묻지 않았다. 산에 다니는 나를 걱정스런 눈빛으로 보는 건 엄마가 유일했다.

"연이야, 산엘 또 가려고? 풀이 웃자라서 뱀이나 말벌통도 잘 안 보여서 위험할 텐데. 혼자 다니다 험악한 사람이라도 만나면 어쩌려고 그래. 깊이 들어가진 말고 해 지기 전에는 돌아와야 해."

엄마는 걱정했지만 가지 못하게 막지는 않았다. 늘 주먹밥 두 덩이를 콩잎에 싸줬다. 동무와 나눠 먹으란 듯이 말이다.

버들을 만난 건 아직 그늘에 하얀 눈이 쌓인 날이었다. 나는 하얀 눈 위에 부러 발자국을 남기며 산길을 걸었다. 반들반들 얼음이 언 길에서 미끄럼도 탔다. 눈이 채 녹지 않은 땅에서 노란 복수초가 피어 있었다. 눈 속에 꽃이 핀 광경은 언제 봐도 신비로웠다. 해 드는 자리 산수유나무에 서는 빨간 열매가 겨울바람에 말라 그대로 달려 있었다. 산수유 열매는 약재로 쓰고 차로 달여 마시기도 한다. 나는 산수유 열매를 후루룩 나뭇가지에서 훑어 내렸다.

"애, 그냥 둬, 산짐승도 먹어야지."

겨울 산속 느닷없는 사람 목소리에 깜짝 놀라 뒤로 자빠지며 엉덩방아를 찧었다. 휘휘 둘러보니 한 아이가 저편 큰 바위 아래 서 있었다. 까무잡잡한 얼굴에 머리는 봉두난발이었지만 장난기 가득한 눈빛이 반짝반짝 빛났다.

"하하, 뭘 그리 놀라 자빠지기까지 해."

아이는 내게 다가와 손을 내밀었다. 얼결에 그 아이가 내민 손을 잡았다. 손은 억셌지만 따뜻했다. 힘도 세서 나를 한 번에 일으켜 세웠다.

나는 놀라고 어리둥절해서 그저 멍하니 바라봤다.

"네가 발자국을 남긴 아이구나, 저 아래부터 작은 발자국이 있어 따라왔는데, 몰랐어?"

따라왔다니, 처음 보는 아이인데, 어디 사는 아이일까.

"어디부터 따라온 거야? 왜 따라온 건데? 나는 널 모르는데? 우리 마을에서 널 본 적 없는데, 넌 날 아는 거니?"

"하나씩 물어봐, 넌 참 궁금한 게 많구나."

아이는 계속 싱글거리며 나를 바라보았다. 나도 찬찬히 다시 아이를 살펴보았다. 체격은 다부진 남자아이 같은데 목소리는 여자아이 같았다.

"난 버들이야, 넌 이름이 뭐야?"

버들이라는 이름은 봄 개울가에 피는 버들강아지가 떠올라 귀여웠다.

"내 이름은 연이야. 그런데 너는 어디에 살아?"

"나는 여기 살지."

"여기라니, 어디 말이야?"

"여기 산 말이야, 나는 산에서 살아."

처음에는 장난치는 줄 알았는데 버들은 산에서 혼자 사는 아이였다. 우리는 친해졌고 거의 매일 만났다. 나는 가족 없이 혼자서도 살 수 있다는 걸 버들을 만나고서야 알았다.

버들은 내가 만난 아이 중에 가장 힘이 세고 가장 용감

했다. 버들과 산을 돌아다니며 나물이랑 약초를 캐고 계절마다 달라지는 나뭇잎과 풀과 꽃을 유심히 살피고 맛보는 일은 즐거웠다. 온갖 풀과 꽃, 열매의 맛은 쓰고 달고 시큼하고 찝찌름했다. 그렇게 맛을 보다가 서로의 얼굴을 보면 웃음이 나왔다. 때로는 산짐승의 흔적을 따라가다가 노루와 여우를 만나기도 했다. 멧돼지의 흔적을 발견하고 길을 피해 가기도 했는데, 버들은 노루와 여우, 멧돼지의 똥을 구별할 줄 알았다. 산에 있는 모든 것을 버들은 잘 알았다. 산속에서 버들과 함께라면 나는 두려울 것이 없었다.

언년의 이야기 3

"연이야, 이리 와보렴, 키 재보자."

부엌문 옆 벽에는 처음 만났을 때 연이의 키 크기가 새겨져 있었다. 내 가슴께도 오지 않던 아이는 이제 내 어깨만큼 자라 있었다. 산에 자주 다니면서 연이는 생기가 돌고 키도 눈에 띄게 자랐다. 잘 웃고 행동도 재빨라졌다. 속상한 일이 있어도 꾹꾹 참고 눈물마저 삼키던 아이가 아니었다. 좋다 싫다 말이 없던 연이는 조잘조잘 말도 많아졌다. 조만간 달거리도 할 것 같았다. 달거리할 연이를 생각하면 가슴이 빨리 뛰다가 쿵 하며 아득해졌다. 내가 달거리를 하자마자 늙은 머슴과 혼례를 시키려던 것이 생각나고 일하던 주막 내 방까지 찾아와 문고리를 흔들던 남정네들도 떠올랐다. 피어나는 연이를 보자 그 어여쁨이 기쁘면서도 걱정이 앞섰다.

"키가 이렇게 자라니 곧 달거리를 하게 될 거야. 속곳에 피가 비치면 놀라지 말고 엄마에게 말해야 해."

나를 말똥거리며 쳐다보던 연이는 놀란 표정을 짓더니 "피가 나다니, 달거리를 하면 어떻게 되는 거야? 아프지는 않아? 설마 죽는 거야?"라고 울상이 되어 말했다.

"배가 묵직하게 아플 거야. 그렇다고 병이 난 것은 아니니까 걱정하지 않아도 돼."

연이는 여전히 궁금한 게 많은 얼굴이었다.

"연이야, 달거리는 이제 어른이 됐다는 표식이야. 그러니 혼자 산에 가는 것도 그만해. 여자아이가 혼자 다니면 위험해. 아버지도 그만 가라고 하시잖아."

"어른이 되면 아버지처럼 혼자 멀리 다닐 수도 있잖아. 그런데 왜 산에 가면 안 되는 거야?"

"연이야, 달거리를 하면 아이를 낳을 수 있는 몸이 된 거야. 혼례도 할 수 있고 말이야. 그러니 몸가짐을 조심해야지."

"혼례 같은 건 하고 싶지 않아. 혼례 대신 산 너머 멀리멀리 가보고 싶어. 금강산, 지리산은 어떤지 궁금해. 약초 공부도 많이많이 하고 싶어. 엄마, 나는 혼례 말고 하고 싶은 게 엄청 많아."

아직 물정 모르는 연이는 부푼 표정으로 종달새처럼 재잘거렸다.

주막에서 일하던 시절, 오로지 돈 모으는 게 내 유일한 기쁨이었다. 돈을 모아 번듯한 주막 하나 가지면 가난하다고, 부모도 없는 어린 여자라고 무시하는 이가 나를 함부로 하지 못할 것 같았다.

주막을 드나드는 객 중에는 묵은 빨래를 맡기고 삯을 주는 사람들이 있었다. 빨랫감을 내놓으면 가져가 세탁한 후 방 앞에 두면 되었다. 주막 주인 내외는 내 푼돈 벌이를 모른 척하는 대신 품삯을 올려주지 않았다. 나는 악착같이 이런저런 허드렛일을 하며 돈을 모았다.

석이도 내게 빨래를 맡기던 주막의 손님이었다. 지분거리며 우악스럽게 구는 남정네들과 다르게 말끔하고 부드러웠다. 주막에 들고 나는 장돌뱅이, 보부상들보다 젊은 석이는 장사 일을 배우는 중이라고 했다. 제대로 일을 배워서 장터에 점방을 차릴 거라고 자랑하듯 말했다. 빨랫감 위에 살구 몇 알이나 연보랏빛 쑥부쟁이 꽃을 올려놓아 피식 웃음이 나왔다. 굳이 빨지 않아도 되는 옷가지를 내놓아 일도 수월했다.

석이를 알고 지내던 날, 유난히 추운 겨울이었다. 오랜만에 주막에 온 석이는 빨래가 있으니 와서 가져가라고 했다. 추운 겨울 얼음장을 깨고 빨래할 생각을 하니, 시작하기도 전에 몸서리가 쳐졌다. 석이가 묵는 방 앞에 가니 빨래가 아닌 두툼하게 솜을 넣은 남바위가 놓여 있었다. 한눈에도 여자가 쓰는 남바위였다. 이걸 왜 내놓은 건지 들고 살피는데 석이가 방문을 열었다.

"어때? 맘에 들어?"

나는 손에 들고 있던 남바위를 내려놓았다.

"내가 언년이 너 주려고 사온 거야. 왜, 맘에 들지 않아?"

단 한 번도 이런 걸 받아 본 적이 없던 나는 얼떨떨할 뿐이었다. 맘에 들고 말고 할 것이 없었다.

"네가 늘 춥게 하고 다니기에, 왜 맘에 안 들어?"

계속해서 맘에 들지 않느냐고 묻는 석이에게 뭐라 해야 할지 몰랐다. 배를 채우고 잠자리만 해결되면 죽어라 일하고 돈을 모을 뿐, 서글프고 괴롭고 외로운 마음이 올라올까 아예 마음 같은 건 없는 듯이 살았다. 그런데 석이는 자꾸 마음을 물었다. 설레고 기대에 찬 얼굴로 내 마음이 어떠냐고 물었다.

그날 이후 석이와 나는 연인이 되었다. 석이는 점방을 차리면 혼인을 하자고 했다. 석이의 약속은 달고 따뜻했다. 나를 아껴주는 사람이 있다는 것이, 나와 미래의 무언가를 약속하고 기댈 이가 있다는 게 든든했다. 젊어서 순진하고 어리석었던 나는 사람을 믿고 사랑을 믿었다. 그러나 풋사랑은 오래가지 못했다.

목이 좋은 곳에 점방이 나왔는데 돈이 부족하다는 석이 말에 모은 돈을 모두 주었다. 기뻐하는 석이 얼굴을 보자 나도 줄 것이 있어 뿌듯했다. 작은 점방을 하며 석이와 살 생각에 기대에 부풀었지만 돈을 가져간 석이는 소식이 없었다. 나에게 마음을 물어보던 석이는 주막에 더는 나타나지 않았다. 그리고 달거리가 끊겼다.

석이와의 일은 이미 소문이 나 있었다. 남정네들은 더 노골적으로 지분거리기 시작했다. 그래도 석이만 돌아와 준다면 다 참을 수 있었다. 피치 못할 일이 생겨 늦는 거라 나를 달래 보았지만 불안한 마음은 배신감으로 바뀌었다.

배가 불러오기 전에 석이를 찾아야 했다. 주막을 쉬는 날에 이곳저곳 백방으로 알아보았지만 석이 소식을 아는 이는 없었다. 석이에 대한 원망과 배신감은 점차 절망감으로 바뀌었다.

아이를 가지니 조금만 움직여도 피곤하고 잠이 쏟아졌다. 혼자 아이를 낳을 일도, 키울 일도 다 두렵고 막막했다. 산비탈에 몸을 구르고 간장을 사발로 마셨지만 배는 불러왔다. 그러다가 주막에 객들이 몰려와 며칠 내내 앉을 새도 없이 일하고 눈도 제대로 붙이지 못한 날, 물컹 피를 쏟았다.

연이의 이야기 3

버들을 만난 뒤로 계절은 두 번 바뀌어서 산에 들어서면 가을 향내가 났다. 추석이 오기 전 바람은 산뜻하고 하늘은 더욱 높아 푸르렀다. 굴참나무, 상수리나무, 떡갈나무에서 떨어진 도토리를 주워 손톱으로 껍질을 벗기면 싱그럽고 고소한 향내가 올라왔다. 단풍 들기 전의 산사나무, 팥배나무에서는 열매가 먼저 붉게 익어가고 있었다. 가을볕이 내리는 산길을 따라 한참 올라가면 칡넝쿨과 이끼로 뒤덮인 쓰러진 나무가 있었다. 그 쓰러진 나무 아래로 풀덤불을 헤치고 기어 나와 산허리를 돌아 올라가고 내려가길 몇 차례 반복하면 버들이 사는 집이 나왔다. 버들의 집은 사람 발길이 닿지 않는 산 깊은 곳에 있었다.

"버들, 버들, 내 동무 버들아, 연이가 왔으니 문을 열어다오."

버들을 이렇게 부르는 건 우리만의 비밀 신호였다. 그러면 버들이 바위와 덤불을 헤치고 동굴 속에서 나왔다. 어둑어둑한 동굴이지만 버들의 집은 안락하고 포근했다. 단출하지만 세간살이는 깔끔했고 동굴 벽 곳곳에 걸린 말린 들풀과 꽃에서 향기가 났다.

버들은 나와 나이가 같았다. 엄마에게 들은 달거리 이야기를 버들에게 했는데 무덤덤했다.

"나도 서책에서 봤어. 부인네들이 달거리를 하면 배가 아프고 토할 거처럼 울렁증도 일고 머리도 아프대. 그런데 그럴 때 쓰는 약초가 많이 있어. 그런 걸 한 달마다 한다니, 참 성가신 일이야, 그치?"

버들은 달거리가 무서운 게 아니라 성가시다고 했다. 사내처럼 보였지만 버들은 여자아이였다. 어리다고 얕보는 건 마찬가지지만 사내아이 같아야 혼자 다니기가 편하고 약초 값도 제대로 쳐준다고 했다.

버들은 부러 멀리 걸어가 다른 마을에 있는 약재상이나 한약방에 가서 말린 약초를 팔았다. 그렇게 약초 판 돈으로 서책을 샀다. 약초에 대한 책은 세책방에는 없었고 돈을 주고 사야만 했다. 그나마도 구하기가 어렵다고 했다.

나는 겨우 언문을 익혔을 뿐인데 버들은 어려운 한자도 많이 알았다. 그 책에는 약초의 뿌리와 잎, 열매를 각각 어디에 어떻게 얼마만큼 써야 하는지가 적혀 있었다. 버들에게 듣는 약초 이야기는 언문소설보다 재미있었다.

집에도 아버지가 보는 약초에 대한 책이 있지만 한자와 언문이 섞여 있어 채 다 이해하기는 어려웠다. 나는 모르는 것이 있을 때마다 아버지에게 물어보고는 했는데 어린 시절에는 웃으며 가르쳐주던 아버지가 "다 큰 여자아이가 그런 건 알아서 뭣하게. 들에서 나물이나 재미로 캐고 약초 캐러 산 깊이 다니는 건 이젠 그만둬"라고 했다.

버들은 달거리를 하게 되면 말린 쑥으로 주머니도 함께 만들자고 했다. 자신도 달거리를 할 테니 첫 달거리를 기념하면서 하나씩 나눠 갖자고.

버들은 매사 거침없고 씩씩했다. 산속 움막에서 아버지와 둘이 약초를 캐어다 팔면서 살았는데 아버지가 병으로 돌아가셨다고 했다. 동굴은 아버지와 캔 약초를 저장하던 곳이었는데 맘에 들어 아버지가 돌아가신 후부터 이곳에서 산다고 했다. 동굴은 여름은 시원하고 겨울은 따뜻했다.

이젠 다 컸으니 산에 가지 말라고, 위험하다고, 몸가짐을 조심하라고 엄마도 아버지도 말하지만 산에 사는 버들은 사내보다 힘이 세고 혼자서도 잘만 살았다. 왜 여자아이는 혼자 돌아다녀서는 안 되고 서책도 읽으면 안 되는지 모르겠다. 엄마와 아버지는 버들을 모른다. 여자아이도 혼자 살 수 있다는 것도 모른다. 그리고 엄마 아버지가 나에게 하는 이 모든 말은 사내아이에게는 하지 않는 말이라는 것도 모른다. 버들이 왜 남자아이처럼 하고 다니는지 알 것 같았다.

언년의 이야기 4

하혈을 한 후 나는 아이를 잃었다. 피를 쏟으며 나흘이 넘게 죽은 듯 쓰러져 있었는데 내 목숨 줄은 모질고 길었다. 아이를 낳았던들 혼자 제대로 키울 수 있었을지 알 수 없지만 내가 아이를 죽인 것 같았다. 잃은 아이에 대한 죄책감과 슬픔은 오래도록 가시지 않았다. 처음 가진 아이를 잃고 나는 아이를 갖지 못하는 몸이 되었다.

몇 차례 주막을 옮긴 뒤 내 주막은 아니지만 주모로 일할 만큼 나이를 먹었다. 그때 바우를 만났다. 바우는 약초를 가지고 다니며 이 고을 저 고을 팔러 다녔는데 수완이 좋은 것 같진 않았지만 성실하고 우직한 사내였다. 종종 내게 딸 이야기를 했는데 엄마 없이 자란 딸을 늘 안쓰러워했다. 나에게 함께 살자고 했을 때도 자주 집을 비우는 자신을 대신해 딸을 잘 돌봐달라고 했다. 달콤한 말로 나를 꾀는 것이 아니라서 오히려 믿음이 갔다. 주막에서 일하는 것도 남정네들에게 시달리는 것도 이골이 날 무렵이었다. 주막을 차릴 정도로 돈을 모으려면 늙어 죽을 때까지도 힘들 것 같았다. 주모로 일해도 내 주막이 아니니 아무리 힘든 일을 해도 남자 삯의 절반도 주지 않았고 남편도 없이 혼자 일하는 여자라고 대놓고 무시하기 일쑤였다. 여자를 업신여기면서도 꾀어 보려고 안달이 난 남자들 꼬락서니도 신물이 났다. 난 바우를 따라나섰고 연이를 만났다.

연이는 총명한 아이였다. 바우가 말리는 약초를 곁눈질만으로 같은 약초로 구해와 약이 되는 차로 만들어냈다. 내가 몸살이 나서 앓아누웠을 때 약차를 달여주었는데 몸이 한결 가벼워졌다.

"사내아이라면 일을 제대로 가르쳐볼 텐데, 여자아이니그저 얌전히 있다 좋은 짝을 만나야지."

똑똑한 연이를 보고 바우는 한숨 쉬며 말했다. 내가 겪은 일들을 생각하면 연이가 곱고 순탄히 살기 바랐지만 한편으로는 제 뜻대로 살기 바라는 마음도 들었다. 하지만 바우가 밖으로 도는 연이를 걱정하면 내 탓 같았다.

봄꽃들이 앞다투어 피는 곡우 무렵이 되면 난 자주 앓았다. 봄을 타는 건지 아니면 첫아이를 잃었던 그 무렵을 몸이 기억하는지 봄이 되고 꽃이 피면 꼭 몸이 아팠다. 그날도 연이는 아픈 날 위해 약초를 캐온다면 아침을 먹고 사립문을 나섰다. 연이의 뒷모습은 큰아기 티가 완연했다. 저렇게 자란 것이 대견했지만 언제까지 혼자 산에 가는 것을 내버려둘 수 없는 노릇이었다. 괜히 마음이 복잡해져 여기저기 흩어진 빨랫감을 이고 개울가로 갔다.

동네 어멈들 여럿이 이미 빨래터에 나와 있었다.

"연이는 어디 가고 혼자 나왔대?"

돌이 어멈은 뭔가 할 말이 있는 양 먼저 말을 걸었다.

"연이는 산에 약초 캐러 갔어요."

"연이가 산에서 아무래도 사내를 만나는 거 같던데 알고 있어? 새엄마라도 같이 지내면 닮기도 하나 봐."

기다렸다는 듯이 돌이 어멈이 밑도 끝도 없는 소리를 하자 다른 어멈들도 히죽거렸다. 돌이 어멈은 연이가 사내와 산을 돌아다니는 걸 봤다고 했다. 연이가 사내와 다니다니 산에서 만난 사람일까? 그래서 자주 산에 간 걸까? 돌이 어멈이 하는 시답지 않은 소리는 더 들리지 않았다. 바우가 알기 전에 연이가 만나는 사내가 누군지 알아야 했다.

다음 날도 연이는 아침 숟가락을 놓자마자 산으로 갔다. 나는 짚신을 단단히 동여매고 연이를 쫓았다. 연이는 재빠르고 익숙하게 산을 타고 올라갔다. 한참 산길을 올라가던 연이는 번개를 맞아 누운 오래된 고목이 나오자 둘러 가는 길을 놔두고 나무 아래를 기어갔다. 난 연이를 놓칠까 잰걸음으로 따라갔다. 수풀을 헤치고 무릎이 까지도록 기어서 나오자 산 벚꽃이 흐드러지게 핀 골짜기가 나왔다. 나는 연이를 쫓는 것도 잊은 채 봄 산의 화사함에 잠시 넋을 놓았다. 하지만 넋을 놓을 때가 아니었다. 어느새 연이의 모습은 사라지고 보이지 않았다. 나는 흔적이 남은 풀덤불을 따라 풀이 누운 곳으로 걸음을 옮기며 산허리를 몇 번 오르락내리락하며 가는데 연이 목소리가 들렸다.

"버들, 버들, 내 동무 버들아, 연이가 왔으니 문을 열어다오."

난 소리가 나는 방향으로 발걸음을 옮겼다. 큰 산밤나무 아래 몸을 숨기고 소리 나는 곳을 보니 연이는 덤불로 뒤덮인 바위 앞에 서 있었다. 그때 갑자기 한 아이가 불쑥 나타났다. 순간 산신이라도 나타난 것 같았는데 산신이라기에는 말갛고 어린 티가 역력했다. 자세히 보니 그저 연이 또래의 사내아이였다. 저 아이가 연이가 만난다는 사내일까? 둘은 뭐가 그리 우스운지 만나자마자 인사처럼 깔깔거리며 웃었다. 버들은 저 아이의 이름 같았다.

"엄마가 오늘도 주먹밥을 싸줬어. 같이 먹자."

연이는 내가 싸준 주먹밥 하나를 버들이라는 아이에게 내밀었다.

"네 엄마는 늘 이렇게 두 덩이를 싸주네. 나랑 나눠 먹으라는 것처럼."

그러더니 다시 뭐가 재미있는지 낭랑하게 웃었다. 가만히 들으니 버들의 목소리는 누가 들어도 여자아이 목소리였다. 체격이 연이보다 크고 사내처럼 옷을 입었지만 분명 여자아이였다. 연이는 또래 동무를 만나 즐거워 보였다. 소리 내어 활짝 웃는 연이를 보자 내 마음도 명랑해지는 것 같았다.

나는 두 아이를 두고 소리 나지 않게 조심히 산길을 내려왔다. 한결 마음이 여유로우니 산속의 풍경이 제대로 보였다. 골짜기에 산 벚꽃도 다시 찬찬히 보았다. 바람이 불자 여린 꽃잎이 눈처럼 날렸다. 그 풍경이 시리게 아름다워 눈물이 올라왔다. 내가 어릴 적 떠나왔던 산골 고향이 생각났고 애써 잊으려 했던 내 부모와 두 동생이 차례로 떠올랐다.

연이의 이야기 4

버들과 나는 이맘때 늘 시름시름 아픈 엄마를 위해 천궁을 찾았다. 천궁은 산골짜기나 개울가에 흔하게 자라는데 나물로 무쳐 먹고 쌈으로 먹어도 되었다. 엄마가 자주 머리가 아파서 누워 있다고 하니 버들은 천궁을 먹어보라고 했다. 여름에 하얗고 조밀한 꽃이 접시 모양으로 뭉쳐 피는데 동네 사람들이 궁궁이 꽃이라고 부르는 것이 천궁이었다. 천궁 삶은 물에 머리를 감으면 머리카락에 윤기가 돌고 머리숱도 많아진다고 버들이 알려주었다. 나는 골짜기로 내려가 천궁 어린잎을 뜯고 버들은 위로 올라가 다른 약초를 찾았다. 산을 잘 아는 버들은 나와 다닐 때는 돌아가더라도 편한 길로 다녔지만 혼자 다닐 때는 험해도 빠른 길로 다녔다. 그제 내린 비로 습해서 미끄러울 텐데 가파른 비탈

길로 빠르게 올라가는 것이 위태로워 보였다. 아니나 다를까. 비탈에서 발을 헛디뎠고 버들이 아래로 굴렀다. 나는 얼른 버들에게 뛰어갔는데 늘 먼저 일어나 옷을 툭툭 털던 버들이 일어나지 않았다. 장난인가 싶었지만 내가 곁에 다가도록 버들은 일어나지 못했다.

버들은 굴러 내려오다가 골짜기 바위에 머리를 찧어 잠깐 기절했다. 오른 다리도 삐었는지 잘 걷지 못했다. 이마에서 피가 철철 나는 걸 보자 겁이 덜컥 났다. 일단 내 속치마를 찢어 버들의 이마에 동여매고 지혈을 했다. 버들을 부축하며 동굴로 오기까지 한참 걸렸다.

"천하의 버들이 이렇게 다치다니, 산신이 장난을 친 건가?"

나는 버들에게 일부러 장난스럽게 농을 걸었다. 내가 놀라고 걱정하면 버들이 불안할 것 같았다.

"괜찮아, 지혈도 하고 약초즙도 발랐으니 사나흘이면 아물 거야. 내 잘난 얼굴에 이런 흉쯤이야 장식이지."

버들도 유들유들 답했지만 이마 아래 눈두덩까지 부어올랐다. 그런데 더 큰 문제는 다리였다. 골짜기에서 올라올 때까지 괜찮던 다리가 점점 부어오르더니 동굴에 도착하자 버들은 움직일 수 없을 만치 아파했다. 아무래도 뼈를 다친 것 같았다. 부목을 대주기는 했지만 다친 뼈가 아물 때까지 무리하게 움직이면 안 될 것 같았다. 버들은 해 지기 전에 산을 내려가라고 내 등을 떠밀었지만 다친 버들을 혼자 두고 오려니 발길이 떨어지지 않았다.

　동네로 내려오니 이미 해가 뉘엿뉘엿 지고 있었다.

　"연이야."

　집 앞 골목까지 엄마가 마중을 나와 있었다. 나는 엄마에게 천궁 잎이 가득 든 바랑을 자랑하듯 내밀었다.

　"엄마, 우리 이걸로 나물 무쳐 먹자. 머리 아픈 것도 낫고 부인들한테도 좋은 약초래."

　"왜 이렇게 늦었어. 이 시간까지 산에 있었던 거야? 걱정했잖니."

　엄마는 내 바랑을 받아들면서 한 손으론 내 옷에 묻은 검불을 떼어주었다.

　"아니, 너 옷에 이게 뭐니? 저고리랑 옷고름에 이 피는 뭐고, 어디 다쳤어?"

　버들의 이마를 지혈하고 버들을 부축할 때 피가 묻은 모양이었다. 엄마는 화들짝 놀라서 내 몸 여기저기를 살펴보았다. 나는 코피가 났다고 서둘러 둘러댔다.

　"연이 너 요즘 힘들었나 보다. 평소에는 잘 나지 않던 코

피가 다 나고, 내가 아픈 게 아니라 네가 아픈 모양이다. 나
물도 됐고 약초도 됐으니 며칠은 산에 가지 말고 푹 쉬어."

엄마가 하도 걱정을 해서 내가 다친 것이 아니라 버들이
다쳤다고 말할 뻔했다. 내가 조금이라도 아프면 엄마는 어
쩔 줄 몰라 하며 곁에서 돌봐주었다. 어린 시절 엄마가 처
음 왔을 때는 일부러 아픈 척할 정도였다. 버들은 오늘처럼
다치고 아픈 적이 있었을 텐데 혼자서 어떻게 지낸 걸까?
그동안 어떻게 살았을까? 뒤늦게 나는 버들이 혼자 지낸
시간이 궁금했다.

다음 날, 말리는 엄마를 뒤로 하고 나는 버들이 사는 동
굴로 갔다. 밤새 아픈 버들이 혼자 있었을 거라 생각하니
마음이 급했다. 뛰듯이 산길을 올라 버들이 사는 동굴에
다다랐다. 버들을 부르지 않고 바로 동굴로 들어갔다. 그런
데 버들이 없었다. 넓지 않은 동굴 안은 숨을 데도 없었다.
아픈 다리를 하고 버들은 어디로 간 걸까? 호랑이가 물어
가기라도 했나? 곰에게 습격이라도 받은 걸까? 하지만 동
굴 안은 흐트러진 것이 없었다.

나는 별의별 상상을 다 하면서 동굴 밖으로 나와 버들을
찾으러 다녔다. 어디로 갔을까 아무리 생각해봐도 이 산속

에 갈 만한 데를 짐작할 수가 없었다. 무작정 버들을 크게 부르며 찾았다.

"버들, 버들, 내 동무 버들아, 연이가 왔으니 대답을 해다오."

걱정되는 마음에 정신없이 산을 헤맸다. 아무리 찾아도 버들의 모습은 보이지 않았다. 버들이 잘못됐을까 눈물이 나려고 했다. 다시 버들 이름을 부르려다 왈칵 눈물이 나와 그만 엉엉 울었다.

"애야, 왜 그리 울고 있어."

고개를 드니 할머니 한 분이 서 있었다. 머리도 하얗고 옷도 하얗고 미소도 하얀 조그만 할머니였다.

"할머니, 할머니, 사내아이처럼 생긴 여자아이 못 보셨어요? 내 동무인데 많이 다쳤어요. 그런데 어디를 갔는지 모르겠어요. 발이 삐었는데, 움직이면 안 되는데 그 아이가 없어졌어요."

할머니는 빙그레 웃었다.

"너는 참 숨도 안 쉬고 한 번에 여러 말을 하는구나. 버들은 저 아래 아버지랑 살던 움막에 있지. 연이 너를 기다리는 것 같아. 그리로 가보렴."

나는 할머니 말을 듣고 한달음에 달려갔다. 할머니 말대로 버들이 있었다. 버들은 아버지와 살던 움막에 쓰러져 있었다. 지혈에 쓸 약초를 구하러 왔다가 다리가 아파 움막에서 쉬어 가려다 잠이 들었다고 했다.

"다리를 움직이면 안 되는데 도대체 왜 나온 거야, 내가 올 때까지 기다려야지. 그새를 못 참고 나오면 어떡해, 버들네 다리가 무쇠 다리인 줄 알아?"

나는 걱정하던 마음이 가라앉자 화가 났다. 버들은 아픈 와중에도 싱긋거렸다.

"이 정도 다쳤다고 뭘 그리 야단이야, 이 정도야 아무것도 아니지. 자주 있는 일인데, 뭐."

자주 있는 일이라니, 그럼 이렇게 자주 다치고 아팠단 말인가. 괜찮은 척했지만 동굴로 돌아온 버들은 열이 나기 시작했다. 더는 움직이면 안 될 것 같았다. 오늘은 내가 버들 곁에 꼭 있어야 할 것 같았다. 그런데 그 할머니는 누굴까? 한 번도 본 적 없는 할머니였다. 할머니가 깊은 산속까지 올라오기는 힘들 텐데, 약초꾼 할머니인가? 그런데 버들 이름은 어떻게 알았지, 내가 버들 이름을 부르며 찾으니 알았을 거야, 그런데 내 이름은 어떻게 안 걸까? 버들에게 물어보려고 했으나 버들은 힘들고 피곤했는지 잠들어 있었다.

언년의 이야기 5

지난밤 연이는 돌아오지 않았다. 하필이면 약초를 팔러 갔던 바우까지 돌아오니 일이 더 커졌다. 마음을 졸이며 연이를 기다렸지만 해가 저물고 밤이 깊도록 연이는 오지 않았다.

"아니, 도대체 집에서 뭘 한 거요! 다 큰 여자아이가 이 시간까지 집에 들어오지 않는데, 내가 누누이 잘 돌봐달라고 부탁했잖소. 내가 없는 동안 자주 이런 일이 있었던 거요?"

나도 바우만큼 아니 바우보다 더 연이를 걱정했다. 바우는 내게 늘 연이를 부탁한다고 했다. 그 말끝에는 늘 어미 없이 키운 가여운 아이라고 했다. 어미가 없다니, 내가 연이를 키우고 있는 어미였다. 사람들이 등 뒤에서 계모라고 수군대는 것보다 바우의 말이 나에게는 더 아팠다. 자주 집을 비우고 일을 떠나는 바우보다 연이와 보낸 날이 더 많았다. 거칠고 우악스러운 주막에서 일하던 닳고 닳은 여자라고 동네 사람들이 나를 무시해도 어린 연이는 나의 편이었다. 수많은 사람이 드나들어도 외롭기만 하던 주막보다 연이와 둘이 지낸 시간이 더 따뜻했다. 연이와 나는 자매처럼, 혹은 동무처럼 함께 시간을 보냈다. 그것이 엄마와 딸

사이와 뭐 다를 게 있나. 연이는 나의 딸이다.

날이 밝자 난 서둘러 산으로 갔다. 바우는 동네 사람을 모아 연이를 찾겠다고 했지만 내가 말렸다. 연이가 올지도 모르고 기별이라도 있을지 모르니 집에 있으라고 했다. 동네 사람이 이 일을 가지고 또 어떤 소문을 만들어낼지 몰랐고 연이는 버들과 있을 거라는 확신이 있었다. 그러나 바우에게 말하기는 일렀다. 연이 또래 여자아이들은 부모보다 동무와 더 가까운 법이란 것을 바우가 알 리 없었다. 그리고 버들이라는 아이에 대해 나도 아는 것이 없었다. 여자아이 같기는 했지만 그걸 확인한 것도 아니었다.

연이가 옷에 피를 묻히고 들어온 날, 자는 동안 몸을 살펴봤지만 상처는 없었다. 연이 말대로 코피가 났을지 모르지만 그건 버들이라는 아이의 것 같다는 생각이 들었다. 아침을 뜨는 둥 마는 둥 하면서 개떡과 삶은 감자를 잔뜩 바랑에 넣어가는 연이를 떠올리면서 내 생각이 맞길 바랐다.

이 험한 산길을 거의 매일 오간 걸 보면 연이는 버들이라는 아이를 무척 아끼는 것 같았다. 한창 또래 동무가 그리울 나이이기도 했다. 마을에도 동무가 없는 것은 아니지만 연이는 동네 아이들과 어울리는 것보다 바우의 약초 일을 더 재밌어했다. 서책에도 관심이 많았다.

연이가 서 있었던 바위 덤불까지 오니 이제는 어디로 가야 할지 알 수 없었다. 연이는 이 앞에서 버들이라는 아이를 불렀다. 그랬더니 그 아이가 순식간에 나타났다. 덤불로 뒤덮인 바위 뒤에 뭐라도 있는 걸까? 나는 이리저리 살피다가 바위를 밀어 보았다. 바위가 문처럼 열렸다.

"엄마."

연이가 놀란 얼굴로 나를 쳐다보았다.

"연이야, 얼마나 걱정한 줄 아니. 아버지도 지금 집에서 너를 기다리고 계셔. 도대체 왜 집에 들어오지 않은 거야."

나는 연이가 무사한 것을 확인하니 다리에 힘이 풀려서 주저앉고 말았다. 그제야 동굴 안에 누워 있는 아이, 버들이 보였다.

연이의 이야기 5

엄마와 나는 아픈 버들을 교대로 업어가며 산을 내려왔다. 밤새 열이 올라 헛소리를 하던 버들은 자신이 업혀서 내려오는 줄 몰랐다. 집에 오니 아버지는 동굴에서 나를 보던 엄마보다 더 크게 놀란 표정이 되어 아무 말도 하지 못했다. 아버지는 얼떨결에 버들을 안아 들고 방으로 데리고 들어갔다. 그리고 그 뒤 기진맥진한 나를 향해 버럭 큰소리를 쳤다.

"연이, 너 어떻게 된 거야? 밤새 어디 있었던 거야! 저 아이는 또 뭐고!"

"여보, 일단 연이도 한숨 좀 돌려야죠. 저 아이를 업고 산길을 내려오느라 말할 기운도 없어요. 밥 좀 먹이고 혼을 내더라도 내요. 몸 성히 왔으니 얼마나 다행이에요."

엄마는 내 역성을 들며 아버지를 말렸다. 아침도 제대로 먹지를 못해서 엄마가 들고 들어온 밥상의 밥을 밥알 하나, 김치 한 쪼가리 남기지 않고 먹었다. 엄마도 배고프고 지쳤을 텐데 아버지 화를 가라앉히느라 어쩔 줄 몰랐다.

'연이가 산에서 만난 아이 같은데 많이 다친 모양이다, 그래서 마음 약한 연이가 저 아이를 돌봐주느라 집에 오지 못했다.'

엄마는 본 것처럼 아버지에게 이야기했다. 그러고 보니 엄마가 버들의 동굴을 찾은 것도 이상한 일이었다. 산을 제 집처럼 다니는 약초꾼이나 심마니도 버들의 동굴을 모르는데 엄마는 어떻게 찾아왔을까?

"연이, 넌 내가 산에 약초 캐러 가지 말라고 몇 번을 말했어. 그리고 저 아이는 부모가 없냐? 다쳤으면 자기 집에 데려다주든지 해야 할 거 아니야. 그리고 당신, 도대체 애 건사를 어떻게 하길래 딸아이가 집 밖에서 밤을 새고 오게 만들어. 연이 하나 돌보는 게 그리 어렵소? 계집아이에게 나쁜 소문이 붙으면 어쩌란 말이요, 사람들이 뭐라겠소!"

아버지는 나보다 엄마에게 성을 냈다. 밤새고 들어온 건 난데 엄마에게 더 큰소리를 쳤다. 아버지는 내가 잘못을 해도 엄마에게 성을 내고 내가 좋아서 하는 일인데도 동네 사람들은 엄마가 내게 험한 일을 시킨다고 했다. 아버지나 동네 사람 말만 듣자면 엄마는 나를 구박하는 세상 나쁜 계모였다.

"아버지, 잘못은 제가 했는데 왜 엄마를 나무라세요. 엄마는 잘못한 게 없어요. 사람들이 뭐라거나 말거나 그러라 해요. 뒤에서 남 흉보는 사람들을 왜 신경 써요. 저를 제일 걱정하고 아껴주는 사람은 엄마예요. 약초 캐러 가는 게 도둑질도 아닌데 왜 하면 안 되는 거예요? 약초를 캐오면 아버지도 좋잖아요. 사람을 살리는 약초도 산에 있고 마음을 기쁘게 하는 이쁜 꽃도 산에 있는데 왜 산에 가지 말라는 거예요? 산에는 좋은 것밖에 없어요. 아버지도 그랬잖아요. 산 덕분에 우리가 산다고요. 버들은 산에서 항상 나를 지켜

준 내 동무예요. 그 아이가 다쳤는데 어떻게 두고 와요. 아버지는 산에서 다친 사람을 만나면 두고 오실 거예요?"

아버지는 선량한 사람이지만 내 마음도, 내가 하고 싶은 것도 몰랐다. 나에게 화를 내지 못하고 애꿎은 엄마를 탓하는 게 비겁해 보였다. 동네 사람들이 뒤에서 수군대는 소리나 신경 쓰고 엄마는 안중에 없었다. 여자아이라서 안 된다는 소리도 듣고 싶지 않았다. 아버지는 눈이 휘둥그레 커지고 얼굴이 점점 붉어졌지만 더는 뭐라 하지 못했다. 못마땅한 듯 끙 소리를 내더니 밖으로 나가버렸다.

버들은 아버지와 내가 큰소리를 내는 데도 깨어나지 않았다. 이마를 짚어보니 여전히 뜨거웠다. 엄마가 물 담은 대야와 수건을 가져와 물수건을 만들었다. 엄마는 버들의 이마에 물수건을 올려놓고 "연이야, 너도 힘들었을 텐데 곁에서 눈 좀 붙여"라고 말했다.

엄마는 나에게 잘했다, 잘못했다 아무 말 없이 쉬라고 했다. 버들 곁에 누우니 긴장이 풀려서 잠이 쏟아졌다.

언년의 이야기 6

산에서 내려온 버들은 나흘을 꼬박 앓았다. 연이는 아픈 버들 곁을 떠나지 않고 살뜰히 돌봤다. 바우는 제 할 말을 다하는 연이도 아픈 버들도 내치지 못했다. 버들이 다 나으면 집에 보내라는 말을 남기고 다시 일을 떠났다.

아픈 몸을 추스르자 버들은 내게 곧잘 말을 걸었다.

"연이가 아주머니가 싸준 주먹밥을 나눠줘 늘 맛나게 먹었어요. 저는 음식을 잘 만들 줄 몰라서 아주머니처럼 흉내를 내 봐도 잘 안 되더라고요."

버들과 연이, 그리고 나 이렇게 세 사람이 있으니 집이 그득한 것 같았다. 오랜만에 사람 사는 집 같았다. 바우가 일을 떠나면 연이와 둘만 있을 때가 많았는데 버들과 연이가 함께 있으니 적적한 집에 생기가 돌았다. 나는 버들이 산에 있을 때 먹지 못한 기름진 음식을 해줬다. 두릅도 계란옷을 입혀 전으로 만들어주고 나물에도 들기름을 듬뿍 쳐 무쳐주었다. 뼈도 잘 붙어야 하니 말린 생선에 양념을 발라 구워주었다. 버들과 연이는 먹성 좋게 늘 고봉밥을 다 비웠다. 두 아이가 양 볼 가득 밥 먹는 걸 보니 나는 먹지 않아도 배불렀다.

버들은 약초와 약재에 대해 잘 아는 것 같았다. 연이에게 동굴에 가서 말린 약재를 가져오라고 하더니 집에 있는 약초와 섞어 자신이 먹을 약차와 환약을 만들었다. 버들은 바우가 말리는 약초도 잘 알았다. 운신할 정도로 몸이 나아지자 마당에 오가며 연이와 나를 돕기도 했다.

"이제는 많이 나았으니 집으로 가야겠어요. 계속 신세질 수는 없어요. 집에 말리려고 캔 약초들도 다 상했을 거예요."

연이는 좀 더 나아야 하는 거 아니냐며 말리는데 집 안으로 돌이 어멈이 들어섰다. 이미 동네에는 버들에 대한 소문이 나 있었다. 돌이 어멈은 버들을 보더니 심술궂게 눈빛을 빛냈다.

"이 아이가 바우가 데려왔다는 아이요?"

동네에서는 버들이 바우가 데려온 아이처럼 소문이 나 있었다. 연이 행실에 대한 소문이 아니라 바우가 어디서 따로 낳아 키우던 아들을 데려왔다는 것이다. 연이와 나는 그 이야기를 전해 듣고 소리 내어 웃었다. 제대로 말해도 믿지 않을 테니 연이도 나도 그 소문에 신경 쓰지 않았다. 돌이 어멈은 버들을 위아래로 살피더니 "바우랑 닮았네, 닮았어" 하고 중얼거렸다.

버들은 어리둥절한 표정을 지었고 나는 돌이 어멈 말이 우스웠지만 못 들은 척했다. 돌이 어멈은 며칠째 속이 더부룩한 게 뒷간도 가지 못했다고 집에 남은 약초가 있으면 좀 얻자고 했다. 종종 마을 사람들은 바우의 약초를 구해 갔지만 돌이 어멈은 버들이 궁금해 온 것이 분명했다. 연이가 광으로 약초를 가지러 간 사이 버들은 돌이 어멈에게 차분하게 말했다.

"아주머니, 약재를 드셔도 나을 테지만 식사 후에 매실이나 박하 차를 마셔 보세요. 뒷간에 가지 못하는 데에도 좋아요. 민들레차도 좋고, 다시마를 물에 우려 그 물을 마셔도 좋고요."

돌이 어멈은 버들을 신기한 듯 쳐다보았다.

"너는 그런 걸 어째 그리 잘 아냐?"

"아버지한테 배웠어요. 한약방에서도 배우고요."

버들이 싹싹하게 대답했다. 그때 광에서 약초를 가지고 돌아온 연이가 돌이 어멈에게 또랑또랑 말했다.

"내 동무랑 우리 아버지가 닮긴 뭐가 닮았다고 그러세요. 잘 모르시면서 괜한 소문 만들지 마셔요."

"아니, 누가 뭐라니, 연이 넌 별소리를 다 한다, 내 눈에 그저 네 아버지랑 닮은 거 같아 말했는데, 참 내 맘대로 말도 못 하겠네. 그리고 뭐 사내도 아니구먼."

돌이 어멈은 얼굴이 붉어지더니 서둘러 약초를 챙겨 후다닥 가버렸다.

연이에게 동네 어른에게 야박하게 말하지 말랬지만 사실은 속이 후련했다. 속상해도 맘껏 울지도 못하고 늘 참기만 하던 연이가 속엣말을 소리 내어 당당하게 말하는 것을 듣자니 놀랍고 경이로웠다. 동무 버들과 사이좋게 의지하며 지내는 것도 보기 좋았다. 부잣집에 팔려가서도 주막을 전전하면서도 나는 동무를 만나지 못했다. 아니 만들지 못했다. 함께 할 동무가 있는 연이와 버들이 이제는 내 동무도 된 듯해서 흐뭇했다.

연이의 이야기 6

버들이 기운을 차렸을 때 그동안 궁금하던 할머니에 대해 물어보았다.

"버들아, 그 할머니 말이야, 암만 생각해도 이상한 일이야. 그 할머니가 어떻게 네가 있는 곳을 알았을까? 내 이름도 알고 말이야."

"아, 할머니를 처음 만난 건 아버지가 돌아가시고 얼마 되지 않아 동굴에 갔을 때였어. 동굴에서 울다가 잠들었는데 잠결에 누가 내 머리를 쓰다듬는 것 같아서 눈을 떴더니 할머니가 있었어. 난 산신 할미를 만난 줄 알았지 뭐야."

정말 이야기에 나오는 산신 할미라서 내 이름도 알고 버들이 있는 곳도 알았을까?

"그럼 할머니도 버들 너처럼 산 어디선가 사는 걸까?"

"산이야 넓고 깊으니 나 말고도 사는 사람이 더 있지 않겠어. 할머니한테 어디 사는지 물어보지는 않았어, 그냥 그런가 보다 했지. 할머니는 내가 다치거나 마음이 너무 슬프면 신기하게 어디선가 나타나고는 했는데, 참, 그러고 보니 연이 너를 만난 이후로는 할머니를 본 적이 없네."

버들 말처럼 이번에도 버들이 다치니 할머니가 나타난 것인지 모르겠다. 버들을 돌봐줬으니 귀신도 아닐 텐데. 아니 귀신이라도 괜찮다. 산 어디서라도 다시 만나면 그때는 고맙다고 인사드려야지 싶었다.

버들이 우리 집에 있는 동안 동네 사람들은 약을 지어달라고 찾아왔다. 버들의 아버지가 약초에 대해 모르는 게 없는 의술이 대단한 의원이라고 소문이 났다. 그 소문을 퍼트린 사람은 돌이 어멈이었다. 이 소문만 아니라면 더 빨리 갔을 텐데 동네 사람들에게 약초를 알려주느라 달포 가까이 우리 집에서 지내다가 산으로 갔다. 버들은 마을 사람들에게 들이나 산에서 쉽게 구할 수 있는 약초들과 먹는 방법을 알려주었다. 아버지는 버들이 나처럼 낳아주신 엄마 얼굴도 모르고 아버지와 둘이 약초를 캐며 살았던 이야기를 듣고 마음이 누그러진 것 같았다. 내가 산으로 가는 걸 모른 체했다.

나는 예전보다 자주 버들을 만나러 산으로 갔다. 그리고 해가 바뀌고 다시 봄이 오자, 나와 버들은 첫 달거리를 했다. 비슷한 시기에 해서인지 버들과 나는 달거리 하는 날도 같았다. 마늘과 쑥을 먹었다는 웅녀처럼 버들의 동굴에서 말린 쑥을 뜨거운 물에 우려 마시고 쑥 주머니를 따뜻하게 데워 아픈 배에 올려놓고 문질렀다. 버들은 쑥이 잘 들었지만 나는 쑥보다는 계피차가 더 맛 좋고 배도 덜 아팠다. 버들은 사람마다 체질이 달라서 같은 증상에도 맞는 약초가 다르다고 했다. 나는 버들에게 한자를 알려달라고 졸랐다. 한자만 알면 집에 있는 아버지 책도 도움 없이 읽을 수 있고 나도 약초에 대해 더 많이 알 수 있을 것 같았다.

"연이야, 공부해서 알 수 있는 것도 많지만 약을 짓는 건 그 사람 이야기를 잘 들어야 해. 그 사람이 어떤 걸 먹고 어떤 습관이 있는지 성정은 어떤지 잘 관찰하고 이야기를 들어야 그 사람의 체질을 알 수 있어. 서책만 가지고 하는 공부가 전부가 아니야."

버들은 동무지만 언니 같고 선배 같고 스승 같았다. 나는 언문만 읽을 줄 알고 한자를 모르는 게 부끄러웠다. 언문 소설만 좋아하고 한자로 된 서책은 제대로 읽지 못하는 나 자신이 부끄러웠다. 그리고 언문조차도 읽지 못하는 사람들을 보면 답답했다. 버들은 종종 우리 집에 놀러왔다. 아버지가 가진 서책을 보면서 모르는 글자들을 내게 알려주고 아버지 약초 일을 돕기도 했다. 엄마는 누구보다 버들을 반겼다. 버들과 나에게 뭐든 해주지 못해 안달했다. 하지만 제일 분주한 건 동네 사람들이었다. 버들이 우리 집에 왔다는 소식이 전해지면 사람들이 찾아왔다. 배가 아프고 가슴이 답답하고 머리가 아프고 허리가 끊어질 것 같다는 사람들의 하소연은 끝이 없었는데 거의 어멈과 언니들이었다. 의원을 찾아갈 돈이 없기도 했지만 남자 의원에게 몸을 보여주는 게 남사스럽다고 여자아이인 버들과 나를 찾아왔다.

언년의 이야기 7

연이가 서너 번 산에 가면 버들이 한 번은 산 아래 집으로 왔다. 연이와 버들은 약초를 들고 방에서 함께 서책을 읽었다. 책에 나온 약초와 캐어온 약초를 비교하며 공부하는 두 아이의 목소리는 햇살처럼 환했다. 두 아이가 동네 부인네들에게 해주는 처방은 소문이 나서 다른 마을에서도 찾아왔다.

버들과 연이는 사람들의 이야기를 유심히 들었다. 사람들의 이야기는 하염없이 늘어져 신세 한탄이 될 때가 많았다. 부인네들은 어디서도 하지 못하는 이야길 두 아이에게 하고 속이 시원하다고 했다. 그러면 연이와 버들은 싱긋 웃었다. 병은 약을 먹어도 낫지만 속엣말을 털어놓아도 낫는 모양이었다.

나도 내 이야기를 다 쏟아내면 봄이 와도 아프지 않을까, 내 이야기가 연이의 마음을 무겁게 할까 싶어 내키지 않았다. 연이가 좀 더 자라 여인네가 되면 내가 세상에서 겪은 일들을 말할 수 있을까, 가끔 생각한다.

연이와 버들, 두 아이가 제 할 일을 하며 분주하고 즐거울 때 나는 홀로 산으로 갔다. 내가 자라던 산골, 도망치던 시절 몸을 숨기던 산속, 그 산은 여전했다. 산길을 천천히 걸어 올라가면 마음이 차분하고 고요했다. 연이가 혼자서 산으로 가던 마음을 알 것 같았다. 연이도 버들도 나도, 사람은 홀로 오롯한 시간이 필요한가 보았다. 산길을 따라 걷다보면 발길은 저절로 버들의 동굴로 향했다. 햇볕도 들지 않는 동굴에서 버들은 어떤 마음이었을까? 어둑한 동굴은 엄마 배 속 같아서 누구도 나를 해치지 않을 것 같았다. 그래서 마음 놓고 한숨 자곤 했다. 신비하고 슬픈 꿈을 꾼 날도 그런 날이었다.

꿈속에 나는 고향 산골에 살던 열 살 어린아이였다. 산길을 자박자박 걸어 산골 내 집에 가니 어린 두 동생이 있었다. 꿈에서도 반가워 눈물이 났다.

'나야 나, 언니가 왔어.'

두 동생은 그 시절처럼 나에게 안겨왔다. 그립고 그립던 두 동생을 얼싸안는데 품에서 두 동생이 연기처럼 사라져버렸다. 열 살 나는 집을 나와 동생들을 찾아 산속을 헤매고 다녔다. 아무리 찾아도 없어서 크고 우람한 나무 아래 주저앉아 엉엉 울었다.

"얘야, 언년아, 왜 그리 슬피 울고 있어."

고개를 드니 조그맣고 하얀 할머니가 서 있었다. 머리칼도 흰 데다가 흰옷을 차려입은 할머니가 관음보살처럼 미소 짓고 있었다.

"할머니, 할머니, 동생들이 없어졌어요. 어쩌면 좋아요. 제가 돌봐줘야 하는데 동생들이 사라졌어요. 못 찾으면 어떡해요, 영영 못 보면 어떡해요."

할머니는 손을 내밀어 내 얼굴에 흐르는 눈물을 훔쳐 주었다. 그 손이 따뜻하고 마음이 놓여 더 크게 울었다.

"그래, 그래, 언년아, 마음 놓고 실컷 울어라. 네 속에 슬픔을 다 털어내. 그리고 저기, 저어기, 이젠 네 아이들과 같이 가렴."

할머니는 한 손으론 내 등을 쓸어내리고 다른 손으로 저먼 곳을 가리켰다. 할머니 손이 가리키는 곳을 보니 연이와 버들이 있었다. 연이와 버들을 바라보는데도 울음이 그치지 않아 흐느끼다가 깨어났다. 꿈에서라도 어린 두 동생을 보니 가슴이 저릿하니 아팠다. 한편으로는 실컷 울고 나니 시원했다. 조그맣고 하얀 할머니 손길이 꿈같지 않게 생생해서 눈물로 뒤범벅된 내 얼굴을 만져 보았다. "언년아" 하고 부르던 나직한 목소리도 귓가에 들리는 것 같았다. 할머니가 같이 가라던 두 아이가 연이와 버들인 것도 신기했다.

연이, 버들, 언년 그리고 세 여자의 산

연이와 버들은 언제 어디서든 함께하며 마을 부인네들의 이야기를 듣고 약초의 쓰임새를 알려줬다. 이 마을 저 마을에서 찾아온 여자들은 모여 앉아 아플 때 하던 자신만의 비법을 가르쳐주기도 했다. 연이와 버들은 그 이야기를 새겨듣고 소중하게 기록했다. 어떤 한약방에서도 하지 못하고 듣지 못하던 이야기들은 연이와 버들이 만드는 약재의 비법이 되었다. 똑 부러지는 연이와 넉살 좋은 버들은 제각각 부인들에게 인기가 좋았다.

점점 찾는 이가 많아지자 연이는 집을 나와 버들이 아버지와 살던 움막에 여인약방을 차렸다. 산속에 있는 약방은 여자들만 가는 여인 전문 약방으로 소문이 났다. 여인약방은 부인들에게 좋다는 다양한 약차와 각종 환약을 만들고 세상이 들어주지 않는 여인들의 이야기에 귀를 기울였다. 혼인한 여인도 혼인을 하지 않은 여인, 아이를 낳거나 아이를 낳지 못한 여자도 그리고 아이를 잃은 여인도 여인약방에 모였다. 몸이 아픈 여자도 마음이 고단한 여인도 여인약방에 찾아왔다.

어디서 어떻게 생겨난 말인지 모르겠으나 산 아래 동네 아이들은 연이와 버들을 보면 약방 무당이라고 불렀다. 약방을 찾아온 여인들이 연이와 버들 앞에서 살풀이하듯 넋두리를 풀어내고 개운해진 얼굴로 돌아가니 아주 틀린 말은 아니었다.

산속 여인약방에 많은 여인이 들고나자 가끔 수상한 사
내들도 주변을 어슬렁거렸다. 괜한 시비를 걸었지만 겁먹을
연이와 버들이 아니었다. 그러던 어느 날이었다. 우락부락
한 사내 서넛이 여인약방 안까지 들이닥쳤다.

"여기가 어린 계집 둘이 사람을 홀려 엉터리 약을 지어
판다는 곳이냐? 어린 것들이 약초를 알긴 뭘 알아."

사내들은 버들과 연이가 무지한 여자들을 속여 약효도 없
는 약초를 팔아 이득을 챙긴다고 했다. 마당에 말리고 있는
약초까지 발로 밟고 엎어버렸다. 연이와 버들은 사내들에게
지지 않고 맞섰다. 때마침 약방 가까이 있던 언년은 부랴부
랴 한달음에 달려왔다. 언년은 이런 일이 있으리라 짐작하고
있었다. 오래 산 여인의 세상살이에 대한 감각이었다.

"이보시게, 어디서 무슨 말을 들은 건지 모르겠으나 아
픈 이들을 돌보는 곳에서 이 무슨 경운가? 아픈 이들이 있
는데 사내들이 완력으로 들이닥쳐 이러면 쓰겠는가."

마침 언년이 마을 어멈 몇몇을 데리고 왔는데 그중에는
돌이 어멈도 있었다.

"아니 이봐요, 힘쓸 데가 그리 없소? 사내들이 참 못났구
려. 연이와 버들은 약초에 대해서라면 의원 나리보다 더 잘
안다오. 동네 사람에게 물어보면 알 거 아니우. 엉터리라니

당치도 않지. 못 믿겠으면 내가 잘 아는 포도대장이라도 불러 결판을 내어 봅시다."

동네 소문꾼 돌이 어멈이 그러자 다른 어멈들도 한마디씩 거들었다.

"그래요, 그래. 댁들이 아픈 이들 수발들어줄 거요? 웬 생트집이래."

"여기 온 아낙들 다른 의원에 데려다줄 것도 아니고 약값을 내줄 것도 아니면서 어디 와서 행패요."

"저기 마당에 엎어 놓은 약초들 제대로 해놓고, 부숴놓은 문짝이랑 평상도 고치고 가시오. 힘이 남아도니 뚝딱하겠지?"

언년과 동네 어멈들이 주눅 들지 않고 사내들에게 빙글거리며 대거리를 했다. 이 날 한바탕 소란은 언년과 마을의 나이 든 어멈들이 나서서 일단락이 났다.

어쭙잖은 양반 행세를 하는 마을 유지나 여인들이 모여 있는 걸 꼴사납게 보는 사내들은 여인약방을 못마땅해했다. 그럴 때마다 언년이 나서서 이들을 상대했다. 이젠 나이가 들어 머리가 희끗해진 언년은 적당히 어르고 달래거나 때로는 마을의 다른 어멈들을 동원하며 여인약방을 지켰다.

몇 번의 계절이 지나고 연이와 버들은 더 깊은 산으로 들어갔다. 연이와 버들은 깊은 산속 새로운 여인약방에서 약초를 캐고 다듬고 말리고 연구하고 약재를 만들면서 함께 나이 들어갔다.

언년은 산 초입 커다란 오동나무 아래 앉아 새로운 여인약방을 찾는 사람에게 길 안내를 했다. 그늘 깊은 오동나무 아래 이젠 머리칼이 온통 하얀 언년의 모습은 아픈 여인들을 환대하는 산신 할미 같았다. 쏟아낼 이야기가 많은 여인은 언년과 산길을 걸으며 넋두리를 했다. 글도 약초도 잘 모르는 언년이지만 듣는 건 누구보다 잘했다.

언년은 혼자만의 시간이 필요한 여인들에겐 버들이 살았던 동굴로 안내했다. 몸뿐이 아니라 마음 깊이 구구절절 슬픔과 고통이 넘친 이들은 동굴에 머물렀다. 동굴에 신비한 힘이 있는 건지 아니면 언년이 이야기를 잘 들어주어서 그런 건지 동굴에 머문 여인들은 얼굴빛이 맑아져 돌아갔다. 예전 어린 버들과 연이가 만났던 조그맣고 하얀 할머니는 때때로 동굴에 나타나 슬피 우는 여인들의 등을 오래오래 쓸어준다는 이야기도 들렸다.

새로운 여인약방을 차린 뒤 시간이 흘러 연이와 버들이 속 깊은 여인이 되었을 때, 언년은 자신의 지난날을 연이와 버들에게 담담히 이야기했다.

연이와 버들은 언년의 마음에 깃든 슬픔을 전부는 아니
지만 많이 헤아리게 되었다. 언년은 깊이 응어리졌던 자신
의 이야기를 털어내고 가벼워졌다. 연이 아버지 바우는 더
는 멀리 돌아다니지 않고 여인약방에 필요한 약초를 대어
주며 늙어갔다.

연이와 버들은 때때로 아주 멀리 긴 여행을 떠났다. 연이
와 버들이 길을 떠나는 날엔 안개와 구름이 여인약방을 감
싸고 산 아랫마을에는 단비가 내렸다. 사람들은 연이와 버
들이 구름을 타고 지리산도 다녀오고 금강산도 가고 사람
은 가지 못하는 산신들의 세계도 다녀온다고 했다. 그래서
인지 여행을 다녀온 연이와 버들의 손에는 신묘하고 귀한
약초들이 들려 있었다.

어느덧 사람들은 여인약방이 있는 산을 '세 여자의 산'이
라고 불렀다. 그 이야기가 전해지고 전해져서 많은 여인은
세 여자의 산을 찾아와 마음과 몸을 쉬어갔다. 연이와 버
들, 그리고 언년은 오래오래 세 여자의 산에서 여인들을 반
겼다.

다시 쓴
작가의
이야기

소라

읽고 쓰고 그리는 예술 노동자.
오래전 그림책과 동화책에 그림을 그렸고
최근 몇 년간은 지역 공동체와 비영리 단체에서
예술 프로젝트들을 기획하며 활동했다.
사주와 별자리, 타로와 꿈, 민담을 좋아하며 일하는 여자들,
나이 드는 여자들, 늙어가는 여자들의 속 깊은 이야기를 채집 중이다.
walden6@naver.com

옛이야기의 빌런,
새엄마에 대하여

옛이야기의 빌런에서 거인 여신으로

어린 시절, 내가 읽은 옛이야기와 동화 속의 새엄마는 모두 나쁜 여자였다. 콩쥐와 신데렐라, 백설공주의 새엄마는 하나같이 이기적이고 잔인하고 포악한 여자들이었다. 이 사나운 새엄마들은 전처의 아이를 박대하고 구박했다.

우연인지 전처의 자식은 늘 딸이었다. 병약한 친엄마는 아들이 아니라 딸을 남기고 죽었다. 그 딸들에게 새엄마는 엎친 데 덮친 격의 재앙이었다. 구원은 늘 남성에게 왔다. 구박받던 딸들은 착한 심성과 아름다운 용모로 자원이 풍부하거나 권력을 가진 남성에게 구원받는다. 옛이야기의 이

익숙한 서사는 지금도 다양하게 변주되어 여러 매체에서
재현된다.

여성의 성장 서사에 새엄마로 상징되는 나이 든 여자는
늘 제거해야 할 대상이거나 적이었다. 넘어서야 할 존재는
커녕, 애초에 본받을 만한 대상도 되지 못했다. 아버지의 세
계를 토대로 그 토대를 자양분 삼아, 그러나 그 아버지를
죽이고 새 세계를 구축하는 남성의 성장 서사와 다르게 여
성의 성장 서사에서 어머니의 세계는 비어 있다.

나이 든 여자의 세계는 그려지지 않는다. 딸은 새엄마의
세계를 알 필요가 없다. 새엄마는 절대 악으로 존재한다.
언제나 옛이야기의 최고 빌런은 새엄마다. 부재하는 친엄마
역시 영향력이 없다는 점에선 계모와 다를 바 없다. 핍박받
던 의붓딸이 원님이나 임금님, 왕자나 하늘의 아들 천자와
행복한 결말을 맺을 때 악역의 쓰임을 다한 새엄마는 벌을
받고 사라진다. 새엄마가 살아온 이야기, 벌 받은 후의 이
야기는 아무도 궁금해하지 않는다. 나이 든 여자의 목소리
와 서사는 이렇게 옛이야기에서 사라진다.

남성 중심 가부장의 세계에서 여성의 역할은 부수적이거

나 한정적이다. 딸, 아내, 엄마라는 역할에 고정되어 존재하는 것이다. 옛이야기의 딸들은 이야기의 중심에서 갈등을 풀고 문제를 해결하지만 나의 세계를 만드는 것이 아니라 남성 가부장 세계의 새로운 수호자가 된다. 딸들에게 허락된 자리는 남성 가부장의 옆자리다. 어리고 젊은 여성들은 생존하기 위해 아버지의 언어로 이루어진 남성 세계의 질서와 규범에 머문다. 아버지의 세상에서는 여성이 여성을 동료로 존중하는 언어와 태도가 존재하지 않는다. 여성과 여성의 갈등 구조는 옛이야기의 계모와 의붓딸의 서사로 반복되고 여성의 적은 여성으로 그려진다.

옛이야기의 새엄마들은 가부장 질서 바깥의 여자들이다. 가부장의 세계로 들어와 부재하는 엄마를 대리하지만 이 여성들의 엄마로서의 됨됨이는 세간의 잔인한 평가와 판단에 휘둘린다. 이 근본을 알 수 없는 여자들은 쉽게 배척당하고 혐오의 대상이 되며 악마화된다. 새엄마는 가부장 세계에서 그 쓸모를 다한 후 깨끗하게 삭제되는 여자들이다. 옛이야기의 새엄마, 계모들이 거쳐온 세상은 어떤 세상이었을까? 새엄마는 의붓딸에게 오기 전 어떻게 살았을까? 연이와 버들도령을 새로 쓴 〈나의 딸 연이〉는 이 궁금증에서 출발한다.

여성은 사회가 여성의 역할로 이름 붙인 노동을 전 생애 주기에 걸쳐 반복 수행한다. 가부장 울타리 안의 여성이 사랑이란 이름으로 쓸고 닦고 먹이고 입히고 씻기고 돌볼 때, 가부장 바깥의 여성은 생존을 위해, 생계를 위해 쓸고 닦고 먹이고 입히고 씻긴다. 돌봄, 감정 노동으로 불리는 이 노동에 종사하는 여성들은 노동자로 호명되기보다 "어머님", "이모님", "여사님"으로 더 자주 불린다. 그리고 어떤 영역의 노동보다 가장 낮은 임금을 지불받는다. 자본과 노동시장의 가장 밑바닥, 세계의 가장 낮은 자리, 구석진 자리는 여성의 노동으로 채워진다. 아무도 하고 싶어 하지 않는 노동, 가장 소외된 노동 현장에 나이 든, 나이 들어가는 여성이 있다. 보이지 않는 곳, 사람들이 쉽게 잊는 곳에 여성이 있다. 약자를 돌보는 일은 더 취약한 약자에게 돌아간다.

가부장 질서 바깥의 여성들인 옛이야기의 계모들은 가정이라는 울타리를 얻는 대가로 돌봄을 수행하는 여성들이다.

여성이라는 대문자 안에는 무수한 결의 계층과 계급이 존재하지만 여성이라는 대문자에 가려져 희석될 때가 많다. 여성은 남성 중심 가부장 세계에서 그 자체로 차별받는 약자이자 계급이다. 그래서 여성과 여성의 관계에서는 서로의 약자성과 고통을 경쟁하는 일이 벌어지기도 한다.

계모와 어린 딸 역시 다르지 않다. 어린 딸이 방치되고 학대받는 동안 무기력한 아버지에겐 누구도 양육이나 돌봄에 대한 책임을 묻지 않는다. 남성 가부장의 책임 방기는 약자끼리의 갈등, 여성 간 다툼으로 덮인다.

옛이야기의 주인공은 어리거나 여성이거나 가난하거나 결핍을 안고 있는 존재들이다. 이 주인공들은 아버지의 질서가 견고한 세계인 집과 마을을 벗어나 자주 산속 숲으로 간다. 산속 깊은 숲에서 새로운 경험을 하며 성장하고 지혜를 얻고 내려온다. 산과 숲으로 상징되는 자연은 산 아래 세상, 남성적 질서가 지배하는 세계와 대비되는 공간이다.

〈나의 딸 연이〉의 원전이 되는 '연이와 버들도령'의 연이도 산으로 간다. 계모의 닦달로 한겨울에 산나물을 구하러 가거나 지역마다 달리 구전되는 이야기에 따라 산딸기를 구하러 가기도 한다. 엄혹한 겨울 산속에서도 꽃피고 따뜻한 동굴에서 신비한 버들도령을 만나 친구가 되고 연인이 된다. 이후 연이 흉내를 낸 계모가 죽인 버들도령을 살려낸 연이가 버들도령과 하늘로 올라가는 것으로 이야기는 끝난다.

'연이와 버들도령'에서 효심을 강조하는 유교 문화와 함께 하늘의 천자인 버들도령이 등장하고 신묘한 동굴이 나오는 등 도교 문화의 영향도 엿보인다는 논문을 보게 되었다. 동굴은 동서양을 막론하고 여성성을 상징하고 고대부터 지모신이 사는 장소로 숭배되기도 했다. 버들도령이 남자아이라는 원전은 여성 신을 지운 남성 가부장 유교 문화가 만들어낸 남성 신의 흔적이라는 생각이 들었다. 그렇다면 동굴의 신비한 도령은 남자아이가 아닌 여자아이여야 하지 않을까.

이 땅의 창세 신화 중에는 거인 여신 마고가 있다. 치마폭에 싸서 나르던 흙이 떨어져 산이나 섬이 되고 오줌을 누면 강과 하천이 만들어지고 바위로 공기놀이를 했다는 거인 여신 마고의 이야기는 우리나라 전 지역에 걸쳐 여신의 이름과 이야기를 조금씩 달리하며 전해진다. 태초의 세상을 창조하던 여신들은 남성 가부장 문화와 질서를 상징하는 남신에게 밀려나 여성 산신의 모습으로 남았다. 지리산 성모신인 마고할미도, 제주의 설문대 할망도 거인 마고의 흔적이라고 연구자들은 말한다.

〈나의 딸 연이〉의 새엄마 언년은 산에서 태어났지만 산 아래 세상, 남성 가부장의 세계 가장 낮은 자리의 여성으로 살아왔다. 언년은 자신을 지키기 위해 도망치고 살기 위해 노동하며 자기 삶을 이어갔다. 하층 계급의 여성들이 지니는 살아남는 용기는 지식에서 오는 것이 아니다. 거칠게 통과한 그 시간을 견딘 힘은 자연, 야성으로부터 온 것이라 상상하며 글을 썼다. 가장 낮은 자리의 여성들이 지니는 삶에 대한 낙관과 힘은 자연이 가진 야성의 힘과 닮았다. 거친 여성, 혹은 거칠게 산 여성의 힘은 남성의 언어로 이뤄진 세련된 지성의 세계에서 쉽게 무시되고 같은 여성마저 그 가치를 채 알아보지 못한다. 그러나 여성의 얼굴을 한 여신이라면 가장 낮은 자리, 외롭고 배제된 가난하고 고통 받는 여성 곁에 머물 거라 생각했다.

남성적 질서 안에 있으나 아직 아버지의 세계로 진입하기 전의 연이는 언년을 존중하고 사랑한다. 새엄마를 편견 없이 사랑하는 연이가 언년의 조력자가 되고 결국은 동료가 되기를 바랐다. 연이가 산에서 만나는 버들도 산속에서 홀로 사는 야성이 살아 있는 여자아이로 그렸다. 버들을 만나 연이 역시 자신 안의 힘을 발견하고 성장하며 자신의 세계를 만들기를 바랐다.

다시 쓴 〈나의 딸 연이〉의 딸 연이와 새엄마와 언년은 남성적 질서 밖에 존재하는 자연, 야성이 숨 쉬는 장소에서 가부장제가 부여한 역할을 벗고 오롯한 자기 자신과 만난다. 그래서 산이라는 장소는 연이와 언년에게 해방의 공간이 된다. 이 해방의 공간에서 연이와 언년은 가부장의 보호 혹은 남성적 질서에 기대지 않고 자신이 지닌 고유한 힘을 깨닫는다. 남성적 질서 바깥, 자연의 공간인 산에서 생명은 그 자체로 존귀하다. 산속 깊은 숲은 수직의 권력이 작동하는 공간이 아닌 서로가 서로를 살리는 공간이다. 서로 살리고 돌보는 것은 타자를 지배하는 힘과는 비교할 수 없이 크고 넓고 깊은 힘이다. 이 내면의 힘을 자각한 주인공들은 자기 삶의 주체가 된다.

〈나의 딸 연이〉는 원전인 연이와 버들도령의 설정 정도만 빌려오고 새로운 이야기가 되었다. 언년과 연이와 버들, 세대가 다른 세 여성을 이어주는 매개인 산은 이야기의 중요한 배경이자 장소다. 산을 살아 있는 하나의 캐릭터인 할머니 산신으로 만들고 싶었으나 많이 부족했다. 이후 이어서 발전한 이야기를 쓴다면 여성의 얼굴을 한 산신과 여성들이 서로 사랑하고 미워하고 갈등하고 결국에는 연대하여 거인 마고'들'이 되어 이 땅에 새 세상을 건설하는 이야기를 쓰고 싶다. 여성 안에 깊이 존재하며 살아있는 거인 여신 마고의 세상은 서열과 위계 권력이 작동하는 세계가 아닌 수평의 돌봄이 서로를 살리는 평등한 세상일 것이다.

옛이야기를 다시 쓰는 동안 언년과 연이, 버들은 모두 내 안에 있는 각기 다른 여성의 모습이란 걸 알게 되었다. 연약하지만 동시에 강할 수 있고 망설이고 주저하지만 그래도 나아가는 이 세 명의 여자들과 만나는 시간은 나를 이해하는 시간이기도 했다.

오래 전해 내려오는 이야기를 나의 상상과 관점으로 다시 쓰며 나도 나를 더듬더듬 찾아갔다. 낮은 자리에서 고통의 시간을 보낸 언년의 경험이 힘이 되어주었다. 그리고 어린 연이와 버들이 자유롭게 스스로 길을 찾아 나아가듯 나는 나의 글쓰기로 세상에 말하기를 멈추지 않을 것이다. 그 누구도 아닌 '나'로 존재하는 방식인 글쓰기가 세상 밖에서 많은 이들을 만나 새로운 숨을 얻기 바란다.

마지막 장인 여기에 에필로그로
이프북스 유숙열 대표의 절판된 시집 〈외로워서〉에 실린
'바리공주를 위하여'를 내어놓는다.
2005년에 쓰인 이 시는 가부장제 안에서 공주로 태어났으나
가족에게 버림받고 죽은 아비를 살리기 위해 소환된
여성의 존재에 대해 이야기하고 있다. 귀한 생명으로 태어났으나,
믿고 의지해야 할 존재로부터 버림받고
죽음의 어느 문턱에서 서성이고 있을 모든 여성들에게 말하고 싶다.
이야기는 얼마든지, 언제든지, 이렇게나 완전히
새롭게 다시 쓸 수 있다고.

바리공주를 위하여

- 엄마의 음식

이름조차 버려진 아이
바리공주는
부모로부터 버림받은 막내, 일곱 번째 딸이었지.

그 이별을 되돌리기 위해
죽음으로부터
소생한 너, 바리!
그 이별이 서러워
일곱 아들을 낳아
데리고 왔구나!

그건 그냥
입에서 입으로
전해진 이야기.

그러나 그건
이별이 아니라
버림이다.

아버지를 살린
딸의 얘기가 아니라
딸들을 버린 아버지들의
이야기인 것이다.

아버지란 족속은
뻔뻔하기도 하구나!
살만큼 산 오욕의 육신을
더 살리기 위해
버린 자식까지
불러들이는구나!
죽은 자식까지 소환하는구나!

아버지란 본래
자식을 잡아먹는
족속이었다.

아주 오랜 옛날
신들의 나라에는
자식을 죽인 아버지들의
이야기로 그득하다.

생명을 낳아보지 못한 그들은,

생명을 키워보지 못한 그들은

여자가 어느 날,

세상에 내놓은

그 작은 인간들이 두려웠다.

그들이 하루하루

무섭게 커가며 그들을

위협하는 것이 두려워

그들은 그들을 잡아먹었다.

그것이 그들의 원죄다.

원죄는 여자의 것이 아니라

남자의 것이다.

너의 죽음을 명령한 이는

아버지 오구대왕이라는

사실을 잊지 마라.

너를 지켜주지 못한

어머니도 용서하지 마라.

넌 아버지의 피를 받아
엄마 뱃속에서
엄마의 음식을 먹으며
이 세상에 나왔다.
인간은 뱃속에서부터
어머니의 음식을 먹으며
목숨을 부지하는
존재인 것이다.

사람을 살리는 건
딸의 음식이 아니라
어머니의 음식이다.

그것을 거꾸로 어린 딸,
너에게 지운 부모를
용서하지 말아라.
그들과 맞서 싸워라!

삶이란 매일매일
목숨을 부지하기 위한
전쟁과도 같다.

너를 버린 아버지를
죽게 내버려 둬라.

아버지를 살리기 위한
생명수를 네가 마셔라.
생명수는 버려진 아이,
너에게 필요한 것이다.
그것이 자연의 이치다.
생명의 논리란
그렇게도 모진 것이다.

우리는 어른이 되어서도
엄마의 음식을 기억하며
목숨을 부지한다.
살기 위해서
우리는 먹는다.

우리를 살린
엄마의 음식의 기억을
먹는다는 건
곧 사는 것이다.

나는 미깡이 먹고 싶다.
나를 임신했을 때
엄마가 먹고 싶었던, 신 거!
아버지가 자전거를 타고
읍내 가게를 다 뒤져서
사왔다는 미깡!
엄마는 진저리를 치면서
그 시디신 미깡을
나와 함께 먹었다.

그 미깡의 기억이
나를 살린 것이다.

그러나
이제 미깡은 없다.
기억 속에서만 존재할 뿐!

나는 미깡 비슷한
오렌지를 늙은 엄마와
함께 먹는다.

두 여자가 함께
한 생명을 살린
미깡의 기억을 더듬으며
단물이 가득 들어 있는
오렌지를 맛있게 먹는다.

인간은 그렇게
엄마의 음식을 통해
기억을 먹고
사는 동물이다.

– 유숙열

페미니즘으로
다시 쓰는
공주이야기

1판 1쇄 펴냄 2022년 11월 10일

지은이 희연 · 일선 · 소라
발행인 유숙열
편집 조박선영
교정 유지서
디자인 씨오디
일러스트 임지인
마케팅 김영란

펴낸곳 이프북스
등록 2017년 4월 25일 제2017-000108
주소 서울 마포구 독막로 18길 5
전화 02-387-3432
팩스 02-3157-1508
메일 ifbooks@naver.com
홈페이지 http://www.ifbooks.co.kr
SNS https://www.facebook.com/books.if/
팟캐스트 http://www.podbbang.com/ch/9490

ISBN 979-11-90390-26-2 03800